TOTEM

Mark Haskell Smith est né en 1957 au Kansas. Dans les années 1990, il travaille pour le cinéma, le théâtre et la télévision, avant de se consacrer à l'écriture. Hédoniste, grand amateur de gastronomie et moraliste impitoyable, il apprécie tout particulièrement les contre-cultures un peu douteuses ou quasi illégales, et ceux qui vivent leur passion au risque de se faire stigmatiser par la société. Il est actuellement enseignant à l'université de Californie, à Riverside.

À bras raccourci

Sombre et d'une drôlerie mordante... une narration à la mitraillette. Oh, ce type sait raconter une histoire, sans aucun doute.

T. C. Boyle

Le Los Angeles noir de Raymond Chandler et de James Ellroy mais en couleurs flashy.

Los Angeles Times

Une comédie noire furieusement divertissante. Rythme et rebondissements font l'âme de cette histoire à la *Pulp Fiction*, et Mark Haskell Smith s'amuse à nous montrer comment on provoque des décharges d'adrénaline.

Publishers Weekly

Si vous espérez le nouveau policier d'Elmore Leonard ou la dernière farce de Carl Hiaasen, plongez-vous dans ce roman dingue sur un gars qui s'aventure dans une quête de mafieux mexicain pour retrouver le bras sectionné d'un tueur, et dans celle d'un enquêteur du LAPD qui, lui, en veut au reste de son corps. C'est qu'il ne s'agit pas de n'importe quel bras : un bras couvert de tatouages érotiques...

Jane Adams

DU MÊME AUTEUR, CHEZ LE MÊME ÉDITEUR

Coup de vent, 2019, totem n°190

Mark Haskell Smith

À BRAS RACCOURCI

Roman

Traduit de l'américain
par Stéphane Carn

TOTEM

TOTEM n°219

Titre original : MOIST

Première publication en français aux Éditions Rivages en 2004

ISBN 978-2-35178-819-6
ISSN 2105-4681

Illustration de couverture © Rui Ricardo
Conception graphique de la couverture : Valérie Renaud

I

— Putain, trop cool, mec !

Morris avait fait irruption dans le labo, les bras chargés de ce qu'on aurait pu prendre pour une grosse bûche enveloppée de plastique noir. Il avait franchi la porte au pas de charge, le souffle court, sa blouse blanche frappée du logo d'United Pathology flottant autour de sa grande carcasse. Là, il tenait quelque chose. Il s'arrêta net dans un couinement de semelles de sneakers, devant le bureau de son collègue, un jeune homme brun aux cheveux longs.

— Bob, mon pote. Mate-moi ce truc…

Les yeux de Bob restaient rivés à son écran. Son corps de skater un tantinet monté en graine s'affala contre le cuir noir de son fauteuil ergonomique et, comme sa jambe se posait nonchalamment sur son bureau, une de ses grosses chaussures noires râpées vint s'adosser à son moniteur, tandis que l'autre, restée par terre, continuait à battre une mesure imaginaire. Il n'avait toujours pas levé le nez et se caressait le menton d'une main pensive, parcourant un catalogue digital – une galerie de lolitas canadiennes sur le

Web. Il n'avait d'yeux que pour leurs petits seins ronds, leurs croupes rebondies telles les glaces à deux boules de son enfance, et leurs foufounes roses, offertes, soulignées d'un rien de duvet blond. Elles auraient pu être suédoises ou à la rigueur norvégiennes, mais elles ne pouvaient avoir vu le jour que dans les régions glacées du globe. Froides, propres et nettes. De première fraîcheur. Leur corps promettait un plaisir sain et hygiénique comme l'air des montagnes, l'eau des torrents ou la neige fraîchement tombée. Comme une pub pour la bière. Bob se tortilla sur son fauteuil, soudain un peu à l'étroit dans son pantalon.

Morris s'éclaircit la gorge.

— Mate ça, mon pote, c'est vraiment atroce.

— Tu vois pas que je suis occupé ?

Loin de se laisser décourager par ce manque d'enthousiasme, Morris balança le paquet sur le bureau juste sous le nez de Bob et entreprit de le défaire.

— Ça commence à sentir un peu...

— Alors laisse-le fermé.

— Moi qui croyais que t'aimais les tatouages.

Bob lâcha un soupir et cliqua pour sortir du site porno.

— Mets-le sur un plateau, au moins.

Hochant la tête, Morris fila à l'évier dont il ramena un grand plateau de dissection en inox.

— Bonne idée, mon pote. Ça a toujours tendance à suinter, ce genre d'échantillon.

Morris entreprit de transborder le paquet sur le plateau et écarta le plastique pour dévoiler son butin. Bob eut un mouvement de recul et, d'instinct, se plaqua la main sur le nez et la bouche. Morris eut un regard surpris.

— Tu vas pas gerber, quand même ?

Bob secoua la tête.

— Vise un peu ces tatouages, mon pote. T'as vu ça !

Morris souleva le bras sectionné et le retourna. Il s'en échappa un filet de sang à demi coagulé qui se répandit sur le plateau d'inox. Ça n'était pas le bras de n'importe qui. Il était coriace, velu et menaçant. Tout en muscles. Et constellé de tatouages sur toute sa longueur, sur les deux faces. Les premières phalanges portaient quatre lettres composant le mot H-O-L-A. Morris le tourna à nouveau, révélant à Bob un portrait qui lui accrocha le regard. Une femme nue, splendide, couchée sur le dos, les jambes en l'air, avec un homme au-dessus d'elle, la tête entre ses cuisses.

— Alors, qu'est-ce que t'en dis ?

Bob, le nez toujours bouché, se pencha pour y regarder de plus près. L'auteur de ce tatouage connaissait son boulot. On s'attendait à voir frémir la femme, comme à deux doigts de jouir. C'était saisissant.

— Pas mal, hein ?

Bob ouvrit un tiroir de son bureau et en tira un appareil Polaroid.

— Tu peux le retourner et le soulever de quelques centimètres ?

— Comme ça ?

— Un poil plus.

Morris s'exécuta. Bob s'approcha et appuya sur le bouton. *Flash, vvvvrrr, ding !* L'appareil cracha la photo. Bob fourra le cliché dans sa poche avant de faire disparaître l'appareil dans son tiroir. Puis il regarda Morris.

— Je crois que je vais aller me chercher un café. Je t'en prends un ?

— Laisse, j'y vais. J'ai passé trop de temps avec ce bras. J'ai besoin de changer d'air.

Bob contempla le bras.

— Qu'est-ce qu'on est censés en faire ?

Morris le remballa dans son plastique.

— Demain matin, quand ils l'auront embaumé, traité, drainé, ou Dieu sait quoi, je dois le livrer au labo de Parker Center.

Bob lui lança un coup d'œil incrédule.

— Chez les flics ? C'est une pièce à conviction ?

Morris se dandina d'un pied sur l'autre, ce qu'il ne faisait qu'en cas d'embarras ou d'urgente envie de pisser. Sortant de sa poche ses lunettes noires, il les chaussa pour éviter le regard de Bob.

— Écoute, mec. Pour tout te dire, j'en sais rien.

— On l'a retrouvé sur les lieux d'un crime ?

Morris acheva d'emballer le bras.

— Un grand latte, comme d'hab ?

Bob secoua la tête.

— Ce que tu veux.

Morris tourna les talons et s'éclipsa. Avec un soupir, Bob s'approcha d'un grand congélateur dont il tira la lourde porte chromée. Il posa le bras sur une étagère où s'entassaient déjà des dizaines d'autres segments, fragments, prélèvements, échantillons, rognures, débris et pièces détachées. Puis il rejoignit son ordinateur, mais les petites blondes avaient perdu tout attrait.

Tirant le Polaroid de sa poche, il l'examina sous toutes les coutures, tandis qu'il achevait lentement de se développer. C'était une reproduction fidèle du tatouage. On y sentait la patte d'un véritable artiste. Bob contempla encore la femme du portrait. Croqués de main de maître, ses seins s'étalaient voluptueusement, en s'épatant un peu vers les aisselles. Elle était couronnée d'une splendide crinière noire, hérissée tout autour de sa tête. Les proportions de ses bras, de ses jambes et de ses hanches étaient idéales. Pas un millimètre de trop, nulle part. Mais elle n'avait manifestement rien d'une lolita. Ses courbes et son poids étaient ceux d'une vraie femme. Une masse généreuse, sensuelle. Son expression tenait à la fois du sourire et du rictus, tandis que son corps se cabrait dans les spasmes de l'orgasme. Ses yeux s'écarquillaient comme sous l'effet de la surprise, devant l'intensité de ses sensations.

Incapable d'en détacher son regard, Bob sentit monter en lui un étrange sentiment. Il lui semblait qu'il l'avait déjà rencontrée ou, plus précisément, qu'elle était la femme qu'il désirait connaître. Une incarnation de l'idée qu'il se faisait d'une femme désirable. Il eut un petit pincement de jalousie en regardant le corps de l'amant. Quoique lui-même plutôt favorisé par la nature, de l'avis de la plupart des gens, Bob n'aurait pu rivaliser avec ces muscles, cette puissance, cette virilité qu'il irradiait. Avec toute cette énergie qui convergeait entre les jambes d'une femme…

Il promena son index sur le Polaroid, le long de la ligne qui allait des cuisses au ventre, aux seins, puis aux lèvres de la belle brune et, à sa grande surprise, il s'entendit lâcher un petit gémissement.

Puis sa main suivit machinalement la même trajectoire sur sa propre poitrine, en direction de son nombril et de son sexe. La réaction ne se fit pas attendre.

Exceptionnel, ce tatouage.

2

Maura contempla son patient. Ça n'était pas le premier qu'elle voyait, dans le genre. Anxieux. Intimidé, mal dans sa peau. Comptant visiblement sur elle pour prendre les choses en main et les mener à leur terme… Ce qu'elle ne faisait jamais. Elle n'était pas là pour ça. Son rôle était strictement thérapeutique et pédagogique. Elle avait de précieuses informations à leur transmettre et ils pouvaient bien gémir et supplier, ils étaient là pour apprendre à le faire tout seuls. Et puis, elle n'était pas une prostituée. Elle avait plutôt l'allure de la chef du service psychiatrique d'un grand centre hospitalier urbain. Elle en avait l'autorité distante, mêlée d'un soupçon de sévérité. Le bleu acier de son regard et ses cheveux blonds taillés au micron près ne faisaient que confirmer l'impression d'ensemble. Ils ne laissaient rien présager de particulièrement tendre ou d'avenant, tout comme l'arc résolu de sa bouche et ses petites dents, un rien déviées vers l'avant. Mais sous ces abords qu'on aurait pu qualifier de froids – ou, plus charitablement, de professionnels – Maura exerçait sur les hommes un mystérieux magnétisme. Ça devait être ses seins.

Elle prêta l'oreille aux bruits familiers, le va-et-vient, les grognements, la respiration entrecoupée, et de sa voix la plus apaisante, entreprit de coacher son client.

— Détendez-vous, monsieur Larga. Respirez profondément.

L'intéressé fit de louables efforts, inspirant par tous les pores de sa peau gélatineuse. Puis il expulsa bruyamment l'air par ses grosses narines, en s'humectant les lèvres.

— Relâchez les abdominaux. Les muscles des cuisses…

Larga se tortilla sur le fauteuil, gêné de sa propre nudité sous ce flot de lumière crue. Il n'était pas très fier de ce qu'il faisait.

— J'ai mal au bras…

Celle-là aussi, Maura la connaissait.

— Le but n'est pas l'orgasme…

— Ça me fait mal. Il me faudrait du lubrifiant.

Elle lui tendit un tube d'Astroglide et, avec la patience pincée d'une institutrice sermonnant un cancre, entreprit de lui expliquer :

— Il existe une foule de techniques pour stimuler un organe mâle en érection, monsieur Larga. Le pompage rapide avec le poing serré n'en est qu'une, parmi tant d'autres.

Il la regarda en clignant les yeux, toujours plein d'espoir.

— Vous pourriez pas me donner un petit aperçu ?

Elle prit un godemiché en plastique et lui fit une démonstration.

— Celle-là, la plupart des hommes y sont très réceptifs.

Larga essaya encore. Le brave garçon… Il faisait vraiment de son mieux. Mais il n'arrivait pas à se détendre et au bout d'une minute ou deux, sa main reprit son va-et-vient saccadé. Maura soupira. Il fallait s'y attendre. Certains patients, capables d'atteindre le niveau de relaxation et de concentration nécessaire, parvenaient à tirer profit de sa thérapie, mais d'autres se bornaient à se masturber sous ses yeux. Larga lâcha un grognement. Son orgasme semblait imminent.

— Ne vous crispez surtout pas. Respirez… respirez… le plus bas possible…

Mais c'était trop demander à Larga. Dans un souffle rauque, il éjacula sur son ventre. Maura lui tendit une boîte de Kleenex.

— Bien. C'est un début.

Larga s'essuya et se rhabilla à la hâte.

— Vous avez un lavabo par ici, si vous voulez.

Bouclant sa ceinture, il se dirigea vers le cabinet de toilette – le tout dans la plus grande précipitation et rouge de honte. Maura se mit à bavarder pour détendre l'atmosphère.

— Que faites-vous dans la vie, monsieur Larga ?

— J'écris des livres de cuisine.

— Ça doit être intéressant.

— Ça va, oui.

Larga hocha la tête en passant ses doigts dans ses cheveux qui s'éclaircissaient.

— Et vous, ça fait longtemps que vous faites ce, euh… métier ? demanda-t-il.

— J'ai ouvert ce cabinet il y a trois ans.

Maura observa Larga, qui la regardait. Ou qui, plus précisément, lorgnait ses seins – rien que de très habituel, pour elle. Depuis ses quatorze ans, les yeux des hommes avaient cette irrésistible propension à glisser de son visage à sa poitrine. Ils finissaient généralement par se stabiliser vers le bas et ses interlocuteurs achevaient la conversation avec ses seins. C'était ennuyeux, bien sûr, mais comment leur jeter la pierre ? Ils accrochaient le regard. Leur masse épanouie rompait avec la ligne, par ailleurs fluide et déliée, de sa silhouette. Car elle avait le look mannequin – et même "grande asperge", selon sa meilleure amie. Certains la soupçonnaient de s'être fait siliconer mais en toute honnêteté, si elle avait dû se faire réviser les seins, ç'aurait été à la baisse – ces deux globes qui se pavanaient bêtement devant elle, monopolisant l'attention des hommes et leur inspirant des sornettes comme celle que Larga s'apprêtait à lui lâcher…

— Vous devez commencer à toucher votre bille, là…

— C'est-à-dire ?

— Eh bien, vous voyez ce que je veux dire… dans l'auto-érotisme.

Maura n'eut qu'un sourire pour toute réponse et alluma un bâton d'encens.

— À dans deux jours, monsieur Larga. Même heure ?

Il acquiesça d'un signe de tête et se dirigea vers la porte.

— Et surtout, exercez-vous. Un peu chaque jour.

Comme la porte se refermait sur Larga, Maura ôta consciencieusement le drap sur le fauteuil qu'il venait de quitter et le balança dans le panier à linge. Puis elle se baissa pour en prendre un autre dans une petite commode, et l'étendit sur le fauteuil. Elle sourit en repensant à Larga.

Certains étaient des onanistes-nés.

Mais pas lui.

3

La journée s'annonçait chargée à l'atelier. L'équipe avait attaqué le démontage d'une Toyota. Trois hommes, armés de chalumeaux, engoncés dans leurs combinaisons protectrices, le visage disparaissant derrière leurs masques de soudeurs, charcutaient les entrailles de la voiture dont ils faisaient jaillir des geysers d'étincelles. Ils en extirpèrent une à une les pièces de métal scintillantes, et, presque à vue d'œil, la voiture fut éviscérée, vidée, réduite à l'état de carcasse. Un jeune garçon, chargé de trier et de rassembler les morceaux épars, s'affairait autour d'eux. Il empilait les pièces sur un chariot avant de les emporter. Les trois hommes travaillaient dans un synchronisme parfait, avec la plus grande économie de mots et de gestes. Des pros.

Le squelette d'une autre voiture, qui avait dû être une Camaro, gisait dans un coin, nettoyé comme par un raid de piranhas. D'autres véhicules, garés au fond du hangar décrépit et recouverts d'une bâche maculée d'huile, attendaient leur tour.

Le rythme du travail ralentit tout à coup. Un coupé Mercedes flambant neuf avait fait son entrée. Il s'arrêta au beau milieu du garage. Et tout se figea sur place. Les chalumeaux s'éteignirent. Les ouvriers avaient reconnu l'homme à la Mercedes.

Tel le méchant dans un vieux western, il mit pied à terre et passa les lieux en revue, promenant autour de lui l'œil du propriétaire. C'était Esteban Sola, *el Jefe.* Il était originaire de Juarez, une ville mal famée située sur la frontière mexicaine, où il dirigeait un important réseau de passeurs de drogue. Sa bande s'était distinguée, entre autres spécialités, dans le meurtre et la disparition d'agents de la DEA. Esteban avait su faire preuve de la férocité et de la rapacité nécessaires pour s'imposer à la force du poignet dans *la Eme,* la mafia mexicaine de Los Angeles, où il avait conquis une place enviée. À présent, il régnait par la terreur, à la tête de son équipe, et savait imposer le respect.

Tous les regards avaient convergé vers lui. Les hommes d'Esteban étaient suspendus aux lèvres de leur chef – ils n'avaient guère le choix s'ils tenaient à rester en vie.

— *Hola, compañeros.*

Dans sa voix rocailleuse résonnait une autorité qui vous filait des fourmis jusque dans le scrotum.

— *Hola, señor Sola.*

Esteban Sola n'avait rien d'un Adonis – il avait la peau grasse et grêlée, et son visage était barré d'une grosse moustache noire qui dissimulait ses lèvres trop fines –, mais il exerçait un étrange pouvoir sur le beau sexe. Les femmes ne semblaient pas remarquer ses cheveux plaqués sur son crâne et au naturel plutôt fins et ternes, qu'il enduisait d'un produit *made in Switzerland* dans l'espoir de leur rendre un peu de ressort. Derrière les Ray-Ban qu'il ne quittait pratiquement jamais, elles ne voyaient pas la sensualité qui voilait son regard, laissant deviner un fond plus délicat et plus sensible. Une âme d'artiste. Abstraction faite des mirages du pouvoir, de la violence et du fric qu'il brassait, Esteban aurait pu passer pour un simple quidam, genre serveur de restaurant. Mais à le voir descendre de sa Mercedes escorté par cet élégant jeune *gringo* et arborant cet indescriptible costume – subtil mélange d'Armani et de style western –, il dégageait une aura de danger qui vous glaçait les sangs.

C'était calculé. Esteban interdisait à ses hommes de se raser le crâne comme s'ils étaient *pelón*. Tout comme de s'affubler de l'uniforme des autres gangs latinos – grandes chaussettes et pantalons trop courts. Pour lui, ce n'était qu'une manie d'ex-prisonnier ; et s'afficher comme sortant de prison, c'était le meilleur moyen d'y retourner. Mieux valait avoir l'allure d'un producteur de cinéma.

— *Que onda ?*

L'un des ouvriers s'avança, la main tendue. Esteban la lui serra, d'une poigne d'acier. Une fraction de seconde, le regard du type s'attarda sur le tranchant des bagues qui scintillaient à ses doigts, mais il n'eut guère le temps d'admirer davantage la qualité de la joaillerie. La seule idée qui lui vint à l'esprit, c'était qu'en cas de bagarre, ça devait faire mal.

— On a reçu deux ou trois nouvelles pièces. On commençait juste à s'en occuper…

— C'est vous qui les avez volées ?

— Non. Des *cholos* de Long Beach.

Esteban s'esclaffa.

— Je m'en méfie comme de la peste, de ces *pendejos.* Ils me voleraient ma propre voiture !

Les hommes éclatèrent de rire – ça valait mieux pour eux.

Encouragé par son public, Esteban poursuivit :

— Mais si l'un d'eux s'avisait de s'en prendre à *mi coche*… (Il marqua une pause, pour l'effet.) *Muerte.*

Martin, le *gringo* qui l'escortait, toujours tiré à quatre épingles – cheveux fixés au gel, veste de cuir patinée, chemise bariolée à grand col et pantalon moulant, façon rock star –, se fit un plaisir de jouer les faire-valoir.

— Si vous leur montriez ça…

Les ouvriers hochèrent la tête et Esteban, tel un magicien s'apprêtant à accomplir son meilleur tour, déclara d'un ton solennel :

— *El Ladrón esta como un culero.*

Les ouvriers échangèrent des regards perplexes, désorientés par le terme de *culero,* qui désigne aussi un passeur transportant la came dans son rectum. Mais l'ambiguïté ne fit qu'ajouter au suspense.

— Regardez…

Pour les besoins de sa démonstration, Esteban fit contourner le capot aux ouvriers, et les amena jusqu'au siège conducteur.

— Si je pousse ce bouton, il ne se passe rien. Le conducteur est en totale sécurité. Mais si je le laisse tiré… Dès qu'on actionne l'accélérateur…

Balayant le sol du regard autour de lui, Esteban repéra une caisse de plastique. Il la posa sur le siège, avant d'actionner la télécommande de son porte-clés.

Bam!

Une lame avait jailli du siège, déchirant le plastique. Un éventuel voleur se serait retrouvé assis sur un éperon d'acier de cinquante centimètres.

— Alors, c'est pas *la puta madre*?

Esteban partit d'un grand éclat de rire et jeta un coup d'œil vers Martin.

— On devrait le commercialiser, ce gadget! Bien plus efficace que les barres sur un volant, non?

Les ouvriers en restaient sans voix, manifestement convaincus par ce nouveau prototype d'antivol. Ils tournaient les talons et regagnaient leurs postes sur la pointe des pieds lorsque Esteban pivota vers eux et leur lança, tout à trac:

— Vous n'auriez pas vu Amado aujourd'hui, par hasard?

Ils firent "non" de la tête.

— Mais il est passé hier, risqua l'un d'eux.

Esteban balaya l'assistance d'un regard lourd de menace.

— Dites-lui de m'appeler.

4

Amado s'était écroulé dans la baignoire. Il était grand, musclé, brun de poil et de teint. L'action conjuguée du vent, de la cigarette et de la tequila avait desséché et craquelé son visage olivâtre, mais il restait d'une incontestable beauté, avec ce côté animal auquel aucune femme ne résiste. L'hémorragie massive n'avait pas terni l'éclat acéré de ses yeux noirs, dont on avait peine à soutenir le regard. *El Jefe* lui-même, ce redoutable patron avec qui mieux valait soigner ses relations, évitait de fixer Amado trop longtemps et trop directement. Ses yeux irradiaient une énergie brute, carnassière, comme s'il vous soupesait en vue de son prochain repas. Et prises dans leur rayon, les femmes tombaient comme des mouches.

Amado poussa un grognement et changea de position dans la baignoire. À l'emplacement auparavant occupé par son bras gauche, un gros bandage maintenait contre son épaule un sac de glace, enveloppé de plusieurs serviettes. Sur son torse nu s'étalait toute une galerie de portraits tatoués : des beautés dénudées, des couples en pleine action. Toutes les positions possibles et imaginables, explicitement représentées avec une magistrale précision. Son corps était un vrai *Kama-Sutra.*

Un filet de sang frais, qui semblait d'un rouge plus vif sur la paroi de porcelaine blanche, s'écoulait en direction de la bonde. Le jean du blessé était maculé d'une large traînée sombre jusqu'à ses santiags. Il tendit la main vers la bouteille de tequila Herradura qu'il tenait entre ses cuisses, et la porta à ses lèvres. Il but à longs traits. Puis, reposant la bouteille, il se mit à hurler :

— *Pendejo !*

Un splendide jeune homme, portant une longue chevelure lustrée impeccablement tirée en arrière et réunie en queue-de-cheval, accourut avec un couteau et un citron vert. Norberto, qui était pourtant un modèle de style et de sang-froid, n'avait plus un poil de sec. Il bredouillait et ne savait plus à quel saint se vouer. Il se préparait à aller danser la salsa au Rudolpho's et n'avait aucune envie de tacher ce fabuleux costard violet en peau d'ange qu'il s'était déniché chez un fripier du quartier. Il venait juste de le récupérer au magasin de retouches, où on l'avait remis à sa taille, et se voyait déjà tourbillonner, scintillant, sur la piste de danse.

Mais non ! Il avait fallu qu'il ouvre sa porte. Et voilà qu'il se retrouvait avec un amputé sur les bras. Il n'avait pas eu le choix. Amado n'était pas seulement un ami – c'était aussi son chef. Norberto se sentait tenu de lui porter secours. Mais il était quand même un peu partagé, réaction compréhensible vu les circonstances.

— Tu veux encore du citron vert ?

— Putain, non ! Je veux un médecin.

— Je l'ai appelé. Il arrive.

Norberto tira un long couteau à cran d'arrêt, l'ouvrit d'un geste fluide et découpa le citron en fines tranches. Amado prit une autre lampée d'Herradura puis, comme ses lèvres s'entrouvraient, Norberto en approcha une tranche et écarta prestement ses doigts. Amado aspira le jus de citron avec une grimace de rage, de douleur et de frustration.

— Esteban a appelé, mec.

— Rien à foutre !

Norberto tendait déjà la main vers la bouteille mais Amado le chassa de son bras valide :

— J'ai pas fini !

Norberto se posa sur le siège des toilettes, près de la baignoire.

— Et moi, alors ? Tu crois pas que j'aurais besoin d'un petit remontant, pour tenir la pression, *cabrón* ?

Amado soupira et lui tendit la bouteille. Norberto y but tout son soûl puis se cala une tranche de citron entre les dents.

— Laisse-m'en un peu, *pendejo* !

Norberto lui rendit la bouteille et l'examina.

— Et ton bras, mec ? Qu'est-ce que t'en as fait ?

— Je l'ai laissé dans le garage de Carlos Vila.

Norberto médita un instant là-dessus.

— Et qu'est-ce que tu foutais dans le garage de Carlos ?

— J'étais en train de le tuer.

— *Por qué ?*

— On avait un marché, Carlos et moi. Et ce *maricón* a décidé de me balancer.

— Et alors… Tu l'as tué ?

Amado confirma d'un signe de tête. Il porta à nouveau la bouteille à ses lèvres puis se tourna légèrement et jeta vers Norberto un coup d'œil que l'intéressé décrypta aussitôt. Il lui présenta une autre tranche de citron. Amado y mordit.

— Si tu l'as tué, qu'est-ce qui est arrivé à ton bras ?

Amado poussa un long soupir.

— J'étais en train de le pendre dans son garage. Pour faire croire à un suicide, tu vois ? Je suis monté sur une échelle pour attacher cette putain de corde et, me demande pas comment, mais j'ai dû actionner la commande de cette putain de porte automatique, alors que j'avais le bras coincé dans les rails. La chaîne s'est enroulée autour et puis… *Mira*… regarde un peu ce que ça m'a fait ! Sectionné net.

Norberto étouffa un gloussement.

— *Qué bárbaro !*

— C'est pas drôle, *pendejo*.

Norberto rectifia la position, plus par crainte que par respect.

— Désolé, *patrón*.

— *Pinche la puta madre, cabrón…*

Amado s'envoya une lampée d'Herradura tandis que Norberto lui glissait une tranche de citron entre les dents, en évitant d'y laisser les doigts.

— *Las placas*, ils vont te chercher, mec. Ils ont tes empreintes.

Amado secoua la tête.

— Non. J'avais mis des gants.

— Ouais, *patrón*, mais si tu leur as laissé ton bras, ils vont pouvoir prendre tes empreintes directement sur tes doigts.

Amado changea brusquement de visage. Ses traits se tordirent en un masque de rage.

— *Carajo!*

— T'es cuit, chef.

Amado pivota vers Norberto.

— Vas-y tout de suite, *pendejo*! Ramène-le-moi, ce putain de bras…

— *Ahora?*

— *Sí, ahora!*

— Et le docteur?

— Tu n'auras qu'à laisser la porte entrebâillée.

— Entrebâillée, dans ce quartier?

Le regard que lui lança Amado suffit à le convaincre. Norberto tendit au blessé le dernier morceau de citron et fila sans demander son reste.

5

Bob s'était installé sur son canapé, dans la position classique du téléspectateur américain de base. La tête sur un tas de coussins râpés, ses pieds nus croisés sur l'accoudoir, son ample T-shirt retroussé sur un nombril velu. Sans être d'une beauté renversante, il avait le look "normal-plus", comme disait Maura – des yeux vifs et symétriques, un nez discret, un menton énergique marqué d'une fossette qu'il cachait sous un petit bouc. Il considérait qu'en retour sa barbe avait l'avantage de mettre sa bouche en valeur, ceci compensant cela. Il reconnaissait volontiers qu'il avait des lèvres particulièrement sensuelles, pour un hétéro.

Il prit une gorgée de bière et, changeant d'appui sur le canapé, s'y étala tout à son aise.

Le canapé était recouvert de ce qu'il se plaisait à définir comme une "vieille merde pour hippie" – un genre d'imprimé artisanal marocain qui vous portait tout naturellement à discuter haschich et voyages à Amsterdam. Il l'avait eu d'occasion, comme pratiquement tout le contenu de l'appartement. Tous les meubles provenaient des puces et des dépôts-ventes du quartier, mais il avait un faible pour ce vieux canapé qui détonnait sur tout le reste. Sur les sièges de vinyle rose argenté, récupérés dans un salon de coiffure. Sur la table basse en bois massif sculpté, avec ses carreaux de terre cuite à la mexicaine, et sur les paysages chinois sur fond de velours noir. Bob aimait vivre dans cet éclectisme esthétique. Il y sentait s'épanouir son âme d'artiste.

Il avait allumé la télé mais ne la regardait pas. Il dévorait des yeux le Polaroid. Cette image dégageait un je-ne-sais-quoi d'envoûtant. Il aurait été bien en peine de définir ce qui le fascinait. Cela ne ressemblait pas aux images pornographiques qu'il appréciait d'habitude, ces représentations on ne pouvait plus explicites de jeunes femmes s'adonnant avec enthousiasme à tous les jeux sexuels imaginables, les yeux écarquillés de bonheur. Peut-être n'était-ce que la stylisation, l'absence de tous ces détails dont regorgent les clichés en quadrichromie. Bob n'aurait su le dire mais, sans même parler de l'incroyable maîtrise du trait, ce portrait de femme et la vitalité qui s'en dégageait l'excitaient au plus haut point. Une vraie fournaise.

Le bruit d'une clé ferraillant dans la serrure le tira de ses songes. C'était Maura. Elle entra, balança son trousseau sur la table et dit :

— Ça va me faire du bien, un peu de yoga.

Bob se redressa.

— Je te sers un verre ?

— Bob. J'essaie de purifier mon corps, pas de le polluer davantage.

Il acheva sa bière et hocha la tête. Il comprenait. Antioxydants, élimination des toxines, jus de grains de blé germés… il était au courant. Il comprenait. C'était son truc, d'être compréhensif.

— Rude journée ?

— J'aurais dû faire médecine ! J'aurais de vrais patients qui m'écouteraient respectueusement, au lieu de lorgner mes seins en essayant de me convaincre de leur faire une branlette. Tu lui demanderais ça, toi, à ton docteur ?

— Ben, pourquoi pas… s'il était aussi bien roulé que toi.

Maura ne releva pas. Elle disparut dans la cuisine où elle se mit à feuilleter le courrier.

S'arrachant à son canapé, Bob vint lui poser un baiser sur la nuque, en l'enveloppant de ses bras.

— Eh… C'était un compliment !

— Pas maintenant.

— Pourquoi pas ?

— Parce que là, je vais à mon cours de yoga.

Bob resta dans la cuisine, ruminant sa frustration. Il sortit du frigo une autre bière dont il fit sauter l'opercule avant de la porter à ses lèvres. Puis ses yeux revinrent vers Maura. Sa fine silhouette. Son joli visage. Et ce buste à damner un saint… Bob l'adorait. Ou plutôt, pour être tout à fait honnête, il l'aimait en pièces détachées. Il détaillait avec délectation les morceaux de choix de son corps ou de sa personnalité. Et à ainsi examiner ses composants un à un, il en venait invariablement à la conclusion qu'on ne faisait pas mieux. Pas mieux que ses seins, par exemple. Ou que son sens de l'humour quand elle était de bon poil. Que sa langue, son menton ou ses oreilles.

Ou que ses jolis petits pieds, parfaitement galbés. Il aurait pu passer des heures à la découper ainsi en segments, du plus au moins désirable. En tronçons de plus en plus petits, de plus en plus précisément délimités. *Maura selon les pointillés*… pas mal comme titre, pour un film.

— Je serais vraiment partant, là…

— Ben, pas moi.

— Allez, quoi…

— Si tu t'en tapais une petite… ?

Là, Bob rua dans les brancards. Il connaissait le refrain. Comme si la masturbation était la réponse à tout !

— Tu sais qu'il existe des mecs qui préfèrent faire l'amour à une vraie fille avec un corps tiède, sensuel et consentant ?

— Eh bien, là, mon corps tiède n'est pas consentant. Il se prépare à filer à son cours de yoga – alors si tu tiens à te vautrer dans le stupre, va falloir te débrouiller tout seul.

— Je pourrais peut-être prendre rendez-vous à ton cabinet ?

— C'est au-dessus de tes moyens. Ça n'est pas pris en charge par ta mutuelle.

— Sans blague, parce que il y a des mutuelles qui remboursent tes services ? demanda Bob, soufflé.

— Bien sûr. Je suis thérapeute agréée. (Bob hocha imperceptiblement la tête.) Qu'est-ce que tu te figures ? Que je tiens un salon de massage où je branle des obsédés à la chaîne pour trente dollars ?

— Eh bien, je… j'ignorais que c'était remboursé, c'est tout.

— Tu ne m'as jamais posé la question. Tu ne t'intéresses à rien de ce que je fais. À croire que je ne t'inspire vraiment pas !

Bob se mit sur la défensive. Sa voix grimpa dans l'aigu.

— Ça, c'est faux ! Je viens même de te proposer de faire l'amour !

Maura leva un sourcil et Bob resta bêtement planté devant elle, en attendant les premiers grondements de l'éruption. Ça n'aurait pas été la première fois. Il avait déjà expérimenté de tels débordements. Le changement dans sa voix, le sang qui lui montait au visage, et ce petit hoquet outré lorsqu'elle prenait son souffle avant de se mettre à hurler – avec ou sans projection d'objets environnants. Bob tâcha de rester placide, comme un palmier avant la tempête. Mais au prix d'un violent effort, elle ravala sa colère :

— Désolée, siffla-t-elle. Là, j'ai vraiment pas le temps !

Là-dessus, elle entra dans la chambre et entreprit d'ôter son chemisier. Bob la lorgna depuis le salon, la main crispée sur sa bière, tandis que Maura enfilait sa tenue de yoga. Cela fait, elle se dirigea vers la porte d'entrée, son petit tapis roulé sous son bras, dans une couverture mexicaine.

— À plus tard, chéri ! lui lança-t-elle.

Et la porte se referma sur elle.

Norberto ne se laissa pas arrêter longtemps par la porte de derrière, qu'il enfonça d'un coup de pied. Il alluma sa lampe de poche et en promena le pinceau lumineux dans le garage. Les banderoles jaunes délimitant le théâtre du crime voletaient gaiement dans le courant d'air, comme les serpentins d'un goûter d'anniversaire. À part ça, le garage n'avait rien de spécial. Des vieux pots de peinture empilés sur des étagères. Une bêche. Un râteau. Des bidons en plastique. Du liquide de frein. Du produit pour déboucher les chiottes. Des tas de vieilles merdes. Le rayon de sa torche s'arrêta sur une luge. Il déchiffra, sur le côté, les mots *Radio Flyer,* peints en rouge et à demi effacés. Norberto avait grandi à Juarez. Il lui fallut un certain temps pour reconnaître l'objet. Il en avait entendu parler, mais c'était la première fois qu'il en avait une sous les yeux. Il examina les garde-corps, les patins de bois. Une luge. Qu'est-ce qu'il pouvait fabriquer avec une luge à Los Angeles, Carlos ? *Raro,* le mec.

Poursuivant son exploration, il découvrit un cric tout neuf, de chez Sears, et ça, ça pouvait valoir du pognon. L'espace d'une seconde, l'idée l'effleura de l'embarquer, mais il la chassa aussitôt. Le pinceau de sa torche était tombé sur les contours à la craie qui devaient indiquer l'emplacement du corps. À côté, il repéra une flaque sombre – du sang, ou de l'huile de vidange, il n'aurait su dire – et un mètre ou deux plus loin, il distingua un deuxième contour, nettement plus petit, qui devait avoir à peu près la taille et la forme d'un bras gauche. Celui d'Amado.

Max Larga se curait le nez dans sa cuisine high-tech super équipée, dont toutes les surfaces chromées démultipliaient ses gestes à l'infini. De l'ongle du petit doigt, il finit par ferrer une belle prise, qu'il admira un instant, avant de se la fourrer machinalement dans la bouche. Puis il fit claquer ses lèvres charnues, comme lorsqu'on s'envoie une petite huître, et attaqua les préparatifs du dîner.

Il prit son tablier blanc fraîchement amidonné accroché à une patère et, le nouant autour de son ventre proéminent, sortit d'un tiroir une sauteuse dans laquelle il mit un beau gigot. Il prit de la marjolaine fraîche dans son frigo et, armé d'un grand couteau, entreprit de cisailler les herbes avant de les mettre dans un saladier en les arrosant d'huile d'olive. Il sala et poivra la préparation, plongea les deux mains dans le saladier pour malaxer le tout. Puis il revint au gigot, qu'il enduisit d'huile épicée. Ses mains, dégoulinantes de graisse, palpaient la chair rose pour mieux l'imprégner. Ce faisant, il se sentit parcouru d'un frisson, d'abord imperceptible et, presque inconsciemment, son entrejambe vint s'appuyer au plan de travail, avec un petit mouvement de roulis. Il sentit le rouge lui monter aux joues et se morigéna – il venait d'appliquer à son gigot ses techniques de masturbation nouvellement acquises.

Il se hâta de se rincer les mains, enfourna le gigot et se déboucha une bouteille de merlot.

Esteban enrageait. Combien de fois lui faudrait-il faire passer la frontière et filer du boulot à ce genre de crétins ? Il leur avait donné leur chance, il les avait aidés à se faire une place dans cette putain de ville – et comment ils le remerciaient, ces *maricóns* ? En faisant tout foirer. Il fallait toujours qu'ils fassent tout foirer. Ils étaient incapables de la moindre gratitude pour tous les bienfaits du crime. Parce que le crime, ça paie, *cabrón* ! Grâce au crime, tu peux enfin prouver que tu as des couilles ! Et t'offrir une vie plus belle que dans tes rêves. Mais ça, ils étaient tout simplement trop cons pour le saisir. C'était un fait, Esteban le savait. Amado serait toujours infoutu de le comprendre. D'apprécier sa chance. Les Blancs, eux, ils étaient réglos. C'étaient ces connards de *caballeros,* qui foutaient la merde. Esteban aurait mille fois mieux fait de recruter une poignée d'ex-joueurs de l'équipe de l'université du Texas au chômage. Eux, ils n'auraient demandé que ça, ces connards de Blancs – un poste intéressant, agrémenté d'un peu d'adrénaline et d'action. Et ils étaient globalement loyaux. Sauf qu'Esteban aussi était loyal, il se sentait lié à *La Raza.* En dépit de tous les problèmes qu'ils lui causaient, il se sentait tenu de venir en aide à ses compatriotes.

Il posa sa bière et dévisagea Martin. Le jeune *gringo* écrasa sa cigarette et soutint son regard sans ciller. Soit parce qu'il se croyait plus malin qu'Esteban, soit parce qu'il était constamment défoncé, Martin ne craignait jamais de lui dire la vérité en face, y compris lorsque ça risquait de le foutre en rogne. Et Esteban savait qu'il faut être fou pour s'entourer de lèche-culs – encore qu'on puisse y trouver certains avantages…

Il poussa un soupir.

— Je les appelle, je leur dis de venir. Et qu'est-ce qu'ils font ? Ils disparaissent ! C'est quoi, ces manières ?

— Nous avons tous des progrès à faire, en matière de communication.

Esteban eut un ricanement de mépris.

— La communication… ! Putain, pour moi, c'est carrément du manque de respect !

Martin hocha la tête.

— Mais si on était tous équipés de portables…

— Je crois qu'il va falloir faire un exemple, l'interrompit Esteban.

— À quoi ça nous avancerait ?

Esteban s'alluma une cigarette.

— Une partie de mon boulot consiste à alimenter la peur que j'inspire aux gens.

Martin hocha la tête.

— Une stratégie d'image de marque comme une autre…

Esteban souffla un nuage de fumée à travers la pièce. Seigneur, il avait oublié d'être con, ce môme ! Il n'avait lui-même qu'une vague idée de ce que c'était, une stratégie d'image de marque – mais ce petit, c'était un cerveau. Il irait loin. Si seulement il écoutait les conseils d'Esteban et profitait de son expérience…

Car s'il y avait une chose qu'Esteban avait comprise, c'était qu'il y a un abîme entre la sagesse de la rue et celle des bouquins. Entre le monde survolté des cabinets de courtage et des gratte-ciel tout en chrome et en verre, truffés de jolies secrétaires en tailleur – et celui des bas-fonds, des hôtels borgnes, des bagnoles rafistolées et de l'arbitrage à la gâchette, ce monde qui carbure à la testostérone, vautré dans la crasse des quartiers chauds.

Un pied tendre, ce Martin. Formé pour devenir avocat d'affaires. Il ne saisirait jamais les subtilités dont il fallait jouer en virtuose pour diriger une équipe comme la sienne. Il ne comprenait pas qu'être *el Jefe*, ça consistait, à quatre-vingt-dix pour cent, à prouver que vous aviez des *huevos* à revendre. Parce que les couilles, c'était pas ces saloperies d'ordinateurs ou de téléphones portables qui risquaient de les remplacer ! Ce qu'il voulait, Esteban, ça n'était pas que ses hommes lui passent des coups de fil. C'était qu'ils soient prêts à ramper à poil dans un champ de cactus sur un simple signe de lui. C'était ça, le respect. Le respect dû au chef et à ses *huevos.*

Esteban regarda Martin dans le blanc de l'œil.

— Mon image *de marque*, c'est ça, oui. *Exacto !* On le chope, ce *maricón,* et on lui *marque* le cul au fer rouge !

— Pour ça, faudrait d'abord le retrouver.

Esteban se leva.

— C'est comme si c'était fait. *Vamos.*

6

À SON RETOUR, Norberto trouva sa porte grande ouverte.

— Fais chier, mec !

Il entra, ferma la porte et mit le verrou. Puis il se retourna et hurla en direction de la salle de bains :

— Je t'avais bien dit de la fermer, cette putain de porte !

Silence. Norberto se dirigea vers la salle de bains.

— Qu'est-ce que t'as, t'es mort ?

Pas de réponse. Il marqua une pause.

— J'espère que tu m'as laissé un peu d'Herradura, mon pote !

Il poussa la porte de la salle de bains. Plus trace d'Amado. Ni de la bouteille. D'eux ne subsistait qu'une sinistre traînée de sang à demi séché. Norberto rinça la baignoire à grande eau et essaya de frotter un peu, mais c'est tenace, les taches de sang. Surtout quand c'est sec.

Il va me falloir un putain de détergent, là…

Norberto fouilla sous l'évier et mit la main sur une boîte de poudre à récurer et une éponge. Il saupoudra généreusement toute la baignoire, recouvrant de poudre verte les traînées de sang, puis il se mit à frotter avec entrain.

Tout à sa tâche, il n'avait pas entendu Esteban et Martin approcher, derrière lui.

— Qu'est-ce qui t'arrive, *maricón* ? T'as tes règles ?

Norberto se retourna, sans hâte. En reconnaissant Esteban, il fut pris d'une violente envie de fuir. Mais c'était inutile. Esteban aurait fini par le retrouver – sans compter que la salle de bains n'avait qu'une issue. Réfléchissant à vitesse grand V, Norberto décida de la jouer cool – malgré l'auréole qui s'élargissait de seconde en seconde sur son falzar. Il le prit donc sur le mode plaisant :

— Eh, Esteban ! Tu veux que j'aille frotter la tienne quand j'aurai fini ? Pour toi, ça sera gratuit…

Esteban coupa l'eau.

— J'ai une femme de ménage.

— Comme tu veux, *cabrón*, mais si t'as besoin de moi…

Norberto craignit tout à coup, mais un peu tard, d'en avoir trop fait. Esteban s'était tourné vers Martin.

— T'as vu, ce *pendejo*… il n'a jamais eu de couilles. Là, il essaie de me lécher le cul.

— Putain, non. Crois pas ça ! J'essaie pas de te lécher le cul, pas du tout !

Esteban poursuivit, sans un regard pour Norberto :

— À vue de nez, je dirais qu'il nous cache quelque chose.

Et là, Norberto sentit très distinctement le temps se gâter.

— Quoi ? Sûrement pas ! J'ai rien à cacher, moi. *Nada !*

Martin rabattit le couvercle des W-C, s'assit et ouvrit une petite bourse de cuir noir qu'il avait tirée de sa poche. Ça ressemblait vaguement à une blague à tabac.

— On va voir ça.

De sa bourse, Martin sortit une seringue et un flacon rempli d'un liquide incolore.

Norberto interrogea Esteban du regard.

— Putain, les mecs, qu'est-ce que c'est, cette saloperie ?

Pour toute réponse, Esteban n'eut qu'un large sourire.

— T'as une question à me poser ? J'ai rien à cacher, *patrón*. Pas besoin de ça !

Norberto cédait à la panique. Martin retourna le flacon et remplit la seringue, comme il l'avait vu faire à la télé. Puis il remit le flacon dans le sac et, d'une chiquenaude, chassa la bulle vers le haut.

— Qu'est-ce que c'est, ce truc ?

Esteban regardait Norberto. Il buvait du petit-lait. Ce con qui s'oubliait dans son pantalon en implorant sa grâce, ça promettait d'être marrant.

— Où est Amado ?

Norberto lui dit la vérité :

— Il était là, dans la baignoire. Je suis sorti pour aller chercher un truc et à mon retour, y avait plus personne.

— Qu'est-ce qui s'est passé, dans cette baignoire ?

Le regard de Norberto fit la navette entre la tache, la boîte de détergent et l'éponge verte qu'il serrait toujours dans son poing.

— C'est du sang, mec. Juste du sang.

— À qui, le sang ?

— À Amado.

— Tu l'as buté ?

— Non, mec.

Esteban éclata de rire.

— Alors, quoi, il s'est coupé en se rasant ?

Norberto regarda Esteban. Puis Martin, qui enfonça légèrement le piston de la seringue. Cette cochonnerie ne lui disait rien qui vaille.

— Écoute, Esteban. J'ai rien à voir là-dedans, moi.

— Si tu nous racontais un peu…

— Amado s'est blessé au bras.

— Il est à l'hôpital ?

— Non. C'est encore plus dingue que ça.

Esteban avait horreur de céder à la colère. Ses héros, les méchants de Hollywood, Marlon Brando dans *Le Parrain,* ou Christopher Walken dans tous ses rôles, ne sortaient jamais de leurs gonds – fallait vraiment les pousser à bout. Et ça, ça forçait son admiration. Mais est-ce que Brando lui-même serait resté aussi cool, s'il avait dû supporter à longueur d'année les conneries de ces crétins… ? Esteban envoya une gifle à Norberto. À toute volée. Le jeune homme vacilla, tandis que sa tête allait cogner contre le bord de la baignoire. Il s'était ouvert le front. Le sang pissait à grosses gouttes, tombant dans la poudre verte.

— Qu'est-ce qui s'est passé ? Qu'est-ce qui lui est arrivé, au bras d'Amado ?

Norberto ne tenait pas à s'en prendre une autre :

— Il se l'est fait couper, mec. Sectionner net.

L'expression qui se peignit sur les traits d'Esteban sortait franchement de l'ordinaire. Un mélange d'amusement, de dégoût et de stupeur sincère.

— Qu'est-ce que c'est que ces conneries !

— *Es a verdad !*

Esteban lui envoya une autre gifle.

— Amado a tué Carlos Vila, mais il y a laissé son bras.

Celle-là, Esteban ne s'y attendait pas.

— Carlos ? Il l'a tué ? *Porqué ?*

— J'en sais rien, chef. Je crois qu'ils avaient passé un genre de marché et que Carlos a essayé de le doubler. Alors, vous voyez… Amado l'a descendu.

Martin et Esteban échangèrent un regard.

— Ils vont lui recoudre son bras, à l'hôpital, dit Martin.

Mais Norberto secoua la tête :

— Non, mec. Impossible.

— Mais si, c'est possible. La microchirurgie fait des miracles, maintenant. Des trucs pas croyables. Il ne récupérera peut-être pas toute la mobilité de son épaule, mais…

Norberto l'interrompit :

— Il l'a laissé sur place, son putain de bras, mec. Il l'a plus.

Esteban se pencha vers Norberto. Tout près. Norberto frémit et fit la grimace en attendant le coup.

— Pardon ?

— Son bras est resté près du corps, chef.

Esteban lui balança un regard incendiaire.

— Fais-lui sa piqûre.

Amado se réveilla. Son bras, ou plus précisément son absence de bras, l'élançait. Il laissa son regard errer au plafond – une étendue de fromage blanc granuleux, parsemé de paillettes dorées. La lampe de chevet répandait dans la pièce une lueur douce, ambrée. Se dévissant le cou, il aperçut une commode, recouverte d'un drap, sur laquelle étaient alignés des instruments de chirurgie en inox. De son bras valide partait un tube transparent. Des bruits lui parvinrent de la pièce voisine, mais quand il tenta d'appeler, son gosier se contenta de produire une sorte de coassement.

La porte s'ouvrit sur un jeune Black.

— Ça y est, vous êtes réveillé ? Comment ça va ?

En guise de réponse, Amado n'émit qu'un second coassement.

— Minute. Je sais ce qu'il vous faut.

Le jeune homme approcha de ses lèvres un verre avec une paille coudée.

— C'est l'anesthésie. Ça vous dessèche complètement les muqueuses… Allez-y. Buvez !

Amado aspira le liquide et, à sa vive déception, ce fut de l'eau fraîche qui se répandit dans sa bouche.

Le jeune homme l'observait, plein d'espoir.

— Alors, comment vous vous sentez ?

Amado hocha la tête et fit une troisième tentative :

— *Malo*, articula-t-il.

Le jeune homme hocha la tête à son tour.

— Je vais vous donner quelque chose, pour la douleur. Mais il va falloir vous tenir tranquille pendant plusieurs jours. Si vous vous agitez trop, la plaie risque de se rouvrir. Et ça, croyez-moi, vaudrait mieux pas.

Amado fit “oui” de la tête, tandis que le jeune Black injectait quelque chose dans le tube de sa perfusion.

— *Dónde ?*

L'infirmier lui sourit.

— Excusez, mais je suis nul en espagnol. Ça devrait aller mieux, maintenant.

Amado se rendormit avant même d'avoir ouvert la bouche.

7

DON N'AIMAIT PAS LA BIÈRE. Il préférait le vin. Le bon. Il exécrait la vinasse qu'on vous servait, au Roost, sous l'étiquette générique de chardonnay. Il fut pris d'une soudaine envie de partir. Non pas qu'il dédaignât la compagnie de ses collègues et amis, ni même ce petit bar décrépit où ses coéquipiers se retrouvaient, tout comme les autres flics du LAPD, pour boire de la bière en regardant des matchs à la télé. Il avait même une certaine tendresse pour ces box bouffés aux mites et ces carreaux de faïence semés de sciure. Mais cette infâme piquette qu'on hésitait à honorer du nom de vin lui filait la migraine. Dès le premier verre, une pointe de douleur lui vrillait le crâne, juste derrière l'œil gauche. Au deuxième, la pointe se changeait en un élancement sourd, accompagné d'un soupçon de nausée et, au troisième, c'était la gueule de bois garantie, avec un mal de crâne à vous faire dégainer votre arme de service en vue d'y remédier définitivement. Il opta donc pour un établissement nettement plus sélect, situé au pied des gratte-ciel du quartier financier.

Il était en excellents termes avec le barman, un jeune homme au visage poupin, qui venait de décrocher son diplôme d'œnologie et disait "l'œnothèque", en parlant de son bar. Cela dénotait peut-être de sa part un rien de présomption, ou une éducation un peu trop poussée, mais le gamin s'y connaissait en vin. Et ça, Don appréciait. Atteindre l'ivresse prenait des allures de quête intellectuelle. Ce qu'il appréciait nettement moins, c'était la clientèle. À la fermeture des bureaux, l'établissement était pris d'assaut par une horde de cadres, d'avocats et de stars de la finance, des jeunes loups dorés sur tranche, sanglés dans leurs costards Brooks Brothers ou leurs tailleurs Ann Taylor. Ils restaient entre eux à se passer la pommade, et causaient portables, BMW, coachs sportifs ou cours de la Bourse.

Sans vraiment se fondre dans le paysage, Don n'y détonnait pas outre mesure. Il avait certes encaissé quelques mauvais coups dans sa jeunesse, mais son nez légèrement busqué conférait à ses traits, anguleux quoique réguliers, une intéressante rudesse. Sous son costard marron de confection, il était grand, carré et puissamment musclé. Avec sa coupe générique et sans le .38 qu'il portait dans sa ceinture, il aurait pu passer pour un cadre commercial, ou pour un prof de maths du lycée du quartier.

Il observa un moment la foule des jeunes cadres qui échangeaient leurs cartes de visite dans l'espoir de conclure des contrats juteux.

— À leur âge, je ne pensais qu'à sauter les filles, fit-il avec un clin d'œil au barman. Mais aujourd'hui, ils n'ont qu'une chose en tête – se remplir les poches.

Le barman eut un signe approbateur.

— L'argent est notre nouveau dieu.

Don leva son verre.

— J'ai toujours préféré les anciens. À Bacchus… !

Il vida son verre.

— Vous voulez essayer une autre année du même cru ?

— Une *meilleure* année, vous voulez dire ?

Le barman eut un fin sourire.

— Ça, je vous laisse juge.

Il lui en versa un doigt dans un verre propre. Don le fit tourner un instant au fond du verre et, en connaisseur, aspira un peu d'air tandis qu'il promenait le vin dans sa bouche, avant de l'avaler.

— Cassis. Cassis et figues.

Le barman sourit.

— Je savais que vous aimeriez.

Il refit le niveau dans le verre de Don puis alla prendre d'autres commandes, le laissant seul face à son verre plein. Chez Don, laisser traîner un œil ou une oreille était une seconde nature. Une déformation professionnelle. Un autre soir, il aurait écouté les conversations environnantes pour y relever les chassés-croisés ordinaires des relations à leurs différents stades, précoces ou terminaux. Les parades nuptiales des couples en formation. Les prévisibles schémas de la nature humaine tombant dans ses ornières habituelles. Mais ce soir-là, il n'entendait rien. Il était préoccupé. La journée avait été rude.

Elle avait commencé comme n'importe quel autre jour. Douche, rasage, passage aux toilettes. Puis il avait fait un saut chez Betty, le temps d'avaler deux œufs et quelques toasts arrosés d'un café, et de survoler la page des sports. Les Dodgers commençaient leur entraînement de printemps, mais ils cherchaient toujours un ailier gauche digne de ce nom. Bref, la vie suivait son cours… Puis ça avait subitement tourné au vinaigre. L'inspecteur Lee, un gros Chinois des Homicides, l'avait appelé d'urgence sur les lieux d'un crime.

L'endroit en lui-même n'avait rien que de très ordinaire. Combien de corps avait-il retrouvés dans des garages ? Vingt, trente ? Quand ils n'étaient pas largués dans des containers à ordures, ou planqués dans les broussailles, on avait toutes les chances de les dénicher dans un garage. Cette fois, il s'agissait apparemment d'un double meurtre. Un corps, identifié, qu'on avait découvert à proximité d'un bras inconnu au bataillon. Don s'attendait à retrouver le reste du bonhomme quelque part dans le quartier. Il avait recommandé aux flics qui montaient la garde de fouiller systématiquement les poubelles des environs. Ça et les broussailles.

La routine. Mais ce qui le turlupinait, c'était le nom de la victime identifiée – Carlos Vila. Ces deux dernières années, Don avait consacré le plus clair de son temps à monter un dossier contre la mafia mexicaine. Ses investigations l'avaient amené à s'intéresser de plus près à un certain Esteban Sola, qui était à la tête d'une petite phalange de criminels dangereux, originaires de Juarez. Carlos faisait partie de la bande et tenait Don informé de leurs agissements. À présent, Carlos était cuit. Don se retrouvait le dos au mur. Soit il parvenait à établir la culpabilité d'Esteban Sola dans le meurtre de son informateur, soit il était cuit lui aussi. Deux ans d'enquête ne débouchant sur aucune inculpation, ça ferait tache dans son dossier. Il se promit mentalement de demander à l'un des fédéraux du secteur s'ils pouvaient monter un dossier RICO* contre Esteban.

Mais son barman préféré était de retour :

— Je vous remets la même chose, ou vous préférez essayer un saint-estèphe ?

— Allez-y... faites-moi faire le tour de France !

À raison de dix-huit dollars le verre, le voyage risquait de le laisser sur la paille, mais au diable l'avarice ! Le barman déboucha la bouteille et lui versa un fond de bordeaux. Don fit jouer le rouge profond du vin dans la lumière pour en apprécier la robe. Il s'imprégna de son parfum : terre fraîche, silex et melon. Lorsque le vin roula sur sa langue, il ne put réprimer un sourire.

Bob était couché quand Maura émergea de la douche.

— Tu ne dors pas ? s'étonna-t-elle.

— Pas moyen de fermer l'œil.

Elle jeta sa serviette sur une chaise et vint se planter devant lui, sans un fil sur elle. Un vrai défi.

— Tu espères peut-être m'avoir à l'usure...

Sentant venir l'orage, Bob tenta de renverser la vapeur.

— Moi ? non, je...

— Et moi, je ne veux rien entendre ! l'interrompit-elle.

— J'ai un peu de mal à m'endormir, c'est tout.

— Persévère. Tu vas finir par y arriver.

Et, se glissant dans le lit, elle lui présenta résolument son dos.

* RICO Act : Racketeer Influenced & Corrupt Organization. Loi votée en 1970 par le Congrès des États-Unis, initialement dans le but de lutter contre la mafia et le crime organisé. (Toutes les notes sont de la traductrice.)

— Tu ne m'aimes plus, c'est ça ?

Elle se retourna vers lui et le regarda.

— Tu veux que je te dise la vérité ?

Il n'en demandait peut-être pas tant.

— Euh… bien sûr.

— Je t'aime, Bob. En toute sincérité.

— Qu'est-ce qui se passe, alors ? Ça fait au moins un mois qu'on n'a rien fait.

— Tu tiens à le savoir ?

— Oui.

Subitement, Maura ne se sentit plus si sûre de vouloir lui dire ce qu'elle s'apprêtait à lui révéler, mais c'était trop tard.

— Je ne supporte plus la vue de ton pénis.

— De mon pénis, en particulier ?

— De tous les pénis, en général.

— Pourquoi ?

— Ça me dégoûte.

Bob se laissa retomber sur l'oreiller en mesurant ce que ça impliquait. Elle lui déposa un baiser fraternel sur la joue.

— Ça doit être un peu de fatigue, objecta-t-il. Et si je…

Mais elle fit la sourde oreille :

— J'ai déjà donné, au cabinet. OK ?

— Écoute…

— Désolée.

Mais Bob ne désarmait pas.

— Rien ne t'oblige à la toucher, à la regarder, ou quoi que ce soit. Laisse-moi juste te la mettre…

Elle le fusilla du regard.

— Aaah ! Ne sombrons pas dans la vulgarité !

À son réveil, Norberto avait la migraine du siècle, comme après une mégacuite au mescal. Voire pire. Comme après un sniff de kérosène. *Refeo.* Quand il tenta de lever le bras, il découvrit qu'il était attaché par des menottes à un genre de pilier ou de tuyau. Il tira de toutes ses forces, à tout hasard. Le sang lui monta aussitôt à la tête et il se mit à dégueuler. Avant de perdre à nouveau connaissance.

Parfois Martin le haïssait, ce boulot. Bien sûr, il y trouvait quelques avantages en nature. De l'action, des voyages, avec, chaque jour, de nouveaux défis à relever. Il avait du fric, des femmes et, par-dessus tout, une provision quasi inépuisable de cannabis de premier choix. Mais ces horaires... Seigneur, c'était la plaie ! Pire que de tirer ses huit heures en face d'un écran, à conclure des transactions boursières, ou dans l'atmosphère confinée d'une bibliothèque juridique, à ingurgiter le galimatias des textes de lois. Le genre de jobs qu'avaient décrochés ses ex-camarades d'université. Mais ça, très peu pour lui. Il laissait ça aux ratés, aux malheureux dépourvus d'imagination. Lui, il avait beau être de service sept jours sur sept et vingt-quatre heures sur vingt-quatre, il se débrouillait toujours pour grappiller un moment de liberté par-ci par-là. Une petite pause. Une heure ou deux, le temps de faire les boutiques de fringues avec Norberto ou de s'offrir une séance de manucure exotique dans un salon cambodgien – autant de petits bonus qui amélioraient la qualité de la vie – et plus d'herbe qu'il ne pourrait jamais en fumer.

Ses parents ne pouvaient pas comprendre. Comment auraient-ils pu, à supposer qu'ils aient eu la moindre idée de ce qu'il faisait vraiment ? Pourquoi n'avoir pas signé dans un sympathique cabinet juridique ayant pignon sur rue ou, mieux, dans une firme de Wall Street où il serait devenu millionnaire comme n'importe quel jeune diplômé américain un tantinet ambitieux ? Il leur avait laissé entendre qu'il avait été engagé comme expert-conseil par un riche investisseur mexicain – ce qui, en un sens, était la pure vérité. La *diversité*, leur avait-il expliqué. S'occuper à la fois d'affaires immobilières, de placements boursiers, d'investissements commerciaux. Et à ce poste, les avait-il assurés, il allait parachever sa formation et apprendre énormément de choses. Et comment ! Gestion d'actifs, financement et investissement, blanchiment d'argent sale, direction financière et stratégie d'entreprise – dans des secteurs en pleine expansion tels que la prostitution, le strip-tease, le racket, le trafic d'armes ou de stupéfiants...

Martin aurait été bien en peine de dire au juste ce qui l'attirait dans le crime, mais c'était un fait.

Il aimait ça.

Il chassa ses idées noires en allumant un bon gros joint. Il inhala profondément la fumée et la retint le plus longtemps possible avant de la souffler, en un soupir d'aise. Il eut presque aussitôt la sensation de flotter sur un matelas à eau tiède. Il jeta un œil au miroir, derrière le bar de granit poli. Pourquoi les chromes lui blessaient-ils le regard ? Et d'abord, pourquoi fallait-il que ça brille, un évier ou un robinet ? Putain... pourquoi les gens pleins aux as tenaient-ils tant à ce que tout étincelle chez eux ? Pourquoi ?

Il attrapa ses lunettes noires et les chaussa en dépit de l'heure tardive – il devait être minuit largement passé –, non sans avoir d'abord tiré une bonne taffe. Puis il s'abîma dans la contemplation des volutes de fumée qui se déroulaient paresseusement en direction du plafond.

Ce fut la voix d'Esteban qui le tira de ses songes.

— Alors ça vient, ce putain de verre ?

— J'arrive, j'arrive…

Martin se hâta de répartir sa provision de glace pilée dans le shaker, qu'il remplit à mi-hauteur de Don Julio Silver. Cela fait, il contourna le bar et se mit en quête de Cointreau et de citron vert.

— Ces demoiselles meurent de soif.

— Une minute.

Martin avait pris soin de ne laisser aucune trace d'agacement filtrer dans sa voix. Il avait déjà assisté à des crises d'Esteban. Il l'avait vu plonger la tête d'un récalcitrant dans une friteuse pleine d'huile bouillante. Ou enfoncer du verre pilé dans le rectum d'un autre. Mieux valait ne pas s'attirer ses foudres. Martin ne s'adressait donc au patron que sur un ton égal et posé. Et, raide défoncé, c'était nettement plus facile.

Esteban mijotait à petit bouillon dans son jacuzzi. Il s'enfonça dans l'eau, ne laissant affleurer que ses yeux. Pour pouvoir lorgner tout à son aise les deux paires de seins qui ballottaient en face de lui, à l'autre bout du petit bassin. Il les compara et les soupesa mentalement. Lesquels préférait-il ? La première paire puait le silicone à dix pas. Artificiellement rebondis, d'une rotondité et d'une fermeté suspectes, anti-naturelles. Avec des mamelons qu'on aurait pu croire en caoutchouc, tant ils ressemblaient à ces petits accessoires dont on équipe les mannequins pour simuler des tétons en érection. C'était pourtant le haut de gamme en la matière, et la technologie moderne ne faisait guère mieux, mais Esteban ne les trouvait pas à son goût. À vue de nez, ils ne pouvaient avoir la souplesse requise. Et à l'usage, ils ne seraient pas confortables, ni même sexy. Il aurait l'impression de jouer avec une paire de miniballons de basket. Tape-à-l'œil, mais dénués d'âme. Ceux de la Latina, par contre, étaient d'une authenticité criante. Voluptueux. D'une capricieuse irrégularité, avec leurs grandes aréoles brunes. Ça, c'était des nichons.

Gloussant de plus belle, les filles se mirent à l'arroser en rigolant. Mais Esteban n'avait pas envie de se mouiller les cheveux. Il se leva et cria en direction de la maison :

— Alors ça vient, ce putain de verre ?

Pour toute réponse, il n'entendit qu'un vague marmonnement qui lui parvint de la cuisine, avec une bouffée de *mota.* Esteban se tourna vers la fille aux seins siliconés.

— C'est vraiment d'origine, ça ? s'enquit-il, l'index pointé.

— Pourquoi ? Ils vous plaisent ?

Ce n'était pas la première fois qu'on lui posait ce genre de question et il savait que s'il répondait par l'affirmative, il serait condamné à se la faire, tôt ou tard. Et s'il disait non… Eh bien, ça risquait d'être mal pris. Il opta donc pour la voie médiane.

— Un brin de curiosité, tout au plus…

Sa réponse déclencha une nouvelle rafale de gloussements.

— Disons que j'ai un peu aidé la nature.

Esteban hocha la tête – qu'aurait-il pu ajouter ? Puis, se retournant, il se remit à beugler en direction de la maison :

— Ces demoiselles meurent de soif !

Il se laissa à nouveau glisser dans l'eau et poussa un long soupir en feignant de se relaxer. Mais, putain… comment aurait-il pu avoir l'esprit en paix, avec ce petit con de Norberto attaché au lavabo de la salle de bains du sous-sol – et Amado qui courait toujours, avec son bras en moins ? *Comment pouvait-on perdre un bras ? Ça allait être la merde.* Esteban sentait venir le coup depuis le tréfonds de ses *huevos*. Il se demanda si on pourrait faire faire un faux bras à Amado, un peu comme les faux seins de la fille. Ils étaient tout de même assez convaincants…

Martin finit par leur apporter les verres. Les filles s'esclaffèrent de plus belle en se servant, et l'une d'elles pépia quelque chose où il était question d'un petit parasol en papier. Esteban descendit la moitié de sa margarita en une gorgée. C'était du costaud. Il sourit en sentant se répandre dans ses entrailles l'acidité du citron vert alliée au feu de l'alcool et à la morsure du sel. Les araignées de la tequila lui remontaient déjà le long de l'épine dorsale et commençaient à lui embrumer le cerveau de leurs toiles argentées. C'était peut-être une petite nature fraîchement sortie de l'université, ce môme, mais ses margaritas étaient excellentes.

Martin laissa tomber son peignoir et se glissa dans le jacuzzi. Il eut un instant le sentiment d'entrer dans une sorte de *shabu-shabu* – des tranches de viande crue plongées dans de l'eau bouillante. Esteban, les jambes étendues, avait l'allure d'un gros pilon de dinde. Quant aux deux filles, avec leurs gros seins, elles auraient pu faire les légumes – le *pak choï,* peut-être, ou les champignons. Autour d'eux, l'eau glougloutait.

Du bouillon.

Martin s'interrogea sur son propre rôle, dans ce frichti. Sans avoir la pâleur gélatineuse du tofu, il aurait pu être une sorte de viande blanche, genre porc, ou poulet. Ou alors du flétan – ou du simili-crabe ? Dans ce potage, il n'avait pas le sentiment de détonner aussi violemment qu'à l'ordinaire dans le sillage d'Esteban. Il s'y sentait plutôt bien, en faux crabe.

Il décocha un sourire en direction d'Esteban.

— Alors, on se fait une petite soupe à la nana ?

Mais Esteban n'était pas d'humeur à filer la métaphore.

— C'est ça, ouais.

La fille aux faux nibards releva :

— Qui aurait une cuillère assez grosse pour me manger ?

Esteban lorgna du côté de Martin.

— Lui. Il va te dévorer toute crue.

Martin savait reconnaître un ordre. Il risqua le peu d'espagnol qu'il connaissait :

— *Seguro, baby...*

Esteban fit la grimace.

— Mais faut qu'on parle d'un truc, tous les deux. Si vous montiez nous attendre au premier, les filles ?

Elles sortirent de l'eau leur verre à la main, s'éloignèrent sur la pointe des pieds et disparurent dans la maison. Esteban se tourna vers Martin :

— Il nous reste un détail à régler.
— Ah. Lequel ?
— Le bras d'Amado.
Le problème n'avait pas échappé à Martin. Il avait même pensé en parler à Esteban, mais *el Jefe* lui avait paru suffisamment remonté. Il avait prudemment évité le sujet.
— C'est vrai. C'est dangereux.
Esteban lui prit son verre et en descendit la moitié.
— Dangereux ? Pourquoi ?
— C'est comme ça qu'ils ont eu John Gotti.
— Comment ça, "comme ça" ?
— Pour pouvoir vous accuser de diriger une association de malfaiteurs, les fédéraux ont besoin, soit de prouver que vous avez personnellement participé à un crime précis – un incident grave, un meurtre par exemple –, soit d'établir vos liens avec les meurtriers.
— Amado.
— Exact.
— Qu'est-ce qui lui est arrivé, à Gotti ?
— Sammy Gravano avait tué dix-neuf personnes, et Gotti s'est pris perpète pour avoir été son commanditaire.
— Alors qu'il n'avait jamais tué personne ?
— Tout juste. Les fédéraux l'ont fait tomber pour association de malfaiteurs. Il était le cerveau d'une bande organisée.
Esteban vida le verre de Martin.
— *Carajo !*
Martin ponctua cette exclamation d'un hochement de tête. Ils étaient dans le pétrin, sans l'ombre d'un doute.
— Il faudrait donc récupérer le bras d'Amado.

— S'il n'est pas déjà retrouvé et identifié.

— Et dans le cas contraire ?

— Le mieux serait de nous replier au Mexique.

— Ça, ça me ferait mal, *cabrón* ! grogna Esteban. Je ne me suis pas coltiné toutes ces années d'effort pour prendre mes jambes à mon cou et filer à Juarez parce qu'un petit con de *culero* a oublié son bras quelque part. Pas question ! On reste. (Esteban se leva, ruisselant.) J'ai des amis sûrs, ici. Je vais battre le rappel.

Martin hocha la tête d'un air absent, tandis qu'Esteban s'extrayait du jacuzzi. La nuit allait être longue.

Norberto revint à lui et, cette fois, il prit soin de respirer à fond pour s'oxygéner le cerveau. Sa tête l'élançait toujours. Il eut un haut-le-cœur en reniflant les relents de vieux dégueulis qu'il dégageait. Il tâcha de distinguer ses mains dans la pénombre, mais elles étaient toujours prisonnières des menottes, toujours fixées à cette espèce de poteau. Il fit un essai de voix. Ça marchait. Tentons le coup, se dit-il, et il se mit à hurler en appelant à l'aide. Sa migraine et sa nausée ne firent que s'aggraver, mais il persévéra. À pleins poumons.

Soudain, la porte s'ouvrit sur Esteban. Dans le flot de lumière aussi bref qu'aveuglant qui entra avec lui, Norberto comprit où il se trouvait. C'était une salle de bains. Luxueuse. Il avait vu briller des carreaux de faïence blanche, propres et nets, élégants. Il était attaché à un lavabo de porcelaine qui lui rappela vaguement un quatre-étoiles où il était descendu, une nuit, avec deux putes et deux cents grammes de coke… un bon souvenir. Norberto leva vers Esteban un visage souriant, mais il ne tarda pas à déchanter. Les coups de pied se mirent à pleuvoir sur sa tête, ses côtes et son entrejambe.

Max Larga était devant sa télé grand écran. Sa robe de chambre bâillait et il avait sur les genoux un bol de pop-corn tiède qui lui réchauffait agréablement les parties. Il regardait une émission de cuisine japonaise, rasoir à souhait. Mais il devait se tenir au courant des dernières tendances. Ça faisait partie de son job. Or, la cuisine japonaise avait le vent en poupe. Ses éditeurs se relayaient pour le tanner, s'évertuant à le convaincre d'écrire un livre sur la préparation du sushi maison – un truc à déclencher une vague d'intoxications alimentaires. Il avait tout fait pour les en dissuader, mais leur avis prévalait. Il regardait donc les émissions japonaises… Dans le cas du sushi, la fraîcheur des ingrédients était *la question* essentielle. Existait-il un point de vente de poisson frais à Peoria ? Ne fallait-il pas craindre qu'une majorité de ménagères, en toute bonne conscience, ne servent à leur famille du sashimi de poisson-chat sorti de l'eau depuis une semaine ? Mais ça faisait beaucoup de choses auxquelles penser.

Il engloutit quelques poignées de pop-corn, les doigts dégoulinant de faux beurre. Ses lèvres luisaient, gonflées par le mélange de gras et de sel. Le bol tiède lui éveillait des sensations entre les jambes, et il reconnut les signes précurseurs de l'excitation. Il passa en revue ses aventures. Des maîtresses de maison désœuvrées qui venaient voir ses démonstrations. Des cadres en déplacement qu'il rencontrait à bord des avions, ou au bar des hôtels. Il arrivait toujours à lever des nanas, mais l'expérience le laissait généralement sur sa faim. Ça ne valait pas un fromage bien épanoui ou une bonne petite soupe préparée avec soin. Non sans une certaine inquiétude, Larga commençait à soupçonner qu'il y avait chez lui quelque chose qui clochait. Tout un pan de sa sexualité lui échappait totalement. C'était ce qui l'avait décidé à s'inscrire aux séances de training à la masturbation. Il s'était dit que s'il parvenait à se donner du plaisir en solitaire, il lui serait peut-être plus facile d'en trouver avec ses partenaires.

Zappant le cours de sushi, il se mit en quête d'une chaîne spécialisée dans le porno et tomba sur deux blondes en train de s'enduire mutuellement les seins de chocolat fondu ; après quoi, elles entreprirent de se lécher l'une l'autre. Le sexe de Larga s'était raidi. Sa main s'insinua entre ses cuisses – parfait comme lubrifiant, le beurre fondu. Il se carra plus confortablement sur le sofa pour faire ses exercices.

8

Bob jeta un coup d'œil à son sexe. Il était encore tôt, et il s'était réveillé avec une belle trique. Raide, palpitante, presque douloureuse. Il pouvait l'admirer dans toute sa splendeur. Qu'est-ce qu'elle lui reprochait, Maura ? Elle n'était peut-être pas aussi longue que celles, disons, des stars du porno… mais jusque-là, personne ne s'était plaint, bien au contraire. Elle lui valait généralement l'estime et la reconnaissance de toutes celles qui avaient l'occasion de la pratiquer.

Et pourquoi pas ? Esthétiquement, on ne faisait pas mieux. Fuselée, aérodynamique, d'un beau rose bien sain. Toujours d'une propreté irréprochable. Il ne roulait jamais décapoté… Et si Maura était en train de virer sa cuti ? Ça lui était déjà arrivé avec une copine, à la fac.

Il la regarda dormir. Elle n'avait pas l'air d'être lesbienne. Mais bon, ça ne se voyait pas à l'œil nu, ce genre de chose. Et puis tout le monde pouvait changer.

Elle dormait tranquillement sur le côté, en lui tournant le dos. Il la regarda respirer et ça lui rappela la première fois où il l'avait contemplée dans son sommeil. Il n'avait encore jamais rencontré un tel monstre de confiance en soi. Au lit, c'était un véritable sergent-chef. Elle lui hurlait ses ordres et toute velléité d'insubordination entraînait de sévères punitions. Avant elle, il avait toujours eu affaire à des filles timides, charmantes certes, mais tellement plus falotes que Maura. Au début, il en était baba d'admiration. Avec Maura, un orgasme était une succession d'étapes planifiées, voire d'actions soigneusement préméditées. Toute possibilité d'échec était exclue d'office.

Et hors du lit, c'était pareil. Une dynamo. Il n'avait guère le temps d'hésiter sur le choix d'un restaurant – elle fixait elle-même le lieu et l'heure. Ce sens de la décision le laissait sur les genoux. Car Maura ne se trompait jamais. Elle faisait *toujours* le bon choix. C'était une fille étonnante, et Bob était trop contaminé par la culpabilité post-féministe pour admettre que sa belle énergie pouvait parfois devenir envahissante – voire soûlante ou carrément névrotique.

Méditant sur leur vie commune, force lui fut de constater qu'elle ne s'était pas contentée de l'envoyer au tapis : elle l'avait carrément balancé à l'eau dans un sac. Et soudain, sa trique perdit tout entrain, façon ballon de plage crevé. Molle et hors d'usage. Il comprit qu'ils ne feraient plus jamais l'amour.

Elle le trouvait répugnant. Il la trouvait chiante. Il soupira. Il l'aimait, certes, mais pas jusqu'au gâtisme.

Le Polaroid du bras tatoué était resté sur la table de chevet. Il le prit, et une fois de plus, le dévora des yeux. Ce tatouage le remplissait d'un désir nostalgique. *Et si j'essayais de retrouver sa trace,* songea-t-il. *Peut-être*

existe-t-il quelque part une fille sympa, pour qu
serait pas si répugnant que ça…

Il se leva et se prépara pour le boulot. Chaq
appliquait le rituel. Tous les jours, sauf le dima
où il aimait traîner au lit en lisant le journal, faire l'amour jusqu'à plus soif jusqu'à ce que son corps lui réclame sa ration de protéines.

Mais ce matin-là, c'était mercredi. Le rituel, donc. Dévissant le couvercle de la cafetière italienne, il remplit d'eau la moitié inférieure jusqu'au petit joint d'étanchéité, avant d'emboîter le filtre métallique où il déposa quelques cuillers de café finement moulu. Ça embaumait. Un parfum sombre, riche, chargé. Une odeur de terre. Il vissa la partie supérieure de la cafetière et alluma le gaz, avant de verser du lait dans une petite casserole qu'il mit sur le feu.

Cela fait, il mit le cap sur la salle de bains. Il avait juste le temps d'en couler un pendant que le café se préparait – et ça, c'était le résultat d'années d'expérience. Il avait spécialement réglé la machine à café pour lui laisser le délai nécessaire.

Avec la chasse d'eau en bruit de fond, il revint dans la cuisine à la seconde même où le glouglou de la cafetière se muait en un grondement sonore. Coupant le gaz, il versa dans sa tasse le café et le lait, simultanément, pour obtenir l'équilibre idéal. Puis il prépara une seconde tasse.

Conformément au rituel, il regagna la chambre avec les deux tasses dont il déposa l'une au chevet de Maura. Elle s'étira.

— Merci.

Il prit une gorgée de café au lait et s'éclaircit la gorge, mais ne répondit pas – pas même *de rien*, ni *bonjour*. Laissant ses pensées s'envoler vers la beauté latine du tatouage, il se représenta une autre vie, faite de complicité et de plaisir partagé. Il se tourna vers Maura.

— Je crois qu'il vaudrait mieux que tu déménages.

La remarque fit *tilt*. Elle roula vers lui et lui balança un regard mauvais.

— Pardon ?

— Je crois qu'il vaudrait mieux que tu déménages.

— Pourquoi ?

— Mais enfin, Maura, si mon sexe te dégoûte et que tu n'as plus envie de faire l'amour avec moi…

— Ça n'est pas toi que je trouve répugnant.

— Juste mon sexe, c'est ça ?

Elle lui tourna le dos.

— Ouais.

— Tu peux m'expliquer pourquoi ?

— Pas la moindre idée.

— Tu ne serais pas devenue homo ?

— Non.

Comme elle s'asseyait dans le lit, il lorgna d'un œil morose le somptueux roulis de ses seins sous sa chemise de nuit.

— Mais ça n'a rien à voir avec ton pénis en particulier, si ça peut te consoler. C'est tous les pénis.

— Ça n'est peut-être qu'une forme de burn-out.

— Pas seulement, non.

— En ce cas, tu vas devoir déménager.

Curieusement, il ne se sentait pas triste. Un peu groggy, mais pas vraiment malheureux. Pas la moindre envie de pleurer, ni d'aller prendre une cuite. *Finalement, je ne suis peut-être pas si amoureux*, se dit-il.

Comme il retournait à la salle de bains pour se raser, elle poussa un soupir et but son café. Puis elle lui lança :

— Tu crois pas que c'est plutôt toi qui devrais partir... ?

Il ferma la porte et tout en laissant l'eau couler un peu, le temps qu'elle se réchauffe, il pensa à cet appartement qu'ils partageaient. Rien de bien extraordinaire. Des murs de parpaings, enduits de plâtre peint. Pas de quoi s'extasier. Leur immeuble était une sorte de fer à cheval géant, bâti autour d'une piscine et fermé par un portail. À la réflexion, certains auraient pu le trouver hideux. Mais comme tout à Los Angeles, il suffisait de se le représenter sous un certain angle – depuis un matelas pneumatique flottant sur la piscine, par exemple – pour ne plus voir les parpaings ni les poubelles. Le paysage se métamorphosait alors en un bouquet de palmiers verdoyants se balançant dans la brise, sur fond de ciel bleu. Et vu comme ça, c'était le paradis.

Mettre les choses en perspective – c'était exactement ce qu'il s'efforçait de faire. Il entrouvrit la porte d'un centimètre.

— Ben, c'est pas exclu que je le fasse.

À Los Angeles, le temps est généralement ensoleillé, avec une température moyenne avoisinant les 25 °C. Il tombe peu de pluie, jamais de neige. La grande métropole est quadrillée d'artères et de voies express dont le réseau s'étend en direction des collines pour s'épanouir à travers toute la vallée – le tout sous le contrôle d'un système de signalisation moderne, conçu pour gérer au mieux le flux du trafic.

Mais en dépit de ces conditions de circulation optimales, s'y produisent chaque jour en moyenne, inexplicablement, quelque deux cents accidents.

Martin s'éveilla dans un hurlement de pneus et de tôle froissée. Le hurlement était une aveuglante pointe de douleur qui lui vrillait derrière l'œil gauche et la tôle froissée, c'était le goût de métal qu'il avait dans la bouche. Un monstrueux carambolage dans son cerveau. Une alerte rouge dans tout son corps. Et une gueule de bois à l'herbe, en pleine efflorescence. Qui, elle, n'avait rien que de très explicable.

Il jeta un œil vers la fille qui dormait près de lui. Bon Dieu ! Ces seins au garde-à-vous, pointés droit vers le ciel. Un vrai défi à la gravité ! Martin se demanda un instant s'ils n'avaient pas été subrepticement transportés dans l'espace intersidéral, ou en Australie, pendant la nuit – enfin, quelque chose qui puisse expliquer le comportement de ces nichons antigravitationnels. Puis il se remémora la sensation, sous sa main. Du béton. Il les lorgna en hochant la tête. Une fausse blonde, avec des faux nénés et un faux bronzage dont la nuance évoquait celle des carottes de serre… Peut-être qu'elle n'était qu'un trompe-l'œil. Peut-être qu'elle n'existait pas du tout.

Il s'étira, sortit du lit et passa à la salle de bains. Au saut du lit, il lui fallait une bonne douche. Sinon il ne se réveillait pas de la journée. Il s'abandonna au ruissellement de l'eau tiède. Le parfum frais du savon lui réveilla l'esprit, tandis que la vapeur achevait de dissiper les derniers brouillards du THC.

Lorsqu'il débarqua dans la cuisine, récuré et rafraîchi de fond en comble par sa douche, il y trouva Esteban attablé devant un festin de *cactus nopalito* et d'œufs brouillés qu'il dévorait à belles dents. La jolie brune aux seins bio – elle se prénommait Lupe, comme Martin devait l'apprendre par la suite – était aux fourneaux. Elle était vraiment très jolie. Plutôt indienne que mexicaine-mexicaine. De longs cheveux bruns, avec des yeux noirs assortis et un teint lumineux, couleur terre cuite. Elle se tourna vers Martin.

— *Buenos días.*

— Bonjour, répondit-il en la saluant d'un signe de tête.

Esteban leva les yeux de son assiette.

— Mange. On a du pain sur la planche aujourd'hui.

Lupe lui tendit une assiette et des couverts.

— Merci.

Martin prit place et but une gorgée de café. Il dut laisser au breuvage le temps de descendre jusqu'à son estomac déjà éprouvé par la tequila – et effectivement, il finit par y parvenir, provoquant un état que nous nous bornerons à qualifier de nauséeux. En face de lui, Esteban noyait ses œufs sous une grosse flaque de sauce au piment, dont la moitié aurait fait exploser la langue de Martin en lui laissant toute la journée une abominable sensation de brûlure, comme après une lampée d'acide de batterie. Esteban attaqua, la bouche encore pleine :

— J'ai passé quelques coups de fil du côté de Parker Center.

— Ah ?

— Le bras va leur être livré aujourd'hui, dans la journée.

Martin ouvrit de grands yeux.

— Ils ne l'ont toujours pas ?

Esteban secoua la tête.

— Ils l'ont envoyé dans un labo pour le faire embaumer ou je ne sais quoi, enfin, ce qu'ils font pour ce genre de pièce à conviction.

Martin sentit l'appétit lui revenir. Le café avait fini par se trouver une place et le réchauffait de l'intérieur, comme une bouillotte. Il attaqua ses œufs. Avec un peu de chance, ils n'auraient même pas à repasser la frontière…

— Vous savez où il est ?

Esteban fit "oui" de la tête.

— Bon. Alors, ça roule.

La mine d'Esteban s'assombrit.

Martin comprit qu'il avait perdu une bonne occasion de se taire. Un spasme lui noua les entrailles, tandis que la peau de ses testicules se rétractait.

— Tu crois vraiment que c'est si simple ? laissa tomber Esteban.

Don s'attarda sous la douche. L'eau bouillante avait fait virer sa peau au rouge pivoine. Il sortait d'une bonne séance de musculation, où il avait bouffé de la fonte à tour de bras et transpiré sous les machines. Puis il s'était activé une demi-heure sur le tapis de course. Derrick, le Monsieur Muscle de la police municipale qui tenait lieu de coach dans le gymnase, l'avait vu s'escrimer sur le banc de musculation et avait pris les choses en main. Il lui avait fait soulever plus de kilos, plus vite et plus longtemps qu'il n'en avait jamais trimbalé. À lui en faire trembler les bras, à lui tordre dos et jambes. Derrick l'avait talonné, encore et encore, jusqu'à l'épuisement total.

À présent il les sentait, ses muscles. Durs comme de l'acier, saillants, gonflés à bloc. Avec pour effet global cette sensation de puissance et d'invulnérabilité. Don se sentait prêt à en découdre. Et de fait, il rongeait son frein. Sa résolution était prise. Il s'était juré que ce jour-là serait le début de la fin pour la mafia mexicaine de Juarez. Car ils avaient fini par merder. Il en avait la certitude. Il ignorait tout de la provenance de ce bras, de l'identité de son légitime propriétaire et de la raison pour laquelle il avait échoué chez Carlos, mais l'ensemble puait le coup foiré. C'était ce qu'il attendait depuis des mois : une brèche dans l'armure. Une lézarde dans le rempart. Deux ans de planque et de filature dans les bas-fonds. Deux ans d'enquête. De patience. Des centaines d'heures passées dans des fourgonnettes malodorantes ou des salles d'interrogatoire miteuses à cuisiner des voyous, des paumés et des ordures, pour remplir les cartons à dossiers qui s'entassaient à présent dans son placard, au bureau. Deux ans qu'il errait de fausses pistes en culs-de-sac. Jusque-là, tous les alibis d'Esteban avaient tenu. On n'aurait pas glissé une épingle dans son système de défense. Mais cette fois, son jour de gloire était arrivé. Il y avait eu quelque chose. Un dérapage. Il ne lui restait plus qu'à découvrir ce que c'était et *adios,* bande de fumiers ! *Vaya con dios !*

Ce soir, songea-t-il, *quand j'aurai tiré tout ça au clair, je fêterai dignement ma victoire. Je vais m'offrir un premier cru. Pour moi tout seul. Avec un bon steak.*

Cette perspective lui tira un sourire.

Norberto commençait à se sentir un peu mieux. Il avait toujours quelques côtes douloureuses, là où Esteban l'avait cogné, et le sang avait formé une grosse croûte sur sa lèvre fendue et jusque sur sa joue – mais l'un dans l'autre, il se sentait mieux. Son corps avait dû finir par filtrer le poison qu'ils lui avaient injecté dans les veines. Comme il se tournait légèrement en quête d'une position plus confortable, il sentit qu'il s'était pissé dessus. Son pantalon était trempé. Son beau pantalon violet, en peau d'ange.

La porte s'ouvrit. C'était Esteban.

— Alors, comment ça va ?

Norberto en resta bouche bée. Était-ce bien une note amicale qu'il avait perçue dans la voix d'Esteban ?

— Mieux. Merci.

S'agenouillant près de lui, Esteban lui ôta les menottes.

— Prends-toi une bonne douche. Je t'ai préparé des fringues propres.

— *Qué pasa, Esteban ?*

— *Mucho trabajo, cabrón.*

En arrivant au bureau, Bob trouva Morris déjà installé devant son ordinateur et plongé dans une partie de Tetris. Près de lui s'alignaient plusieurs glacières déjà garnies de neige carbonique, prêtes pour les livraisons de la journée. Morris lui fit glisser un café de chez Starbucks.

— Voilà pour toi, mon pote. Vanille. Ça te va ?

— Merci.

— Je sais pas comment tu peux t'envoyer un truc aussi sucré dès le matin, mec.

— Normalement, je ne peux pas.

Morris eut l'air catastrophé :

— Ah ! Fallait pas… ?

Bob secoua la tête.

— Quel est le programme de la journée ?

Morris s'était replongé dans son Tetris, plus concentré que jamais.

— Comme d'hab.

Il cliqua frénétiquement pendant un bon moment, avant que ne retentisse le petit *jingle* débile.

— Et merde !

— T'es allé jusqu'où ?

— C'est toujours pareil, mec. Je passe jamais le septième niveau. Ils doivent l'avoir verrouillé, ou quelque chose…

— Question d'entraînement.

Morris hocha la tête et lança une autre partie, tandis que Bob, avisant le bloc-notes posé sur le bureau, parcourait la fiche qui y était fixée pour se faire une idée du planning. Ils avaient une importante commande d'organes et de tissus à livrer au labo d'anatomie de l'école de médecine, à l'UCLA.

— Elle est prête, la commande de l'UCLA ?

— Hein ?

— La commande de l'UCLA… ?

— C'est là-haut. Au labo.

— OK. Vas-y.

Morris se concentra de plus belle et se remit à cliquer.

— Morris. Tu y vas, s'il te plaît ?

L'interpellé lui décocha un regard écœuré. Il appuya sur la touche PAUSE et se leva, le gobelet à la main.

— Pourquoi faut toujours que tu le prennes sur ce ton, mec ? C'est pire qu'à l'armée, avec toi !

Attrapant une glacière au passage, Morris se dirigea vers la porte en traînant les pieds.

— Excuse-moi, vieux, fit Bob, pris de remords. Mais j'ai rompu avec Maura ce matin.

Morris se figea sur place, puis pivota vers lui.

— Oh, merde, désolé, mec. C'est un sacré canon…

— Merci.

— T'as besoin d'en parler ?

Bob n'en avait aucune envie.

— Non, mais je vais te dire ce qui me ferait du bien. Ça serait d'aller prendre un peu l'air. Prépare la commande, et je me chargerai des livraisons. Comme ça, tu pourras rester ici toute la journée, à l'ordinateur.

Le sourire de Morris s'épanouit.

— Eh, c'est toi le chef, mec !

Norberto était dans la voiture d'Esteban, à l'arrière. Il avait emprunté à Martin l'un de ses costards de gabardine noire, avec une chemise de smoking rétro, rose fuchsia. Et il se portait comme un charme, maintenant qu'il était rassuré sur son sort. Esteban ne le buterait pas. En fait, les choses se présentaient plutôt bien. Esteban lui avait dit qu'il avait sa place dans l'équipe et qu'il était l'une de ses meilleures recrues. Et puisque la cote d'Amado était en chute libre, Norberto serait appelé à assumer de plus grandes responsabilités. Ce qui voulait dire plus de fric et plus de respect. Norberto était content. Il se remémora en souriant ses épreuves de la nuit précédente. Un genre de test, sans doute. Pour leur prouver qu'il pouvait encaisser le coup, en résistant à cette drogue bizarre. Un test d'endurance – probable, mais il n'en aurait pas juré. *Quizás*, mec. *Todo es possible*… Ce qu'il y avait de sûr, c'était qu'ils étaient partis secourir Amado.

Esteban était à l'avant et discutait d'un truc avec l'autre tordu. Norberto regrettait parfois de n'avoir jamais terminé ses cours d'anglais seconde langue pour adulte. Mais son prof était un vrai *pendejo*, un *gringo* qu'il n'avait jamais pu blairer. C'était à cause de lui qu'il avait laissé tomber les cours – enfin, plus précisément, qu'il s'était fait virer après avoir mis la branlée de sa vie à ce bouffon de hippie dans le parking. Même pas foutu de comprendre que les membres du *Grupo de Juarez* entendaient être traités avec un minimum de respect, et qu'il valait mieux éviter de les chambrer en public. Rétrospectivement, Norberto n'aurait pas juré que l'intention du prof avait vraiment été de se foutre de sa gueule, mais n'empêche. C'était pas cool. Fallait pas se laisser marcher sur les pieds. Fallait poser clairement ses limites, quitte à exploser tous ceux qui les dépassaient. Sans compter que ces *gringos* qui le prenaient toujours de haut, ça faisait du bien d'en expédier un aux urgences de temps en temps.

Mais d'un autre côté, l'épisode du prof d'anglais lui avait laissé l'impression de n'être qu'un barbare, autant dire un sous-homme. Et avec Martin, ça lui faisait le même effet. Ses grands discours sur l'argent, les investissements, les paradis fiscaux, et ainsi de suite… il avait l'impression de n'être qu'un débile, tout juste bon à envoyer des mandats Western Union à ses *padres* restés au pays. Ou à planquer son argent dans un sac Ziploc glissé dans le congélateur. Une pauvre tache de *wetback*, qui ne comprenait rien au business. Sauf que Norberto savait très bien comment ça marchait – enfin, plus ou moins. Il savait qu'il aurait dû régulariser sa situation. Ouvrir un compte, investir dans une bonne affaire, un stand de tacos ou quelque chose, histoire de blanchir son fric, pour pouvoir s'acheter ce qu'il voulait. Une Porsche, par exemple. Mais tout ça, ça supposait de payer des impôts. Et pour lui, pas question d'engraisser une bande de flics et d'inspecteurs de l'immigration qui n'avaient qu'une idée en tête : le coffrer pour le réexpédier au Mexique. *Conneries, tout ça*, se dit-il. *Moi, je suis un hors-la-loi.*

Bob sortit le bras d'Amado de la glacière et retroussa délicatement le plastique qui l'enveloppait pour regarder le portrait tatoué. Son pouls s'était accéléré. L'original était vraiment splendide. Encore plus émouvant et plus érotique sur cette peau grisâtre que sur le Polaroid. Était-il déjà parvenu, lui, à donner à une femme un spasme de cette amplitude ? Il n'en savait rien, mais il avait sûrement essayé – sur ce terrain-là, Bob était du genre toujours prêt. Il avait brouté un certain nombre de minous, mais il ne se souvenait pas d'avoir vu l'une d'elles se cambrer ainsi, la tête rejetée en arrière, complètement abandonnée à ses sensations. Une ou deux peut-être, mais elles avaient un coup dans l'aile.

Aurait-il été attiré par les filles coincées ? C'était à se demander. Comment un type dans son genre pouvait-il rencontrer une femme pareille – en supposant qu'elle existe ? Et si ce n'était qu'un personnage imaginaire ? Une sorte d'héroïne de BD ? Une Wonder Woman. Est-ce que Wonder Woman se faisait brouter le minou ? N'était-elle pas lesbienne ?

Il se sentit sombrer dans la morosité. Il avait été un peu dur avec Maura. Ça n'était peut-être qu'une petite baisse de régime dans leur couple. Une difficulté passagère. Et s'ils prenaient rendez-vous chez un psy, pour tâcher d'y voir plus clair ?

Ses yeux revinrent au tatouage. Même si elle n'existait pas, il devait bien y avoir quelque part une femme qui lui ressemblait. Ça ne mangeait pas de pain, d'enquêter un peu. D'ouvrir l'œil. Merde ! Bien sûr qu'il allait se mettre à sa recherche. Il ne capitulerait pas sans avoir essayé. Sinon, il le regretterait jusqu'à la fin de ses jours, se dit-il en remballant le bras dans sa cellophane.

Esteban gara sa Mercedes le long du trottoir et coupa le moteur. Il n'avait pas oublié le dispositif antivol, sous le siège, et se garda bien de l'enclencher. Le regard de Martin s'était posé sur l'immeuble, de l'autre côté de la rue. Un bâtiment moderne, genre cube en béton, près d'un autre cube en béton, lui-même jouxtant une galerie marchande en stuc multicolore, style souk marocain.

— C'est là ?

Esteban se retourna vers lui.

— Oui. United Pathology.

Norberto s'agita sur le siège arrière. Il allait y avoir de l'action. Enfin.

— *Vamos ?*

Esteban s'alluma une cigarette.

— Patience, *cabrón*…

Maura se brossait les cheveux, nue devant son miroir. Les dernières paroles de Bob lui résonnaient encore aux oreilles. Elle ne ressentait rien envers lui, ni colère ni rancune. Comment aurait-elle pu lui en vouloir ? C'était elle qui avait souhaité ce grand chambardement. En poussant Bob à prendre de grandes décisions, elle était parvenue à ses fins, au-delà de toute espérance, sans même avoir à le lui demander. Mais le voulait-elle vraiment ? N'était-elle pas en train de commettre une erreur ?

Ses yeux s'attardèrent sur le reflet de ses seins qui tanguaient doucement au rythme des mouvements de la brosse et elle se dit soudain que ça n'était peut-être qu'un passage à vide. Le sexe n'était plus qu'une ennuyeuse corvée. Passant en revue la liste de ses amants, elle tâcha de se rappeler chacun, mais ils se confondaient dans son souvenir. En fin de compte, c'était toujours le même scénario. Dedans-dehors, dedans-dehors, et de plus en plus vite – jusqu'à ce qu'ils jouissent, ensemble ou séparément, ou que ça s'arrête. Franchement, quel intérêt ?

9

Bob déposa délicatement le bras dans la glacière. Il refermait le couvercle quand Morris revint du labo, chargé de plusieurs sacs d'entrailles. Le regard de Morris se posa sur la glacière.

— C'est le bras, ça ? s'enquit-il.

— Oui.

— Putain, mec, il va me manquer.

Bob le dévisagea.

— Ah ? Pourquoi ?

Morris haussa les épaules.

— J'en sais rien, mec. Disons qu'il avait de la présence.

Morris souleva les sacs d'échantillons.

— Voilà. T'as plus qu'à y aller.

Bob enfourna les sacs dans la seconde glacière.

— Tu veux que je te ramène quelque chose pour déjeuner ?

Morris réfléchit une seconde.

— Ouais… des *burritos*.

— On en a déjà pris avant-hier.

— Des hamburgers, alors.

Bob hocha la tête. Ça n'était pas précisément l'idée qu'il se faisait d'un déjeuner diététique, mais ça les changerait un peu de leurs éternels *burritos.*

— À tout à l'heure !

Bob partit avec les deux glacières. Morris eut un grand sourire et se remit immédiatement au clavier, actionnant du pouce la barre espace. L'ordinateur émergea de son rêve numérique. Morris s'étira et fit craquer ses jointures en se préparant à ce combat décisif. Il n'aurait pas trop de toute sa concentration pour maîtriser le septième niveau de Tetris.

Martin lui rebattait les oreilles d'un projet de construction, un hôtel près de Mazatlán, avec une piscine où l'on aurait l'impression de nager en pleine mer. Une piscine à débordement... Esteban n'arrivait même pas à se représenter la chose – et il s'en contrefichait. Son esprit revenait inlassablement à la fellation que lui avait administrée Lupe cette nuit-là. Magistrale. Éblouissante. Martin s'évertuait à lui démontrer que la cote immobilière de Mazatlán allait bientôt grimper en flèche. Le premier port crevettier d'Amérique du Nord était en train de devenir une sorte de Mecque touristique pour des milliers d'étudiants ivres et à moitié nus. Esteban avait de plus en plus de mal à dissimuler son agacement. Il n'avait pas fait tout ça pour finir tenancier d'un baisodrome à touristes à Mazatlán ! Investir au Mexique ? Oublie. Rien qu'avec la corruption, tu serais mort avant d'avoir ouvert. Mais

Martin embrayait déjà sur la nécessité de transférer du cash à l'étranger, sur l'utilité des comptes numérotés aux Barbades et la valeur relative de l'immobilier au Costa Rica. En un mot comme en cent, il préparait un plan pour mettre les voiles. Mais Esteban avait tué, au sens propre, pour pouvoir venir ici. Alors, putain, pourquoi partir maintenant ?

Il sortit de sa torpeur en voyant Bob charger les glacières à l'arrière de la Golf frappée du logo d'United Pathology. Sur la vitre de la petite voiture, Esteban aperçut une pancarte où on lisait : SANG HUMAIN, et une seconde qui proclamait : LE CONDUCTEUR DE CE VÉHICULE NE TRANSPORTE PAS D'ESPÈCES. Du sang humain ? Pour quoi faire ? Martin comprit qu'il se passait quelque chose.

— C'est lui ? souffla-t-il.

Esteban hocha la tête et mit le contact, tandis que Bob s'installait au volant de la Golf et démarrait. Bob sortit de l'allée du labo et s'engagea sur la chaussée. Esteban lui colla aussitôt au train. Comme au bon vieux temps.

C'était comme le vélo, ce genre de truc – ça ne s'oubliait pas. Ça n'était d'ailleurs pas sorcier. À ses débuts, Esteban avait mis au point une technique imparable. Ils emboutissaient une jolie voiture, généralement conduite par une femme seule, puis ils mettaient pied à terre, comme pour s'assurer que la conductrice n'avait rien. Et, avant que quiconque ait eu le temps de dire "ouf", les deux véhicules étaient déjà loin. Ensuite, il suffisait de bricoler un peu la tôle froissée et de repeindre la carrosserie, et on avait une voiture neuve. Les flics pouvaient toujours se brosser pour remettre la main sur une BM rouge avec l'arrière cabossé.

Esteban n'avait plus qu'à vendre cette magnifique BM noire flambant neuve. Cette technique lui avait fourni une confortable mise de départ pour toutes sortes de trafics juteux – ganja, héroïne, putes, trafic d'armes importées du Brésil ou d'Italie. C'était là-dessus qu'il avait bâti son empire et, en homme d'affaires avisé, il n'avait jamais laissé péricliter ce secteur-clé de son activité. Sauf qu'à présent, les voitures volées, il les démontait. Les pièces détachées rapportaient nettement plus que la voiture entière. C'était une branche très rentable. Son positionnement, comme disait Martin.

Bob alluma la radio. D'habitude, il écoutait une station de rock alternatif, mais ce jour-là, ne se sentant pas dans son assiette, il se brancha sur une station spécialisée dans les vieux tubes de rhythm'n'blues, qui diffusait la bonne parole du révérend Al Green et sa voix feutrée, inspirée, réconfortante. La vie n'est qu'une suite de hauts et de bas. Eh oui… c'est la vie. L'amour apporte son lot de joies et de douleurs. C'était dans la nature même des choses et, en fin de compte, c'était aussi bien comme ça. Ce genre de chose était à la portée de Bob, et il était parfaitement convaincu, sur le plan intellectuel du moins, par les vérités que lui assenait le bon révérend. Mais ses entrailles protestaient douloureusement. Rien à voir avec de la colère, ni avec cet écœurement révolté que provoque le sentiment d'avoir été trahi. C'était autre chose. Il était déçu.

Déçu par Maura. Il avait longtemps espéré qu'elle serait – à défaut d'un terme plus adéquat – la femme de sa vie. Celle qu'il épouserait, et à qui il ferait des enfants. C'était un peu rétro, bien sûr, mais il avait toujours la nostalgie de cette vie de famille qu'il avait perdue à l'âge de neuf ans, lorsque ses parents avaient commencé à se chamailler puis à s'engueuler et à se taper dessus, avant la séparation définitive. Il rêvait d'un jardinet ceint d'une clôture de piquets blancs, avec deux gamins, un gros chien et le monospace assorti.

Puis ce fut Marvin Gaye qui tenta de lui remonter le moral, par ondes interposées, et effectivement... *Sexual Healing* – ça, c'était une idée. Une prescription, même! Tout à fait le genre de thérapie pour laquelle il était partant. Car en dépit de sa déconvenue et du nid d'embrouilles que promettaient d'être le déménagement et le partage des biens du couple, il avait la conviction de s'être engagé dans la bonne direction. Ça déboucherait forcément sur quelque chose de positif. De nouvelles portes allaient s'ouvrir.

Son regard s'attarda sur une passante. Une jolie blonde, les cheveux tirés en queue-de-cheval. Agréablement moulée dans son pantalon corsaire vert et sa chemise blanche, avec des sandales noires laissant apercevoir des ongles laqués d'un joli vermillon. Mince, mais pas trop – pas le genre filiforme. Idéalement proportionnée. Lui faudrait-il un certain temps pour faire son deuil des seins de Maura? Sans doute, mais quoi... la vie continuait! Il n'allait pas passer le reste de sa vie à pleurnicher pour une femme qui ne voulait pas de lui. Plutôt sympa, la blonde au pantalon corsaire vert. Assez accorte pour le distraire momentanément de sa beauté latine...

Il pensait toujours à elle quand sa Volkswagen fit une violente embardée. Il s'était fait emboutir.

— Putain!

Jetant un coup d'œil à son rétroviseur, il aperçut deux malabars de type mexicain qui descendaient d'un coupé Mercedes rutilant.

Il alluma ses feux de détresse et mit à son tour pied à terre. L'un des Mexicains, un homme d'âge mûr qui portait visiblement un genre de postiche, arriva à la rescousse.

— *Señor…*, s'exclama-t-il d'un air inquiet. Vous n'avez rien ?

Martin détestait la conduire, cette foutue bagnole. L'idée qu'il suffisait d'actionner un bouton – ou, dans le cas d'une tentative de vol, de ne pas l'actionner – pour déclencher un mécanisme qui vous envoyait cinquante centimètres d'acier trempé dans le cul… c'était vraiment trop. Ça lui glaçait le sang. C'était d'une sauvagerie consternante et, qui plus est, totalement gratuite. Mais quand Esteban lui avait intimé l'ordre de se mettre au volant et de se tenir prêt à démarrer, il n'avait pas essayé de se défiler.

Son regard suivit Esteban et Norberto qui s'étaient approchés de ce pauvre connard de livreur. L'espace de quelques secondes, ils feignirent de s'inquiéter de sa santé et puis… Norberto l'assomma d'un grand coup à l'arrière du crâne avec un objet lourd. Le livreur s'écroula aussitôt, comme un grand sac à merde. Esteban et Norberto l'empoignèrent pour le charger dans le coffre de la Golf. Puis Norberto se mit au volant de la Volkswagen, tandis qu'Esteban contournait la Benz pour venir s'installer près de lui, côté passager. Ils prirent aussitôt le large. L'ensemble de l'opération avait duré une quinzaine de secondes.

Bob revint à lui dans un coffre de bagnole. Il avait derrière l'oreille une bosse de la taille d'une balle de ping-pong qui lui faisait un mal de chien. Putain… qu'est-ce qui lui était tombé dessus ? Il ouvrait la bouche pour parler à ces deux types, et la seconde d'après… Il se souvenait très bien de l'accident. Le choc à l'arrière. Il avait dû se prendre un coup. Ils devaient être en route pour l'hôpital… Il soupesa une minute cette possibilité, mais c'était pour le moins curieux. Balancer un blessé dans un coffre ? Appeler une ambulance, oui, ou l'allonger sur la banquette arrière. Non, se dit-il, là, ils ne devaient pas être en route pour l'hôpital.

Norberto avait pris le volant de la Golf. Il se laissa dépasser par la Mercedes, qui lui ouvrit la voie. Une pulsation disco ronronnait doucement à la radio. Il monta le volume. *Normalmente,* il préférait la salsa, mais ça se laissait encore écouter, ce bon vieux disco. C'était *muy curado.* En général, les filles en raffolaient et, pragmatique, Norberto appréciait tout ce qui pouvait inspirer aux nanas l'envie de se tortiller. Sans compter que c'était un de ses titres préférés : *I Will Survive.*

Ça, c'est vraiment moi, songea-t-il. *Un peu, que je vais survivre, et pas seulement survivre – maintenant que j'ai prouvé à Esteban que je tenais la route, à moi la fortune !*

Les lombaires d'Esteban se rappelèrent à son bon souvenir. *Carajo.* Naguère, il aurait pu en balancer deux dans son coffre, de ces *jodidos pendejos* de *gringos* en un tour de main. Mais là, ça lui avait fichu un bon tour de reins. Et Martin qui continuait à jacasser.

Comment ça avait pu lui arriver ? Pourquoi tout tournait en *gaspacho* ? Et ça lui revint. Amado. Cet abruti d'Amado, qui avait merdé dans les grandes largeurs. Eh bien, ça serait sa dernière connerie ! Sauf qu'il risquait de regretter Amado. Car c'était un bon gangster. Et même la fine fleur de la profession. Mais il avait dépassé les bornes. Oublier son bras sur les lieux d'un crime. Mettre en danger toute la famille. Il fallait trancher dans le vif.

Esteban avait un plan. Un plan simple : supprimer Bob, supprimer Amado et brûler les corps. Et merde – suffisait de les balancer dans une bagnole et d'y foutre le feu. En plein désert ou à Angel Crest. Les arroser d'essence et pousser le tout du haut d'une falaise. Les médecins légistes pourraient toujours passer les cendres au crible pour tenter de mettre la main sur une pièce à conviction…

Martin était exaspéré. Ils étaient si lourds parfois, ces crétins de gangsters ! Pour eux, en cas de problème, il suffisait de descendre tout le monde. Tu parles d'une logique. Putain de stratégie d'entreprise ! L'idée de tuer quelqu'un froissait le bon sens de Martin. C'était tellement… excessif. Sans compter qu'il détestait l'idée d'être inculpé de complicité d'homicide, au cas où les flics finiraient par les épingler.

Il tâcha de retrouver un semblant de calme, tout en se roulant un gros pétard – avec le tremblement qui lui agitait les mains, ça frisait la mission impossible. Pourquoi fallait-il toujours opter pour le pire ? Qu'est-ce qui les obligeait à buter un livreur qui s'était trouvé au mauvais endroit au mauvais moment ? Martin voulait convaincre Esteban d'épargner le type qu'ils transportaient dans le coffre. Si les flics finissaient par mettre la main sur son corps, ils risquaient fort de subodorer quelque chose. Ils se douteraient qu'ils l'avaient attaqué pour récupérer la pièce à conviction, et qu'ils avaient une bonne raison de la faire disparaître. Et ils se mettraient à fouiner de plus belle dans le coin, jusqu'à ce qu'ils aient mis la main sur la véritable explication. À quoi Esteban avait répliqué que, précisément, comme ils n'auraient plus la pièce à conviction, ils pouvaient toujours aller se faire mettre.

Martin humecta le bord du papier, le colla et alluma son joint. Il en tira une énorme taffe, qu'il retint dans ses poumons jusqu'à la dernière seconde. Sentant la pression baisser un peu derrière ses yeux, il lâcha un petit panache de fumée blanche. Ses muscles se détendirent instantanément et il lui vint une idée.

Le plus sûr était de dénicher un autre bras, de l'échanger avec celui d'Amado et de le faire livrer par le type du labo lui-même, comme si de rien n'était. C'était loufoque, mais parfaitement clean. Personne n'aurait la moindre raison de soupçonner quoi que ce soit. Ils s'en tireraient comme des fleurs. Le seul problème étant de convaincre le livreur de marcher dans la combine.

Il fit part de son idée à Esteban, qui lui rétorqua qu'il déconnait complètement. Pourquoi ils se fieraient à ce livreur ? S'ils le renvoyaient à Parker Center, ils se retrouveraient au poste dans la demi-heure qui suivrait. D'ailleurs, où se procurer un autre bras ? Esteban trouvait le plan de

Martin complètement *tonto,* et il avait mieux à faire que d'écouter ce genre de conneries. Quand Martin commençait à l'énerver, *el Jefe* se mettait à parler espagnol.

Martin réfléchit. Esteban était peut-être dans le vrai. Tuer le mec, brûler le bras et basta ! Mais s'ils parvenaient à dégoter un bras ? Ça n'avait rien d'impossible. Ensuite, ils trouveraient bien un moyen. Suffisait de payer le livreur pour qu'il la boucle. Ou de faire pression sur lui, d'une manière ou d'une autre. Qu'est-ce qu'il pouvait se faire par mois… ? Pas bien lourd. On lui balance un peu de fric, il livre le nouveau bras et tout le monde est content. Martin réalisa qu'il était en train de dépenser des tonnes d'énergie pour tenter de sauver la peau du livreur. Mais il avait de bonnes raisons. À commencer par le mauvais karma.

Comme tous les jours, Don arriva au LAPD, section renseignements criminels, avec à la main son double cappuccino au lait de soja zéro pour cent, et sous le bras, un exemplaire du *LA Times.* Mais ce matin-là, ce n'était plus le même homme. Il avait le pas alerte, comme d'habitude, mais aussi nettement plus de peps que de coutume. S'arrêtant au petit bar improvisé, il fit une chose qu'il ne faisait jamais : il ouvrit l'un des cartons qui se trouvaient là, y prit un gros donut et y mordit à belles dents, constatant non sans surprise qu'il adorait ça. C'était sucré, moelleux. Rien d'étonnant à ce qu'il y en ait toujours plusieurs boîtes qui traînaient, au poste. Les flics adoraient les donuts, et Don adorait être flic.

Il s'installa à son bureau, lécha le sucre glace qu'il avait sur les doigts et feuilleta un moment ses papiers. Au bureau voisin trônait un type d'âge mûr plutôt enveloppé, présentant le faciès et le teint olivâtre des natifs d'Amérique latine. Une plaque indiquait son nom. SERGENT FLORES, INSPECTEUR. Flores repéra immédiatement les traînées de sucre sur le bureau de Don.

— Dis donc, moi qui croyais que tu ne touchais pas à ce genre de merde.

— Je succombe facilement à la tentation.

— Méfie-toi, on commence comme ça… Et on finit le nez dans la merde, comme tous les lèche-culs.

Quelle sagesse. Don s'abstint de rétorquer que c'était lui qui détenait la palme en la matière – sans compter qu'il n'arrêtait pas de se prévaloir de son appartenance à une minorité ethnique, dans la course aux promotions. Mais ce matin-là, Don ne tenait pas à déclencher les hostilités. Il n'allait pas laisser des querelles de bureau ternir une si belle journée. Il s'empressa de brancher son collègue sur un sujet d'une actualité plus brûlante :

— Alors, il est arrivé, ce bras ?

— Le membre sectionné, tu veux dire ?

— Oui.

Flores consulta ses fiches, comme s'il espérait y trouver la réponse à la question de Don.

— Pas encore.

— T'as une idée de l'heure où il sera livré ?

Flores secoua la tête.

— Dans le courant de la journée, je dirais.

Don hocha la tête. Tant mieux, songea-t-il. Ça lui laisserait le temps de s'occuper de quelques paperasses. Don mettait un point d'honneur à les remplir lui-même. Il avait vu trop d'ordures prendre le large à cause d'une erreur stupide, purement technique, dans les papiers. Comme si ça avait la moindre importance ! Un type arrive chez vous et fait exploser vos fenêtres à la mitraillette. Après quoi, il passe librement aux aveux – mais le juge le relaxe, à cause d'un demeuré qui s'est gouré dans les formulaires… Avouez qu'il y a de quoi s'arracher les cheveux. Pour tout ce qui touchait les formalités, Don se contraignait donc à être d'une rigueur féroce. Quand il envoyait quelqu'un à l'ombre, il tenait à ce qu'il y reste, et pour longtemps.

Max Larga fouettait ses blancs en neige. Ils devaient être fermes, mais pas trop, afin de donner le juste degré de moelleux. La recette devait rester à la portée du lecteur moyen. La *simplicité* – c'était le maître mot, pour le succès d'un livre de cuisine. On pouvait toujours s'échiner à décrire dans les moindres détails une longue succession d'opérations complexes, ça n'était pas une garantie de succès. Loin de là ! C'était précisément leur sophistication qui avait nui à ses deux précédents ouvrages. La complexité décourageait le lecteur. Son éditeur l'avait plaisamment surnommé le James Joyce de la littérature culinaire – et il avait déprogrammé son dernier livre.

Larga s'était défendu en qualifiant ses lecteurs de Béotiens. Mais la vérité, la cuisante vérité, c'était qu'ils lui préféraient Martha Stewart et ses recettes gastronomiques faciles. La simplicité de l'élégance, disait-elle, ce qui faisait bien rigoler Larga – quoique d'un rire tirant sur le jaune. Qu'est-ce qu'elles savaient de l'élégance, les ménagères du New Jersey ou du Connecticut ? Lui, il avait parcouru le monde. Dîné dans les meilleurs restaurants d'Europe. Testé pratiquement toutes les préparations comestibles de l'univers connu. Une fois, il s'était même commandé cet étrange mets qui consiste à passer un canard rôti dans une centrifugeuse et à servir les sucs ainsi recueillis dans une tasse en argent. Ça, c'était simple – et chic !

Il consulta ses notes. Il tenait sa recette d'un ami, un chef célèbre. C'était les seules amitiés qui fussent dignes d'être cultivées : des amis célèbres, qui vous déroulent le tapis rouge et vous cirent les pompes à coups de vins rarissimes et de mets raffinés. Des amis qui vous donnent le sentiment d'appartenir à une élite triée sur le volet. Pour ça, il vous suffit de mentionner leur nom ou celui de leur établissement dans votre petite rubrique hebdomadaire…

Il vérifia la température du mascarpone. Il était à température ambiante, prêt à être incorporé aux œufs en neige. Mais cet ingrédient ne risquait-il pas d'être trop exotique ? La recette se ferait-elle sabrer d'un simple "impossible de s'en procurer à Kansas City", comme d'habitude ? Il chassa l'objection d'un haussement d'épaules. Il la contournerait, en temps et en heure. Pour l'instant, il voulait juste s'assurer que sa version simplifiée de la recette d'origine serait encore mangeable. Avant de se préparer pour sa séance de training masturbatoire, un peu plus tard dans l'après-midi.

Norberto détestait la planque et n'y venait qu'en cas de force majeure. Non pas que la maison fût inconfortable, au contraire. C'était une maison de banlieue typique avec l'ameublement complet de chez Ethan Allen, achetée clé en main. Une maison-minute, en quelque sorte. Mais Norberto détestait s'asseoir sur ces fauteuils, ou dormir dans ces lits. Il avait un mal fou à se détendre dans cette foutue baraque. Tout y était faux. Un décor. Un concentré d'*american way of life,* tel que dans les rêves de tout Mexicain, mais totalement bidon.

Elle était située dans un quartier sûr de la Valley, à Encino. Un coin réputé tranquille, mais Norberto ne s'y sentait jamais en sécurité. Il avait l'impression de détonner dans le paysage, lui et Amado, parmi tous ces cadres blancs friqués, flanqués de leurs deux mômes et de leurs gros clebs. Un tandem de mouches vertes sur un plat de glace à la vanille. Les voisins étaient pourtant sympas. Ils s'arrêtaient pour venir leur dire bonjour. Ils s'inquiétaient de leur santé, leur demandaient ce qu'ils avaient fait de leur journée, où ils étaient allés, tout ça. Norberto n'aurait su dire si c'était leur comportement normal, ou s'ils essayaient de leur tirer les vers du nez. Il restait donc toujours un peu sur ses gardes et s'en tenait au scénario mis au point par Esteban : Amado et lui étaient cousins ; ils avaient un ranch dans les environs de Guadalajara, où ils produisaient des papayes, et ils parcouraient les USA pour faire la promo de leurs produits. Ils s'étaient fixé pour but de convaincre les Américains de la supériorité de la papaye mexicaine sur celle d'Hawaï.

Représentant en papayes ! C'était bien la dernière chose que Norberto ambitionnait d'être, mais c'était leur couverture, et c'était ce qu'il devenait quand il était dans la maison : le roi de la papaye mexicaine. *Carajo.* Quelle déchéance. Mais Esteban affirmait que c'était l'endroit le plus sûr pour planquer la came et, partant, les énormes réserves de liquide qui alimentaient leur train de vie. Il était déjà arrivé qu'ils y installent provisoirement un de leurs associés, exerçant dans une autre ville. Mais c'était la première fois qu'ils y emmenaient un type qu'ils venaient de kidnapper. Que diraient les voisins s'ils entendaient des hurlements ?

La voiture s'était arrêtée. On avait coupé le moteur. Bob entendit une portière s'ouvrir puis claquer. Il rassembla ses forces. Qu'est-ce qui l'attendait ? Puis il entendit une porte de garage se refermer. Puis… plus rien. Ils allaient juste le laisser comme ça… l'oublier dans ce coffre. Et il avait une de ces envies de pisser !

Esteban débarqua dans la planque, souriant de toutes ses dents. Propre, nette, luxueuse, confortable. Cette maison était un fulgurant raccourci de tout ce qui poussait des milliers d'honnêtes travailleurs, consciencieux et motivés, à traverser la frontière, au péril de leur vie, pour venir trimer en Amérique. C'était l'objectif, le but ultime. L'Alhambra. Depuis, Esteban avait vu plus beau et plus grand que ce coin de paradis banlieusard, mais il restait respectueux de l'attraction qu'il exerçait encore. Le rêve américain, dans toute sa puissance.

Il se tourna vers Martin :

— Trouve-moi un cachet, et rappelle-moi pourquoi il vaudrait mieux pas le buter, ce livreur… ?

Martin alla prendre un flacon de comprimés dans la cuisine ainsi qu'un verre d'eau, tandis qu'Esteban se posait avec précaution sur le canapé. Il s'étira doucement pour tenter de dissiper la douleur qui lui cisaillait la colonne vertébrale. Martin lui tendit le verre et les cachets.

— Parce qu'on a besoin de lui.

— Pourquoi ?

— Si les flics soupçonnent qu'on a voulu récupérer une pièce à conviction, ils vont ratisser le terrain pour nous faire tomber.

— Eh, *cabrón*, tu crois pas qu'ils ont déjà commencé ?

Esteban avait du mal à comprendre ce qui faisait tiquer le *gringo*. Ce ne serait pas à lui de s'occuper de ce livreur – Norberto s'en ferait un plaisir. Alors, où était le problème ? Pourquoi ce soudain manque de *cojones* ?

Esteban avala ses comprimés et se laissa aller contre le dossier du canapé. C'est alors qu'il s'avisa qu'après tout, Martin pouvait avoir raison. Son plan était biscornu – *raro*. Mais c'était peut-être la meilleure solution. Un échange. Se débrouiller pour que tout ait l'air normal. Ça écarterait tout danger, côté flics. Mais où trouver un autre bras ? Ses lombaires lui faisaient un mal de chien.

— Amène-le-nous, ce bras, qu'on voie à quoi il ressemble.

Bob était en nage. Le coffre s'était transformé en étuve. Des ruisselets de sueur lui dégoulinaient sur le crâne et dans le cou. Il en avait plein les oreilles. Sa chemise était trempée. Son pantalon lui collait aux jambes. Même ses putains d'orteils étaient mouillés. C'était la transpiration de la mort. La peur le plongeait dans une espèce de transe. Son cœur battait à tout rompre, ses surrénales s'emballaient. Ils devaient le croire mort. Tué net par le choc qui l'avait assommé. Ils allaient le laisser pourrir dans ce coffre jusqu'à ce que l'odeur et les mouches alertent quelque bon Samaritain, ou le facteur. Les flics débarqueraient alors dans le garage. Ils forceraient le coffre et en sortiraient sa carcasse ratatinée, grouillante de vers.

Ils penseraient peut-être à un suicide. À la suite d'un choc sentimental, il se trouve un garage tranquille et s'enferme dans son propre coffre…

Ce fut donc avec un grand soulagement, mitigé de surprise et de terreur, qu'il entendit le bruit de la porte du garage. Une voix fit :

— On va ouvrir le coffre, mon pote. On est armés. Pas un geste ou t'es mort.

Bob hocha la tête puis, s'avisant qu'ils ne pouvaient pas le voir, il tenta d'émettre un son.

— OK, coassa-t-il.

Une seconde plus tard, le coffre s'ouvrit. Il cligna les yeux. C'étaient donc eux. Les deux basanés qui l'avaient embouti et, derrière eux, un jeune Blanc, à peu près de son âge.

— Descends. Doucement.

Il tenta d'engager la conversation, tout en s'extrayant du coffre.

— Écoutez, les gars. Elle n'est pas à moi, cette caisse. Je me fiche totalement de la carrosserie !

Le plus jeune des deux Mexicains, l'homme à la queue-de-cheval, lui mit son flingue sous le nez.

— Tais-toi.

Le plus vieux s'approcha du coffre et inspecta les glacières. Puis il pivota vers Bob, qui détourna les yeux. Le regard de ce type lui filait des frissons.

— Il est bien là-dedans, le bras ?

La question prit Bob au dépourvu.

— Le bras ? Quel bras ?

Le Mexicain lui balança son poing dans l'estomac. Bob se plia en deux, le souffle coupé, avec la sensation de s'être pris un boulet dans les couilles.

— Celui que tu devais livrer à Parker Center.

Ah.

Du menton, Bob désigna l'une des glacières. Le jeune Blanc lui jeta un coup d'œil compatissant.

— Essaye de te redresser, tu reprendras ton souffle plus vite.

Bob acquiesça d'un signe de tête et essaya. Un essaim de phosphènes avait envahi sa vision. Il craignit un instant de tomber dans les pommes. Mais le souffle lui revint peu à peu, d'abord par petits à-coups douloureux, limités à la partie supérieure de ses poumons, puis de plus en plus bas, jusqu'à ce qu'il ait retrouvé un rythme respiratoire normal. Sur son crâne, sa bosse se rappela soudain à son bon souvenir.

— Je peux avoir une aspirine ?

Le jeune Blanc hocha la tête.

— On a du paracétamol, dans la maison.

L'homme à la queue-de-cheval l'attrapa par le bras et l'emmena dans ce qui aurait pu être la maison de ses parents.

À peine eut-elle franchi la porte de son cabinet que Maura se rua sur son répondeur pour écouter ses messages. À son grand dépit, Bob n'avait pas appelé. Il voulait sans doute jouer avec ses nerfs. Faire monter la pression. Il lui sortait parfois des trucs qu'il ne pensait pas vraiment, pour tester ses réactions. Mais cette fois, c'était plus grave. Il lui avait paru sincèrement résolu – pour autant qu'un type aussi immature que Bob soit capable d'une quelconque résolution. Elle eut un petit sourire. Tout ça le ferait peut-être mûrir un peu... Peut-être son cas n'était-il pas tout à fait désespéré... Elle n'était soudain plus aussi sûre de vouloir le quitter. Elle ne la trouvait pas si répugnante, sa bite. Elle en avait juste ras le bol qu'il la lui agite constamment devant le nez. Ne pouvait-il pas faire preuve d'un peu de tact et de sensibilité ? Être un peu plus à l'écoute... Était-ce trop lui demander ?

10

LES TROIS HOMMES, à la fois perplexes et intimidés, semblaient plongés dans la contemplation du bras. Ils l'avaient posé sur la table de la cuisine, l'avaient sorti de son plastique et le regardaient en silence.

À la différence de Bob, ils ne devaient pas être habitués à la vue des corps et des organes en pièces détachées. Bob, lui, ça ne lui faisait plus ni chaud ni froid. D'une main, il tenait un sac de petits pois surgelés contre sa bosse, et de l'autre, une canette de Coca.

— J'ai une de ces envies de gerber…, ronchonna-t-il. Je dois avoir une fracture du crâne, minimum.

Le type à la queue-de-cheval leva la tête et lui fit un grand sourire :

— Désolé, *cabrón*. Mais j'avais pas le choix. T'aurais pu être un as du kung-fu. Pas question de prendre le moindre risque, mec.

Logique, songea Bob – et il se sentit un poil mieux. Voire plutôt flatté. Un as du kung-fu ? Rien que ça ! Sauf qu'il se retrouvait dans une situation inédite. Devait-il se considérer comme kidnappé ? Avaient-ils l'intention de le descendre ? Devait-il tenter de s'échapper ? Il n'en avait pas l'ombre d'une idée.

Celui qui semblait être leur chef poussa le bras du bout d'une spatule en caoutchouc.

— J'avais jamais remarqué qu'il avait tous ces tatouages…

— Les flics risquent d'en entendre parler, lui fit remarquer le Blanc. Va falloir retrouver l'endroit où il s'est fait faire ça.

— Mais d'abord, va falloir se trouver un bras, objecta le type à la queue-de-cheval.

Bob sursauta, vert de trouille. Le vieux Mexicain s'était tourné vers lui.

— Lui, il en a deux…

— Ça, pas question, mec ! Putain de merde, ça, sûrement pas !

Comme le Mexicain le transperçait d'un regard lourd de menaces, Bob changea son fusil d'épaule :

— Allez quoi… Vous trouvez vraiment que mon bras ressemble à celui-là, même de loin ?

Bob fit la grimace. Le Mexicain lui avait empoigné le bras. Il le lui tordit sans ménagement, pour l'amener près de celui d'Amado. Une fois les deux bras côte à côte, ça sautait aux yeux : près du bras tatoué, puissamment musclé, à la peau brune et velue, celui de Bob avait l'air frêle et falot, presque diaphane. Un bras de rat de bibliothèque. Et tous les tatouages du monde n'y auraient rien changé. Le Mexicain lorgna Bob sous le nez.

— Tu serais pas un peu tarlouze ?

Bob secoua vigoureusement la tête.

— Non !

— On dirait pourtant, à voir ton bras.

Bob garda le silence, malgré son désaccord : tous les homos de sa connaissance étaient des colosses, des montagnes de muscles. Il n'avait franchement pas des biceps d'homosexuel.

Le Mexicain d'âge mûr se tourna vers son jeune acolyte à la queue-de-cheval :

— Retrouve-le !

Bob en resta sidéré. Le type à la queue-de-cheval hocha la tête et disparut. Le méchant, celui qui lui filait la chair de poule, devait être un genre de parrain nouvelle manière – comment expliquer sinon ce Mexicain à moumoute, flanqué d'un jeune Blanc bon teint et de cette petite frappe latino qu'il faisait obéir au doigt et à l'œil, comme un gamin de cinq ans ? La seule chose de sûre, c'était que Bob était dans la merde.

Assis dans son lit, Amado regardait la télé. Il suivait une série mélodramatique et se délectait des trahisons, des mensonges et tromperies qui se tramaient à l'écran. Il se sentait en terrain connu – même s'il ne voyait pas bien pourquoi ce petit con de Jax ne débarquait pas avec une .22 Long Rifle chez cette salope d'Helena, après ce qu'elle venait de faire à Francesca. Sans doute Jax n'était-il qu'un de ces *huele-pedos quebrachón*. À sa place, Amado n'aurait pas hésité : il lui aurait enfilé son canon dans le cul ! Tiens, prends-toi ça ! *Qué te jodas !*

De temps à autre, il se surprenait à vociférer – par exemple, pour mettre en garde l'un des personnages, qui voulait vendre ses actions d'une boîte installée à l'étranger. C'était un piège à con. Une arnaque. Arrête ! Fais pas ça ! *Cuidado !* bramait-il en agitant les bras pour prévenir le pigeon… jusqu'au moment où il se souvenait qu'il n'avait plus de bras gauche. Mais, bizarrement, c'était comme s'il était toujours là. *Que raro.*

Ce fut avec plaisir qu'il vit Norberto débarquer dans sa misérable chambre de motel. *El Niño* tenait à la main un sac en papier brun, taché de graisse, qu'il lui tendit.

— Comment tu te sens ?

— À ton avis ?

Amado ouvrit le sac. Des parfums engageants lui chatouillèrent les narines. Il sourit.

— *Carnitas ?*

— *Carnitas pibil.*

— *Qué bueno.*

Norberto alla s'asseoir au pied du lit et le regarda s'escrimer contre le sac, dont il sortit l'un des tacos, emballés dans du papier-alu. Amado entreprit ensuite d'ouvrir le papier-alu d'une seule main, sous le regard de Norberto qui ne fit pas un geste pour l'aider.

— Il doit te manquer, ton bras.

— J'en rêve la nuit, putain !

— Tu sais qu'on l'a récupéré… ?

Amado cessa net de lutter contre le papier-alu.

— Quoi ?

— C'est nous qui l'avons, ton bras. Il faut que tu viennes le voir.

— Et qu'est-ce que vous comptez en foutre, *pendejos* ?

— On va déjà empêcher la flicaille de mettre la main dessus.

Amado lui lança un coup d'œil acéré. Il faisait le malin, ce branleur…

— Alors comme ça, Esteban a récupéré mon bras ?

— *Sí.*

— *Qué bárbaro !* s'exclama-t-il en secouant la tête, avant de revenir à son taco qu'il finit par extirper de son emballage.

Il s'en cala une moitié entre les gencives et se mit à mastiquer. Un filet de graisse mêlée de salsa lui dégoulinait du menton. Il faisait plaisir à voir.

— *Quieres cerveza ?*

Amado fit "oui" de la tête et se fendit d'un grand sourire. *El Niño* lui avait apporté des tacos et de la bière. Ça, c'était un pote. Il sentit une larme se former au coin de son œil gauche. Norberto plongea la main au fond du sac de courses et en sortit une canette de Modelo Especial bien fraîche dont il fit sauter l'opercule, avant de la lui tendre.

— *Gracias.*

— *De nada.*

Amado s'offrit une grande lampée de bière glacée et lâcha un rot sonore, qui aromatisa toute la chambre – porc pimenté arrosé de bière. Puis Noberto se tourna vers lui, l'air grave.

— Esteban a besoin de toi.

— Il a besoin de me descendre, tu veux dire.

— Non. On a eu du nouveau. Un truc important.

Amado regarda Norberto et prit conscience que les choses avaient changé. Il avait pris du galon, le môme. Désormais, il recevait directement ses ordres du patron, d'Esteban en personne.

— Moi qui croyais que tu étais mon pote, *mi vato.*

— Tu n'y es pas du tout, mec. Esteban a besoin de toi. Il ne va pas te tuer.

— Qu'il dit.

— Je sais que c'est vrai.

Le regard d'Amado s'attarda sur Norberto. Ce petit con était certainement venu avec un 9 mm – ou pire, avec ce putain de .38 à canon court qu'il trimbalait partout depuis qu'il en avait vu un dans un film et qu'il avait décidé que c'était la classe.

— Est-ce que j'ai le choix ?

— Non.

Amado haussa les épaules.

— *Vale.*

Esteban regardait Chivas jouer contre Morelia sur Channel 55 lorsque Norberto et Amado débarquèrent dans la planque. Martin était resté dans la cuisine avec le livreur, un certain Bob Trucmuche, qui lui donnait un cours particulier sur l'art et la manière de conserver un membre sectionné. Une charogne à demi décomposée qui allait empester toute la maison, c'était bien la dernière chose qu'il leur fallait. Esteban se leva pour accueillir Amado.

— *Cabrón. Qué onda ?*

— C'est moi qui te pose la question.

Les deux hommes se jaugèrent un moment du regard. Tout à coup, Esteban ne savait plus très bien sur quel pied danser. Ce qui était pour le moins exceptionnel, chez lui. Mais qu'est-ce qu'Amado était allé foutre chez Carlos Vila ? Un truc suffisamment grave pour qu'il ait peur qu'Esteban le fasse descendre ? Quoi qu'il arrive, une fois tiré de ce pétrin, Esteban allait devoir s'occuper de lui, d'une façon ou d'une autre. Un tueur bordélique qui se la joue perso, c'est un danger public. Mais pour l'instant, mieux valait laisser venir. Son principal problème était d'éviter la taule. Esteban resta donc là, devant Amado, sans desserrer les dents. Ce fut Norberto qui brisa le silence.

— Amado ? Tu veux pas venir voir ton bras ?

Amado se tourna vers lui.

— Ouais.

Bob n'en crut pas ses yeux en voyant le manchot débarquer dans la cuisine. Il comprit instantanément qu'il avait devant lui le propriétaire du bras, à cause de tous les tatouages dont il était couvert. Des femmes avec d'énormes paires de seins, dans toutes les positions possibles et imaginables. Des brunes voluptueuses, les cheveux ébouriffés, agenouillées devant des types tout en muscles, genre motards, équipés de bites impressionnantes. L'unique bras de ce type en était couvert, tout comme ce que laissait apercevoir son col de chemise ouvert. Un vrai *Kama-Sutra* pour Hell's Angels, qu'il portait à même la peau, probablement sur tout le corps. Bob était subjugué. Il chercha quelque chose à dire au manchot, mais le mec n'avait pas l'air commode. Pas vraiment cruel, comme le vieux, mais dangereux. Et Bob n'avait aucune envie de se prendre un autre coup dans l'estomac ou sur le crâne, voire pire. Il opta donc pour un silence prudent, tandis que le tatoué ouvrait le freezer dont il sortit son bras.

Ce fut un moment d'intense émotion. Et de tristesse. Le manchot contempla son bras comme s'il s'était agi d'un enfant perdu qu'il retrouvait enfin. Bob, dont le regard restait vissé sur le visage dur, vit briller des larmes dans ses yeux. Puis celui qui semblait être leur chef finit par desserrer les dents.

— *Joder,* t'as dû le sentir passer.

Le tatoué décocha un coup d'œil au vieux, mais garda le silence. Allongeant la main, il la promena sur son bras, d'abord en effleurant les doigts, puis il le retourna, et remonta le long de l'avant-bras, délicatement, comme si le membre amputé avait pu sentir cette caresse.

— Donnez-moi un verre.

D'un regard, le type à la queue-de-cheval interrogea le parrain, qui hocha la tête, puis il sortit du placard une bouteille de tequila. Le manchot prit un siège et s'en descendit une bonne lampée.

Bob pointa l'index vers le portrait de la belle brune.

— Elle est magnifique !

Le manchot hocha la tête.

— Felicia.

— Parce qu'elle existe, vraiment ? exulta Bob. Vraiment, dans la vie réelle ? Vous savez où elle habite, vous avez son numéro ? Vous pourriez me la présenter ?

Les quatre présents – le blanc-bec, le parrain, le type à la queue-de-cheval et le mec cruel – se tournèrent vers lui d'un bloc, et le dévisagèrent comme s'il débarquait de Mars. Mais ça, Bob s'en contrefichait. Ce serait peut-être son unique chance, et il n'allait pas la laisser passer.

— Je veux dire, y a qu'à la regarder, non ?... Allez-y, regardez-la ! Vous avez déjà vu une telle beauté, dans la vraie vie ? C'est... C'est... une véritable bombe !

Le tatoué partit d'un grand éclat de rire. Sonore, caverneux, d'une gaieté communicative. Il se tordit de rire, jusqu'à la limite de la suffocation. Jusqu'aux larmes. Bob le regardait avec des yeux ronds et, comme l'ouragan ne donnait aucun signe d'essoufflement, il sentit l'inquiétude le gagner. Peut-être avait-il dépassé les bornes, cette fois. Mais le tatoué finit par retrouver son calme.

— Le *gringo* est amoureux de Felicia ! (Attrapant son verre, il y versa une bonne rasade de tequila et le fit glisser vers Bob.) À la tienne.

Bob avala la tequila. Cul sec. Le brasier qui se répandit dans sa gorge avait quelque chose de rafraîchissant. Bob regarda le tatoué bien en face.

— Alors c'est vrai, vous la connaissez ?

Le gangster lui jeta un coup d'œil soudain plus grave, puis il rigola encore un peu dans sa barbe, et lui tendit la main.

— Amado.

Et voilà comment Bob fut officiellement présenté à toute la bande – Amado, Norberto, Esteban et Martin. Bob trouva d'abord rassurant de savoir leurs noms, même si rien ne lui garantissait qu'ils lui avaient dit la vérité. Ils auraient très bien pu lui donner de faux noms, pour brouiller les pistes, au cas où il serait allé les balancer. Mais après réflexion, il se sentit nettement moins bien… S'ils lui avaient donné leurs vrais noms, c'était pire. Ça voulait dire qu'ils avaient de toute façon l'intention de le faire taire. Définitivement.

Morris faisait tournoyer les briques en pianotant comme un forcené sur son clavier. Il ne leva même pas les yeux lorsqu'un livreur entra. Un envoi du Cedar Sinai Medical Center. Le livreur, un jeune Latino dans un jean baggy avec un T-shirt à l'effigie de Che Guevara, lorgna vers l'écran en étouffant un ricanement de mépris.

— Tetris ?

Le regard de Morris resta vissé à l'écran.

— Je sais, je sais… ça date un peu. Mais depuis, personne n'a fait mieux, mec.

— C'est ça, ouais. Mon père aussi, il adore.

— Le Tetris, c'est un défi lancé à ton cerveau, mon pote. C'est comme qui dirait un western catastrophe qui se passerait dans l'espace, avec une course contre la montre à la clé.

— C'est ça, ouais. Tiens, signe-moi ça, et tu pourras retourner jouer au ping-pong électronique.

Le regard de Morris resta vissé à l'écran.

— Là, je peux pas.

— Eh, j'ai pas fini ma tournée.

— Une minute.

— Non.

— Allez, quoi… tu peux bien…

— Non !

Le livreur agita son écritoire à pince devant le nez de Morris, lui masquant en partie l'écran. Morris attrapa le premier stylo qui lui tomba sous la main, et se mit en demeure de signer la fiche de la main gauche sans quitter l'écran des yeux.

— J'y suis, là ?

— Plus bas. Encore cinq centimètres.

— Ici ?

— Presque…

Morris gribouilla son nom.

— Merci, mon pote.

— Pas de quoi.

Le livreur tourna les talons, tandis que Morris se replongeait dans son jeu, sans un regard pour ce dont il venait de signer le reçu – un fœtus humain tout à fait reconnaissable, marinant dans un bocal de formol. Il se concentra de plus belle.

Bob avait un petit coup dans l'aile. Ils avaient descendu la bouteille de tequila en tête à tête, avec Amado, et ils continuaient sur leur lancée, à la bière. Torse nu, Amado lui faisait une visite guidée plutôt croustillante de sa galerie personnelle de tatouages. Il devait y en avoir une bonne centaine. Bob en restait bouche bée. Amado lui expliqua qu'il n'avait commencé à fixer les souvenirs de ses maîtresses dans sa peau qu'après en avoir compté une première centaine, en alignant des encoches dans le cuir de sa ceinture. Bob contempla Amado avec des yeux éblouis, comme s'il avait eu devant lui un athlète exceptionnel, capable d'exploits inaccessibles au commun des mortels.

Évidemment, il faisait pâle figure, avec son score de six ou sept conquêtes. Jamais de folles aventures d'une nuit, ni de passades torrides. Toujours le même train-train : premier rendez-vous, travaux d'approche puis la relation elle-même. Bien sûr, il lui était arrivé de tomber amoureux – et passionnément, même – mais rien qui fût digne d'occuper une place permanente sur son corps. Rien qui vaille de s'infliger le tourment des aiguilles et de l'encre, rien qu'on puisse appeler de l'art. Et ça lui manquait terriblement. Ce côté animal de la passion. S'abandonner sans entraves dans les bras d'une femme passionnée et sensuelle, qui partagerait sa façon de voir. Il ne voulait plus s'embarrasser de détails mesquins tels que les préliminaires ou les orgasmes. Ce qu'il voulait, c'était baiser comme une bête, et inspirer à sa partenaire le désir d'en faire autant.

L'esprit embrumé par l'alcool, Amado tentait de recoller son bras à la place qu'il occupait auparavant. Le bras tomba sur le carrelage de la cuisine avec un bruit écœurant. Il en gicla quelques gouttes de jus – Bob ne savait pas au juste comment appeler ça –, qui aspergèrent la chemise d'Amado. Il se baissa pour ramasser son bras et le contempla, l'œil humide.

— Tu sais qu'il me manque, ce bras, Bob.

— Tu m'étonnes.

— Laisse jamais tomber ton bras, mon vieux. *Nunca!*

Bob hocha la tête.

— Je sais que t'as pas fait exprès de le perdre. Et je suis sûr que ton bras aussi, il le sait.

Amado soupesa une seconde cette possibilité.

— Tu crois?

— Absolument.

La voix d'Amado se fêla et, tout à coup, il parut à deux doigts de fondre en larmes.

— J'ai jamais réfléchi à ce qu'il pouvait ressentir. Je ne pensais même pas qu'on se reverrait un jour…

Le membre sectionné reposait sur ses genoux, nonchalant. Amado continuait de le contempler.

— Je voulais pas te faire de la peine, mon vieux.

Il le prit au creux de son bras valide et se mit à le bercer comme un enfant. Bob gardait un silence ému. Il ne trouvait rien à dire. Il laissa Amado se réconcilier avec son bras. Du coin de l'œil, il apercevait Esteban – le Parrain – assis sur le canapé du living en compagnie de Martin, le *gringo* de la bande. Quant à Norberto, *Norbert,* comme l'appelait Bob, il avait vidé quelques verres avec eux avant d'aller roupiller dans une des chambres du fond. Il devait avoir du sommeil en retard.

Bob se leva et tapota l'épaule d'Amado.

— Je vais pisser, mais à mon retour, on va faire la fête, tous les deux, en souvenir de tous les bons moments que vous avez dû vivre ensemble, toi et ton bras.

Amado leva vers lui de grands yeux humides.

— Tu sais que t'es un mec bien, Bob…

Bob mit le cap sur les toilettes.

Esteban observait Amado et le *gringo* qui rigolaient en picolant, comme si c'était le 5 mai. Qu'ils se marrent, tous les deux. Ils n'auraient bientôt plus l'occasion de rire. Martin continuait à pérorer. Il avait apparemment décidé de sauver la peau du *gringo. Por que ?* Parce que c'était un Blanc, comme lui ? Il ne mouftait jamais quand Esteban faisait liquider un petit connard de *cholo,* mais là, maintenant qu'il avait besoin de se débarrasser de ce Blanc, voilà Martin qui prenait fait et cause pour lui, quitte à risquer toute la mise.

Il tenait tout de même un bon argument, songea Esteban. Un Blanc retrouvé mort après avoir été enlevé au volant de sa bagnole de service pendant ses heures de boulot, ça risquait d'attirer l'attention des médias, et dès qu'un truc passait au journal télé, les flics étaient bien obligés de se remuer. Or, des flics curieux qui se mettent à poser des questions, ça ne donnait jamais rien de bon.

Esteban avait beau le savoir, son instinct lui criait de supprimer le livreur. Ne jamais laisser de témoins. Épargner ce Bob, c'était lui donner la possibilité de témoigner contre eux. Et ça, ce serait la merde. Esteban n'avait aucune envie de voir ce branleur de *gringo* venir raconter aux juges fédéraux comment ils l'avaient kidnappé. Mais les Blancs étaient toujours persuadés d'être au-dessus du lot. Esteban se demandait ce qui pouvait bien leur mettre ce genre de connerie dans le crâne…

Esteban était aussi intelligent que n'importe quel Blanc et ne voulait surtout pas se laisser embrouiller par ses émotions. Il savait que Martin avait raison sur un point. Il l'autorisa donc à avoir une petite conversation avec le Blanc, de *gringo* à *gringo*, pour voir s'il était prêt à coopérer.

Lorsque Bob revint des toilettes, Amado ronflait sur la table. Un filet de bave s'échappait du coin de sa bouche et dégoulinait à terre. Bob s'assit près de lui pour le regarder dormir. Dans son sommeil, Amado n'avait plus l'air aussi féroce. Il avait juste l'air d'un type paumé loin du sol natal, dans un pays étranger. Un homme qui avait perdu son chemin, bien avant de perdre son bras. Bob en était tout triste pour lui.

Martin les rejoignit dans la cuisine. Il voulait lui parler de quelque chose. Un truc important. Il voulait lui expliquer pourquoi ils l'avaient enlevé, et ce qu'ils projetaient de faire de lui. Esteban était devant un match de foot, à la télé. Martin entreprit de résumer pour Bob les événements des dernières quarante-huit heures, qui avaient abouti à son enlèvement. Après quoi, il lui fit une proposition.

Bob ouvrit de grands yeux. Jusque-là, l'idée ne lui était jamais venue de devenir un hors-la-loi, ni même de tremper dans une combine louche. En toute honnêteté, la perspective de se retrouver derrière les barreaux avait toujours suffi à le retenir d'enfreindre la loi. Mais il se retrouvait face à ce type qui était loin d'être un imbécile et qui s'y connaissait en droit ; il sortait de Yale, son MBA en poche. Un type comme lui, en mieux. Plus beau, plus riche et mieux habillé. Et voilà qu'il lui proposait de collaborer avec eux sur un coup. Ça lui rapporterait dix mille dollars et il n'aurait rien à faire de plus compromettant que de livrer le bras, ou plus exactement sa copie, à Parker Center, comme si de rien n'était.

— Un bonus de dix mille dollars, pour faire ce que tu fais tous les jours.

Bob eut une seconde d'hésitation. Mais en un sens, quelque chose chez Esteban lui inspirait une certaine confiance – le même truc, précisément, qui lui filait la chair de poule. Et plus il y repensait, plus l'aventure l'excitait. Martin attendait sa réponse.

— Je vais le faire, finit-il par trancher, mais…

Martin sursauta :

— Je ne pense pas que tu sois en position de négocier, Bob.

— Tu ne sais même pas ce que je veux.

— OK. Qu'est-ce que tu veux ?

— Je veux rencontrer Felicia.

— Felicia ? Qui c'est ?

Bob prit le bras d'Amado sur la table et lui montra le tatouage.

— C'est elle.

Esteban eut peine à croire que Bob ait pu se laisser si aisément convaincre. Il devait être ébloui par le côté *glamour* de la profession – tout comme Martin. Les Blancs sont d'une naïveté… ils vont trop au cinéma. Ils s'imaginent qu'être gangster, ça veut dire avoir des bagnoles de sport et une femme à chaque bras. Esteban était bien placé pour savoir ce qu'il en était, des réalités de la profession. Pour réussir dans la branche, il fallait s'appuyer un boulot de titan, avec des horaires et un niveau de stress inhumains. La plupart des anciens de *la Eme* souffraient d'angine de poitrine due à l'anxiété. Quelques malchanceux moisissaient derrière des barreaux, aux quatre coins du pays. Sans compter ceux qui avaient succombé à des accidents coronariens dans les bras de putes. Overdose de Viagra, comme il disait. Cette drogue transformait votre *explorador* en Superman, et faisait du reste de votre personne un *abuelo* décrépit, s'efforçant désespérément de tenir le rythme. Vous vous retrouviez au bout du rouleau, soufflant comme un vieux phoque, et même plus capable d'y prendre plaisir. Ça avait quelque chose de tragique, tous ces hommes d'âge mûr qui se tuaient à jouer les jeunes premiers. Enfin… à tout prendre, mieux valait mourir en s'amusant avec une femme que de se prendre une balle dans la nuque à son volant.

Le *gringo* maigrichon fit son entrée dans le living, une bière à la main. Esteban le dévisagea d'un regard noir, et eut la satisfaction de le voir détourner les yeux. Esteban s'éclaircit la gorge.

— Tu as bien compris ce que ça veut dire ?

Bob glissa un œil du côté de Martin avant de revenir à Esteban.

— Je crois, oui.

— Tu vas devenir complice d'un meurtre et ça, c'est pas rien, mon pote.

Bob hésita.

— Je ne tuerai personne

Esteban eut peine à cacher son agacement. Ce monstrueux culot ! Comme si c'était à la portée du premier venu, de tuer quelqu'un ! Comme si c'était si simple. Même Amado, avec toutes ses années d'expérience, avait foiré son coup.

— Non. Tu ne vas descendre personne…

— Mais tu seras complice, intervint Martin. Je veux être sûr que tu as bien compris.

Bob hocha la tête.

— Compris.

— Tu risques la prison.

Esteban lui jeta un coup d'œil frigorifique.

— Et si tu nous balances, t'es mort.

— Je comprends, je comprends.

Sous l'œil inquisiteur d'Esteban, Bob soupesa les différentes possibilités. On aurait presque pu entendre cliqueter les rouages de son esprit, et Esteban n'aurait pas été autrement surpris si le *gringo* avait demandé du papier et un crayon pour noter en deux colonnes les arguments pour et contre. Les Américains n'ont vraiment pas de *huevos*…

Mais la réaction de Bob le prit au dépourvu.

— Si ça me permet de rencontrer Felicia, ça me paraît jouable.

Esteban partit d'un grand éclat de rire.

— Tu crois vraiment qu'une gonzesse mérite qu'on prenne un tel risque ?

Bob acquiesça. Rien ne lui avait jamais paru plus clair.

— Ça n'est pas une femme ordinaire.

Esteban secoua la tête, ébahi.

— Je veux juste être sûr que tu as bien compris...

Bob vint s'asseoir sur le canapé aux côtés de Martin, qui passa en mode business :

— Nous nous engageons donc à verser à Bob, ici présent, la somme de dix mille dollars, plus une nuit avec Felicia.

— Et en échange, qu'est-ce qu'il s'engage à faire pour nous ?

— À livrer le bras, le nouveau, en expliquant à tout le monde que son retard était dû à la détresse émotionnelle consécutive à sa rupture avec sa petite amie.

— Tu as rompu avec ta petite amie ?

— Je crois bien, oui.

— C'est-à-dire ?

— On s'est engueulés.

Esteban se cala contre son dossier, avec un soupir.

— J'espère au moins que c'était une bonne engueulade.

Bob hocha énergiquement la tête.

— Excellente, oui.

— On pourrait t'amener là-bas, le temps que tu mettes les points sur les *i*, intervint Martin. Pour rompre définitivement, je veux dire. Histoire que ta version tienne la route...

Bob accepta aussitôt :

— Avant même que je voie Felicia… Bonne idée ! Il faut rendre la chose officielle. Comme ça, tout sera clair entre nous.

Esteban jeta un regard aux deux *gringos*. *Carajo*. Quel bordel.

— Sauf qu'on n'a toujours pas de bras…

11

C'ÉTAIT UNE DE CES JOURNÉES SPLENDIDES, typiques de LA, avec un soleil comme celui qui brille sur la parade du Rose Bowl à la télé. Un soleil qui bombarde la ville de ses rayons, lui prodiguant santé, bonheur et prospérité. Un ciel immensément bleu, tout là-haut. Bref, le genre de journée qui vous persuaderait que les habitants de Los Angeles ont vraiment déniché la Terre Promise. Le paradis de la vitamine C.

Mais en fait de chars fleuris, Don ne vit passer qu'une escouade d'autobus, tandis qu'il mastiquait un gros hamburger sur les marches de Parker Center, en compagnie de l'inspecteur Flores et de deux ou trois collègues en uniforme.

D'autres copains du LAPD faisaient la queue devant le marchand de hamburgers en attendant leur commande. Don pétait la forme. C'était génial, d'être officier de police. D'avoir pour mission de faire du monde un endroit plus sûr et plus humain, et d'être là, avec ses collègues, à s'envoyer de bons gros hamburgers bien dégoulinants.

Évidemment, pour contrebalancer les effets de ce poison violent, il devrait se contenter d'une salade verte avec un peu de sashimi au dîner – mais c'était un prix dérisoire à payer, pour ce moment de pur bonheur.

Trempant ses frites dans une coupelle en carton pleine de ketchup, il se représenta Esteban Sola dépouillé de sa moumoute, flottant dans l'ample combinaison orange des prisonniers du comté. Esteban, menottes aux poings, le dos voûté, attendant son extradition vers un pénitencier mexicain. Ça faisait trop longtemps qu'il imposait sa loi à toute la ville sous son nez. Cette arrogance, ça avait le don de le mettre hors de lui. Don avait donc pris Esteban dans son collimateur et en avait fait une affaire personnelle. Ah… lui faire mordre la poussière, à ce fumier de *wetback* de Juarez.

Il descendit son soda light, puis se tourna vers Flores.

— Alors, ils ont fini par la livrer, ma pièce à conviction ?

Flores leva les yeux sans cesser de mastiquer – il avait entrepris d'engloutir un *burrito carne asada* – et secoua la tête.

— Non.

— Je ne vais tout de même pas perdre ma journée à l'attendre. Je vais passer des coups de fil pour savoir où en est le colis.

Il froissa dans son poing l'emballage qui avait contenu le poison violent, le balança dans une poubelle, puis, s'essuyant les mains sur son pantalon d'un geste viril, il retourna à son bureau.

Don quitta Parker Center au volant de sa Chevrolet marronnasse. Il n'avait jamais compris pourquoi il fallait que les bagnoles du service soient toujours des Chevrolet, et toujours de ce marron douteux. À les voir entassées sur le parking du LAPD, on aurait dit un amoncellement de déjections canines géantes. Quel était le message ou le but visé ? Pourquoi les flics n'auraient-ils pas sillonné la ville en BMW ou dans des Lincoln Town Car, eux aussi ? Pour les truands, ce marronnasse était tout aussi repérable que le noir et blanc des voitures de patrouille. Ça n'avait jamais trompé personne. Alors pourquoi s'interdire toute diversité ? Dans ces conditions, Don comprenait que certains de ses collègues puissent se laisser aller à accepter quelques pots-de-vin. Ça vous renvoyait une image pitoyable de vous-même. Au volant d'un de ces étrons puants, qui n'aurait pas été tenté d'arrondir un peu ses fins de mois ?

À part ça, Don ne voyait vraiment pas où le livreur avait pu aller. Il avait appelé la morgue, où on lui avait communiqué la liste de tous les points de livraison prévus. Le mec n'était passé nulle part. Don résolut donc de faire ce que tout bon flic aurait fait : aller enquêter sur le terrain. Tout, plutôt que de rester moisir derrière son bureau, à écouter Flores digérer.

Larga ne savait jamais comment s'habiller pour sa séance de training. Il préférait ne pas s'y pointer en jean, parce que Maura l'aurait obligé à se mettre en slip, histoire de ne pas obstruer le flux sanguin autour de la prostate. Car la prostate a besoin d'oxygène pour faire son boulot. Un short ? Non, trop gay.

Planté devant son miroir en tenue d'Adam, il se tourna de trois quarts et vit se profiler sa bedaine flasque. Un pantalon de jogging, peut-être... Il farfouilla quelques instants dans un placard et finit par mettre la main sur un ensemble de jogging en nylon, le genre que portent les obèses dans le New Jersey pour se balader au volant de leur Camaro. Il s'était offert ça un jour où il avait décidé de s'essayer au jogging, et ne l'avait mis qu'une seule fois.

Don se gara devant United Pathology, ce grand bâtiment plein de trucs morts. Il avait beau avoir une longue expérience des cadavres, quelque chose lui filait la chair de poule quand il s'aventurait là-dedans. Sans doute parce qu'un cadavre fraîchement découvert, c'est encore un être humain. Ça garde un semblant de personnalité. Ça a des signes distinctifs, des effets personnels, ça porte encore les traces de cette vie qui vient de s'achever. Mais ici, au laboratoire de pathologie, ils n'étaient plus que des échantillons, des humeurs, des amas de tissus dépossédés de toute individualité. La dernière chose qu'il aurait voulue, c'était bien de se faire charcuter par quelque illustre inconnu après sa mort. Enfin, quelle importance ; une fois mort, on était mort et bien mort. Du moins l'espérait-il.

Il franchit la porte d'entrée.

Morris était à son poste, devant l'ordinateur, et attendait que le site Web s'ouvre. Il mettait une putain d'éternité à se charger et quand il s'ouvrit enfin, c'était le même vieux truc. Morris avait essayé plusieurs sites proposant des photos en accès libre, mais tous lui avaient demandé son numéro de carte bancaire, en guise de "preuve" que le visiteur était âgé de plus de vingt et un ans ; comme si un ado n'aurait pas pu se procurer une carte de crédit – ou comme si on n'avait pas le droit de mater des photos de cul au-dessous de vingt et un ans. *Merde !* pesta-t-il à part soi. *Quand je pense que je me tape des gonzesses depuis mes quinze ans…* C'était une manière particulièrement chiante de tuer le temps.

Morris leva soudain le nez. Un type était entré dans le bureau, vêtu d'une veste sport. Il lui décocha son plus beau sourire et lui sortit un badge de flic, mais pas à la va-vite, comme dans les films, non. Il le lui tint un bon moment sous le nez, façon "t'es trop con pour savoir lire".

— Salut.

Le flic s'éclaircit la gorge.

— Salut. Je suis à la recherche d'une pièce à conviction qui aurait dû être livrée à Parker Center aujourd'hui même.

— Le bras, vous voulez dire ?

— Oui.

— Il devrait déjà être chez vous.

— Il n'y est pas.

Le regard de Morris s'attarda sur le visage du mec, avant de revenir vers son écran. Spunk.com avait enfin achevé de s'afficher et – merde ! c'était un site porno gay. Morris se mit à cliquer à toute vitesse pour virer la page, mais ça n'avait pas fini de charger et tout ça s'étalait là, à l'écran – au propre comme au figuré. Morris sentit la sueur lui perler au front. Il eut le réflexe d'éteindre le moniteur.

— Eh bien, ça va vous être livré d'un moment à l'autre.

— On ne l'a pas reçu.

— Vous devriez, pourtant.

— Je sais bien qu'on devrait, mais on ne l'a pas. Ce qui explique ma présence.

— Ça va arriver.

— Où ça en est, là ?

— C'est important ?

— Très.

— Alors, ça devrait pas tarder à arriver.

Don s'éclaircit la gorge.

— Mais on ne l'a pas !

Qu'est-ce qu'il a, ce con ? se demanda Morris. C'était vraiment possible, d'être bouché à ce point ?

— Qu'est-ce que vous voulez que je vous dise ?

— Je veux savoir où il est.

Morris haussa les épaules.

— Alors ça, pas la moindre idée.

Le flic se pencha vers lui, l'air mauvais et, allongeant la main, ralluma le moniteur.

— Eh ! qu'est-ce que vous faites ?

— Où est le bras ?

— Il est parti.

— Parti où ?

— Parker Center.

— Mais il n'y est pas, à Parker Center.

— Peut-être. Mais il est parti !

Le moniteur, rallumé, affichait tout un assortiment d'images, toutes très explicites, et toutes de coït anal. Morris se dandina inconfortablement dans son fauteuil.

— Eh, mec ! C'est pas du tout ce que je pensais !

Le flic eut un petit sourire goguenard, comme s'il avait tenu un bon moyen de pression sur Morris.

— Qui l'a, ce bras ?

— Bob.

Morris cliqua au coin supérieur droit de l'écran et, cette fois, la page Web disparut.

— Où est-il, ce Bob ?

— Putain, j'en sais foutre rien, mec. Il devrait être passé depuis longtemps à Parker Center.

Bob avait pris place sur le siège passager à côté de Norberto qui était au volant, tandis qu'Esteban et Martin s'installaient à l'arrière. Amado avait décidé de rester à la planque. Sa *telenovela* favorite allait commencer d'une minute à l'autre et pour rien au monde il n'aurait loupé ça.

— Prends à droite, là.

Bob les emmenait au cabinet de Maura. Il était situé dans un bloc d'immeubles des plus ordinaires.

Bob transpirait à grosses gouttes. Il commençait à se poser quelques questions quant à l'ensemble de l'opération. Il avait des états d'âme. Il y avait repensé, et plutôt deux fois qu'une – trois fois, même. Puis une quatrième, et une cinquième fois. D'un côté, il se sentait follement excité par l'aventure. On ne sait pas à quel point on peut se faire chier dans la vie, jusqu'à ce que l'aventure vous tombe dessus, sous forme d'un bon coup sur le crâne, suivi d'un petit trajet dans un coffre…

Mais d'un autre côté, il savait qu'il n'avait pas l'étoffe d'un vrai méchant. Il n'avait jamais eu la fibre du vol, et encore moins celle du meurtre – et il tenait fermement à ce que ça continue.

Comme il y repensait pour la sixième fois, il eut le sentiment que tout était bien clair dans sa tête. Il ne tuerait personne. Il allait se contenter de jouer les figurants, dans une pièce qui ne faisait d'ailleurs que commencer – comment pouvait-il préjuger de l'ensemble, à ce stade ?

Mais à la septième fois, il se retrouva au même point qu'à la seconde. Si je refuse de faire ce qu'ils me disent, ils vont me tuer. Et de toute façon, il n'est pas exclu qu'ils me suppriment, quoi qu'il arrive – ça c'était la huitième.

— On peut se garer dans le parking de derrière, Maura nous tamponnera le ticket.

— Peut-être pas si tu la largues pour de bon…

— Ah. Exact.

Bob mit pied à terre et franchit le seuil de l'immeuble en réfléchissant à la manière dont il allait présenter les choses à Maura. Il aurait préféré être en rogne. Bouillir de rage. Être capable de se mettre à hurler, en la traitant de tous les noms, en faisant voler la vaisselle, ou en renversant les meubles – bref, de lui balancer son paquet. Mais il ne se sentait pas du tout d'humeur. En fait, la perspective de cette rupture le mettait plutôt de bon poil. Il y avait si longtemps qu'il se morfondait dans cette bohème bidon, qu'il avait oublié ce que c'était que d'envisager d'autres possibilités, toutes plus exaltantes les unes que les autres. Le monde était vaste et riche et lui, il avait passé des années vautré sur un canapé devant sa télé, à boire de la bière et à envoyer des mails à ses potes. Qu'est-ce qu'il avait dans le crâne, à l'époque ? À présent, il avait le sentiment de renaître. Une nouvelle carrière s'ouvrait devant lui, une carrière dangereuse, passionnante… et peut-être agrémentée d'une nouvelle femme de sa vie. Une brune incendiaire. Une bombe sexuelle qui lui apprendrait l'espagnol, tout en faisant de lui l'esclave de ses désirs. Cette perspective lui filait le vertige.

Il grimpa quatre à quatre les marches qui menaient au cabinet de Maura.

Esteban était inquiet. Combien de temps avaient-ils devant eux pour régler ce problème ? Y avait-il seulement l'ombre d'une chance pour que ça marche ? Tant que les flics n'auraient pas mis la main sur le bras d'Amado ou sur Amado lui-même – puisqu'un homme sans son bras était une preuve au moins aussi solide qu'un bras sans son homme –, ils ne pourraient pas constituer leur dossier. Sans l'un ou l'autre, ils n'avaient aucun moyen d'établir le lien entre lui et le meurtre de Carlos Vila, et ils finiraient par classer l'affaire. *Terminara.* Mais à la réflexion, tout ça lui paraissait si *flojo.* Mieux valait ratisser un poil plus large. Leur livrer un indice ou une fausse piste qui les ferait tourner en rond pendant des mois, voire des années. Un vrai *qué te jodas* ! Dans les dents ! Fallait leur montrer qui était le boss et les faire tourner en bourriques, ces enculés de *federales,* cette bande de *jalapenos…* ça, ç'aurait été le fin du fin – et mieux, ç'aurait été *la puta madre.*

Tout à coup, Norberto se retourna vers lui et lui fit signe :

— *Mira.*

Esteban suivit son regard. Un *gringo* en jogging, le genre gras du bide, descendait d'une Saab.

— *El es un poco gordo como Amado.*

— *Cierto.*

Norberto sortit une grosse matraque de sa poche. Sur le siège arrière, Martin se tortilla inconfortablement.

— Je sais pas, mec, mais je me demande si c'est une si bonne idée, à la réflexion…

Esteban jeta un bref coup d'œil au *jodiendo gringo,* qui se ratatina sous son regard.

— *Creo que el niño se ha meado en los pantalones.*

Norberto s'esclaffa.

— *Qué lástima.*

Martin se redressa, l'index pointé sur Norberto :

— N'allez surtout pas croire que je ne comprends pas ce que vous dites, parce que je pige tout – enfin, presque.

— Alors, pige-moi ça, dans la foulée : on a besoin d'un bras, et ce gros type, il en a un – *entiendes ?* grogna Esteban.

Martin hocha la tête, tandis que Norberto et Esteban descendaient de la voiture.

Max Larga se réveilla, doucement bercé par le roulis d'une voiture en marche. Il faisait sombre et il avait la migraine du siècle. Il ne se souvenait pas de grand-chose. Il se rendait à sa séance, lorsqu'il s'était réveillé dans un coffre de voiture… Qu'est-ce qui se passait ? Que fichait-il dans ce coffre ? On ne balançait pas les gens dans le premier coffre venu ! Aucune personne civilisée ne fait ça ! Enfin, il n'était pas si mal installé, c'était un coffre spacieux.

Larga décida qu'il fallait en avoir le cœur net et se mit à tambouriner de toutes ses forces sur la paroi, à coups de pied. Mais il eut tôt fait de s'en lasser. Ça n'avait pas l'air de changer grand-chose. Il partit donc à la recherche d'un objet lourd, à tâtons, dans le noir. Sa main rencontra un démonte-pneu à l'aide duquel il entreprit de faire un maximum de raffut, en cognant tantôt sur le châssis, tantôt sur le capot.

Lorsque la voiture ralentit et s'arrêta, il eut le sentiment d'avoir remporté une petite victoire. Il entendit claquer la portière conducteur. Il en aurait trépigné d'impatience. Balancer Max Larga dans un coffre de voiture… ça allait leur coûter cher ! Ils allaient voir ce qu'ils allaient voir !

Le coffre s'ouvrit. Bien qu'ébloui par le flot de lumière, Larga distingua nettement un jeune Mexicain avec les cheveux tirés en arrière – et une batte de base-ball qui s'éleva dans les airs avant de s'abattre sur sa tête.

Don commençait à en avoir ras le bol. Il tournait en rond. Il avait rappelé Flores à Parker Center. Toujours aucun signe du livreur ni du bras. Il avait appelé l'UCLA, où ce Bob devait déposer des échantillons histologiques pour les étudiants. Rien. Personne. Don subodora qu'il s'était passé quelque chose – mais quoi ?

— Dites-moi… Il serait pas un peu toxico sur les bords, votre Bob ?

Morris se tortilla.

— Ça, je saurais pas vous dire.

— Bien sûr que si, vous sauriez.

— Eh ! Je suis pas de la brigade antidrogue, mec.

— OK. C'est donc qu'il se drogue un peu – c'est bien ça, que vous venez de me dire ?

Morris se referma comme une huître.

— Vous refusez de répondre ?

— J'ai rien à vous dire tant que mon avocat ne sera pas arrivé.

— Mais vous n'êtes pas en état d'arrestation !

Ça parut lui donner à réfléchir.

— Vous auriez fait quelque chose qui pourrait m'amener à vous arrêter ?

— Non !

— Alors, répondez-moi.

Don laissa à ces informations le temps d'infuser dans l'esprit de Morris. Il devait se jouer mentalement un épisode de feuilleton télé juridique, en tâchant de se souvenir de la façon dont l'intrigue s'était terminée. Don avait maintes fois observé le phénomène dans les salles d'interrogatoires ou sur les lieux d'un crime. Il était même tombé sur un petit malfrat qui lui avait carrément demandé s'il se souvenait de tel épisode de *Columbo* – comme si les flics calquaient la conduite de leurs interrogatoires sur les dialogues des feuilletons. Don n'aurait su dire si ces téléfilms à base d'avocats et d'enquêtes policières lui facilitaient la tâche, ou s'ils la lui compliquaient. Les gens avaient l'impression qu'il menait une vie exaltante – et ça, c'était un sacré plus pour ses rendez-vous galants.

— Bob a-t-il un problème avec la drogue ?

— J'irais pas jusqu'à dire que c'était un problème.

— Non. C'est juste qu'il fume un petit joint, par-ci par-là…

— Possible. Il aime la bière, ça, oui.

— Il pourrait donc être dans un bar ?

Morris se gratta le crâne.

— Possible. Il n'était pas dans son assiette quand il est arrivé ce matin.

— Ah. Pourquoi ?

— Sa copine l'a largué. Comme ça, sans préavis.

Don sourit. Enfin un début d'explication. Car il y en avait toujours une, et on finissait toujours par la débusquer. Suffisait de réunir les informations adéquates.

— Ça fait mal, hein ?

— Ouais.

— OK. Alors, où il peut bien être, à votre avis ?

Martin, affalé sur la banquette arrière, sentit un frisson glacé le parcourir. Il observait Bob, qui s'était lancé dans un solo de batterie sur le tableau de bord.

— Dites donc, les mecs, lança Bob. Je peux vous poser une question ?

Esteban se tourna vers lui.

— Je t'écoute.

— Est-ce que je peux changer de nom ?

— Officiellement, tu veux dire ?

— Non, juste entre nous. Ça vous dirait, de m'appeler Roberto, au lieu de Bob ?

Esteban s'esclaffa.

— *Cierto. Cierto,* Roberto !

Norberto lui envoya une petite tape amicale sur le crâne.

— Roberto !

Bob hocha la tête.

— *Me llamo Roberto !*

Esteban éclata de rire.

— Et en plus, tu parles espagnol, Roberto. *Muy bien !*

Bob sourit d'une oreille à l'autre, comme s'il venait de s'envoyer deux doses d'ecstasy. Martin se remémora l'enthousiasme qu'il avait ressenti dans les premiers temps de sa collaboration avec Esteban. Son sentiment d'appartenir à une grande famille… À présent, il ne lui restait plus qu'un immense ras-le-bol. Le cœur n'y était plus. Sa conscience se révoltait contre lui, lui coupant l'appétit, l'empêchant même de bander quand il devait s'enfiler une petite nana siliconée. Il sentit venir une grosse migraine. Peut-être à cause du mec qu'ils venaient de kidnapper et qui faisait un boucan d'enfer dans le coffre. Quel crétin. Comme s'il espérait se forer un passage dans une carrosserie allemande en acier renforcé…

Mais ce raffut était une sorte d'aide-mémoire, pour Martin. Qu'est-ce qu'ils comptaient faire du gros, au juste ? Le tatouer, puis lui couper le bras ? De toute évidence. C'était la clé de ce plan débile. Et après ? Ils largueraient le corps dans le désert ? Mais qui se chargerait de l'opération ? Martin s'efforça de se souvenir de son état au moment où lui était venue cette idée à la con. Défoncé, très probablement.

Et là, il se serait damné pour pouvoir s'allumer un bon gros joint, histoire d'oublier tout ça.

L'abruti du coffre cognait sans discontinuer. Martin regarda autour de lui. Esteban ne semblait rien entendre. Norberto et Bob discutaient de rock *en español.* Mais lui, ce boucan commençait vraiment à lui porter sur les nerfs.

— On pourrait pas le faire taire un peu ?

Esteban se tourna vers lui, avec ce putain de petit sourire supérieur.

— Pourquoi ? Le bruit te gêne ?

— Moi non, mais quelqu'un pourrait entendre.

— Et alors ?

— Et alors, il comprendrait qu'on a un passager clandestin.

Esteban se tourna vers Norberto, puis à nouveau vers Martin :

— Te bile pas pour ça.

— C'est mon job. Il faut bien que quelqu'un ouvre l'œil pour assurer vos arrières, Esteban.

Esteban lui grimaça derechef ce petit sourire supérieur, comme pour lui prouver la supériorité des Latinos sur les Blancs.

— J'en ai des foules, de gens qui surveillent mes arrières.

La voiture s'arrêta. Norberto mit pied à terre, attrapa une batte de base-ball qui traînait sous le siège avant et contourna la voiture.

Le silence revint.

12

MAURA CONSULTA SA MONTRE. Son client avait une demi-heure de retard. Elle se promit de lui faire payer plein pot, pour l'heure entière. Les défections de dernière minute, elle avait horreur de ça. Elle exigeait d'être prévenue au minimum vingt-quatre heures à l'avance, pour tout rendez-vous annulé. Elle entendit frapper à la porte.

— Vous êtes en retard !

L'exclamation avait franchi ses lèvres avant même qu'elle ne réalise que ce n'était pas Larga. L'inconnu se présenta. C'était un inspecteur du LAPD, qui balaya les lieux d'un coup d'œil rapide.

— Mon activité est parfaitement légale, protesta-t-elle. Je ne suis pas une prostituée.

— Vous pourriez très bien en être une, que je m'en contreficherais. Je ne suis pas des Mœurs, j'ai juste quelques questions à vous poser concernant votre petit ami.

— Bob ?

L'inspecteur hocha la tête.

— Je peux m'asseoir cinq minutes ?

Maura ôta le drap propre du fauteuil, et l'inspecteur s'y installa.

— Avez-vous vu Bob, aujourd'hui ?

— Pourquoi, il a fait quelque chose ?

— Rien. Nous sommes à sa recherche, sans plus.

— Pourquoi, s'il n'a rien fait ?

L'inspecteur poussa un soupir.

— Pourquoi les gens sont-ils si méfiants de nos jours ?

Maura réfléchit. Elle ne pensait pas que Bob ait pu craquer au point de faire des bêtises, mais sa conduite lui avait tout de même semblé des plus bizarres.

— Nous avons rompu.

— À son initiative ?

— Non, à la mienne.

— Et comment l'a-t-il pris ?

— Mal.

— Avez-vous une idée de l'endroit où il aurait pu aller ? A-t-il un copain qu'il va voir, quand ça ne va pas ?

— Vous avez essayé l'appartement ?

L'inspecteur soupira à nouveau.

— Évidemment, répliqua-t-il.

Maura se concentra. Où Bob serait-il allé en cas de problème grave ? C'était vraiment vertigineux, songea-t-elle. On pensait connaître quelqu'un de fond en comble, mais en fait, qu'est-ce qu'on savait de lui... Elle se tourna vers le flic et haussa les épaules.

— Aucune idée, répondit-elle.

— Est-ce qu'il a des hobbies ? Des activités qu'il aime particulièrement ?

— Jouer avec son ordinateur.

— Est-ce qu'il fréquente un café internet, ou ce genre d'endroit ?

— Pas que je sache.

— Quand avez-vous rompu avec lui ?

— Hier soir. Je lui ai dit que je ne supportais plus la vue de son pénis.

Comme le flic lui glissait un regard en coin, elle se justifia :

— J'en avais tout simplement ras le bol. Ça n'est pas un crime, si ?

— Vous pensez qu'il va revenir ?

— Il m'a dit qu'il ne voulait plus jamais me revoir.

Et sans crier gare, ses nerfs lâchèrent. Elle fondit en larmes. Allongeant la main, le flic lui tendit la boîte de Kleenex.

— Je ne le reverrai plus…

— C'est bien ce que vous vouliez, non ?

Elle se moucha. Ce qu'elle voulait… Qu'est-ce qu'elle en savait ? Ça changeait tous les jours. Putain, qui est capable de savoir ce qu'il veut vraiment ?

— Il me semble, oui…

Le flic commençait à donner quelques signes d'impatience. Il se tortilla dans le fauteuil.

— Qu'est-ce que vous faites, au juste, dans ce cabinet ?

— Des séances de training à la masturbation.

Elle le regarda bien en face, prête à encaisser la réaction habituelle – une mimique à la fois incrédule et consternée, yeux ronds et bouche bée. Mais pas du tout. Il paraissait sincèrement intrigué.

— Ah oui ? Un genre de thérapie ?

Maura hocha la tête.

— Il existe d'innombrables techniques pour amplifier l'expérience orgasmique. On peut utiliser la respiration, la relaxation, différents types de caresses ou de prise en main. En quelques séances, vous pouvez faire des progrès considérables en la matière.

Le flic se leva, la main tendue.

— Je peux avoir votre carte ?

Esteban quitta la table. Le plan de travail de la cuisine était jonché des boîtes et des papiers gras qui avaient servi d'emballage à leur repas. Il émit un rot sonore. Cette bouffe trop grasse avait toujours du mal à passer. Il préférait de loin la cuisine mexicaine. Pas celle qu'on vous servait ici, dans les tex-mex minables, mais celle des meilleurs restaurants du Mexique. Des plats à base d'ingrédients frais, succulents. Il y avait tout de même quelques bonnes tables, dans les environs de Los Angeles. La Serenata de Garibaldi, dans la banlieue est. Et un autre qu'il connaissait, dans un coin paumé de la Valley. Mais les *gringos* avaient fini par les découvrir aussi. Esteban lâcha un deuxième rot et s'envoya un comprimé contre les brûlures d'estomac. Il devrait peut-être ouvrir son propre restaurant. Il demanderait à sa *madre* sa fameuse recette de *mole.* Rien de tel qu'un restaurant pour recycler l'argent sale.

Il eut soudain les narines assaillies par une forte odeur d'herbe. Passant au salon, il trouva Bob, Martin, Norberto et Amado écroulés devant un match de foot qui se jouait à Guadalajara. Esteban fut pris d'une irrépressible envie de les planter là pour retourner chez lui, et retrouver son jacuzzi, Lupe et ses nichons bio. Certains jours, ça n'était vraiment pas une sinécure, d'être à la tête d'une association de malfaiteurs.

Il vint se planter en face de ses hommes. Norberto lui tendit un joint allumé.

— *Quieres tostar el churro,* Esteban ?

— Non.

Esteban attrapa la télécommande et éteignit la télé.

— *Qué bárbaro !* grommela Amado.

Esteban se tourna vers Norberto :

— Tu as appelé le tatoueur ?

Norberto éteignit délicatement le joint entre ses doigts.

— *Sí.*

— *Y ? Dónde ?*

— J'en sais rien, mec. *No se...*

Amado leva les yeux.

— Il marche au *caballo.* On devrait passer à sa boutique.

Esteban poussa un soupir excédé. Un tatoueur junkie, maintenant. Putain ! En dépit des millions de dollars qu'elle lui rapportait, Esteban était contre la drogue. On ne pouvait pas compter sur un camé. C'étaient des gens vulnérables, facilement récupérés par les *federales.*

Les quatre acolytes restaient plongés dans la contemplation de l'écran éteint. Elle devait être extra cette herbe, de la *hierba buena...* Esteban poussa un rugissement :

— *Vamos !*

Norberto commençait à en avoir sa claque de devoir obéir au quart de tour, de devoir servir de chauffeur à Esteban, comme un larbin. Il se payait un peu de bon temps, tranquille, avec Amado et les deux *gringos*, devant un bon match, et voilà *el Jefe* qui se ramène et casse l'ambiance.

Norberto ouvrit le coffre pour voir comment se portait *el gordo*. Une croûte s'était formée dans ses cheveux à l'endroit où il l'avait frappé. Il est encore complètement sonné, se dit Norberto. Mais il respirait toujours, ce qui était bon signe. Un moment, il avait craint de l'avoir tué. Après tous les événements de la journée, la tension, le stress, voilà ce crétin qui se met à cogner dans le coffre comme un sourd. Ça avait fini par lui mettre les nerfs en pelote. Le coup était parti un poil plus fort qu'il ne l'aurait voulu.

Roberto, le livreur, s'installa à l'avant entre lui et Amado. Norberto commençait à s'y faire, à ce *gringo*. Il était cool, et loin d'être con. Comme Martin, en plus sympa. Quand Norberto serait à la tête d'une petite équipe, peut-être qu'il prendrait un *gringo* à son service, lui aussi. Peut-être qu'ils pourraient s'associer avec Roberto, quand tout ça serait fini. C'est ça qui serait cool… Se trimbaler flanqué d'un *gringo* à qui donner des ordres.

Don pestait. Dans le temps, on pouvait toujours compter sur les vices des gens. Un joueur, on finissait par le retrouver au champ de courses ou dans un des tripots de Commerce. Un type qui aime boire, on finissait par le trouver dans son bar favori. Un chaud lapin, on finissait par le trouver dans un lit. Mais qu'est-ce qu'il aimait faire au juste, ce Bob ? Surfer sur internet – tu parles d'un vice ! Don soupesa les possibilités qui s'offraient à lui. Il pouvait s'amuser à passer en revue tous les cybercafés de Los Angeles. Ou traîner dans les parcs en recherchant un type un peu paumé, pianotant sur son ordinateur portable. Ou encore, passer à l'UCLA pour voir si Bob les avait livrés – et c'est ce qu'il fit.

La première chose qu'il remarqua en entrant dans le service d'anatomie, ce fut l'odeur. Un mélange de conservateurs chimiques, d'acide gastrique et de charogne, qui le fit suffoquer. Il passa à côté d'un groupe d'étudiants qui s'affairaient autour d'un cadavre – une femme blanche d'une soixantaine d'années, estima-t-il à vue de nez. Don avait vu plus que sa part de cadavres et de boyaux fumants, mais jamais hors contexte. L'un des étudiants souleva la masse intestinale et la sortit de l'abdomen avec un flegme qui lui fila *la nausée*.

— Tu y vas, toi, vendredi soir ?

— Où ça ?

— À la fête, chez Jill.

— Je ne suis pas invité.

— Eh bien, maintenant, tu l'es.

— C'est quoi, ce truc violet ?

— Le foie.

— C'est quoi, toutes ces taches, à ton avis ?

— Aucune idée. Prélevons un échantillon.

Au fond de la salle de dissection, Don dénicha un chargé de cours qui remplissait des paperasses. Il lui déclina son identité.

Ils s'étaient garés juste devant le salon de tatouage, à Hollywood. Le regard de Bob suivit Esteban et Amado qui poussaient la porte de l'officine. Puis il se tourna vers Norberto.

— Je me ferais bien tatouer, moi aussi.

Norberto sourit.

— Ouais. *Ese.* T'as qu'à te faire tatouer une putain de Vierge de Guadalupe sur la poitrine.

— Je voyais plutôt un truc, genre… je sais pas moi… un truc méchant, qui ferait vraiment coriace.

— Y a pas plus coriace que la Vierge, mec !

Norberto se mit à rire à gorge déployée. Bob sourit, lui aussi, mais il resta plongé dans ses pensées. Pourquoi pas un tigre, songea-t-il. Ou alors un dragon, sur le bras. Mais finalement, ça n'était peut-être pas une si bonne idée…

— On ne va pas le descendre, hein ?

— T'inquiète. Si personne ne déconne, personne ne mourra.

Tout à coup, la voiture se remit à tanguer. Le passager du coffre s'agitait.

— Tiens, on dirait que notre marmotte se réveille…

Norberto prit une bouteille d'eau dans un sac de papier. Il dévissa le bouchon et sortit de sa poche un flacon qu'il versa dans la bouteille, avant de la reboucher.

— C'est quoi ça ?

— Du Rohypnol.

— Qu'est-ce que ça fait ?

— Ça te sonne grave, mec. Et quand tu te réveilles, tu te souviens plus de rien.

La tête d'Esteban apparut dans l'entrebâillement de la porte du salon. Il leur faisait signe de rappliquer.

Bob était plutôt nerveux lorsqu'ils mirent pied à terre pour aller ouvrir le coffre.

— Et s'il essayait de s'échapper ?

— Relax, *mi vato.* Il saura même plus dire son nom.

Norberto ouvrit le coffre. Le gros en jogging était pelotonné dans le fond, désorienté. Il cligna les yeux et fit la grimace, comme s'il s'apprêtait à recevoir un autre coup de batte. Mais la voix de Norberto s'éleva, rassurante :

— Tout va bien, mec. Tout va très bien. Tu dois avoir soif. Tiens, voilà de l'eau…

Le type hocha la tête d'un air absent. Il prit la bouteille et la vida en quelques gorgées.

— Tu peux te lever ? T'as besoin d'un coup de main ?

Le type tenta de se hisser sur ses pieds, mais il devait avoir les jambes engourdies. Bob et Norberto le prirent chacun par un bras et le soulevèrent hors du coffre.

— Merci, dit-il en regardant Bob.

— Oh, de rien – ça te dirait, de te faire tatouer ?

Le type balaya du regard la façade de la boutique envahie d'une prolifération de fresques bariolées.

— Me faire tatouer ?

Norberto lui tapota gentiment l'épaule.

— Eh ouais, mec. Tout le monde se fait tatouer, en ce moment. Ça fait fureur.

Don trépignait. Évidemment, les pièces du puzzle commençaient à se mettre en place. Il allait finir par mettre la main sur ce Bob. Ce n'était plus qu'une question d'heures. Mais pour l'instant, alors qu'il aurait dû avoir déjà prélevé et identifié les empreintes de ce bras, qu'il aurait dû être en train de monter un dossier en béton qui décapiterait la mafia mexicaine de Californie du Sud, et le propulserait, lui, Don, d'un seul coup d'un seul, au rang de héros de la police –, eh bien pour l'instant, il n'en était toujours qu'au second acte de cette chasse au dahu qui commençait à lui taper prodigieusement sur les nerfs.

Il passa en revue la liste qu'il avait dressée mentalement. Il avait fait un saut au bureau de Bob, à son appartement, ainsi qu'au cabinet de son ex-petite amie… Il ne put réprimer un sourire, à ce souvenir. Des séances de training à la masturbation, on n'arrêtait pas le progrès ! C'était un sujet qui ne l'avait jamais vraiment préoccupé. Il lui arrivait parfois de se sentir un peu, euh… engorgé, et de s'y mettre. C'était un bon remède contre le stress et ça l'aidait à s'endormir. Mais il fallait admettre que l'idée d'une thérapeute spécialisée en la matière ne manquait pas d'un certain charme. À moins que ce ne fût cette thérapeute-là, en particulier… Elle était vraiment séduisante. Il sortit la carte de sa poche et la contempla. Puis il se ravisa. Ça n'était pas une thérapeute, qu'il lui fallait. C'était une nouvelle petite amie. Il rangea la carte.

Ça faisait près d'un an qu'il n'avait eu aucune relation suivie avec une femme. Il n'aurait su dire pourquoi, au juste. Ça n'était pourtant pas faute d'occasions. Ses amis s'évertuaient à lui présenter des foules d'Amanda, de Karen ou de Dana. Mais il se consacrait corps et âme à son boulot. Et à ses recherches œnologiques. Depuis un an, il n'avait rien fait d'autre. Éplucher les bandes des tables d'écoute, phrase par phrase. Apprendre des rudiments d'espagnol. Passer au crible les déclarations fiscales, les notes de téléphone, des milliers de détails microscopiques, pour comprendre le fonctionnement du réseau d'Esteban. Et pour préserver sa santé mentale, chaque soir ou presque, il avait vidé une bonne bouteille. Seul au comptoir, dans cet élégant bar à vin. C'est au vin qu'il avait confié le soin de dissoudre cette jungle de détails et de les noyer dans ses riches effluves.

Il piaffait d'impatience, au volant de sa voiture, coincé dans les embouteillages. Pourquoi ce Bob avait-il choisi ce jour-là pour rompre avec sa petite amie ? Il n'aurait pas pu faire son boulot, comme tout le monde ? Lui faisait bien le sien sans se morfondre sur je ne sais quel drame sentimental. L'idée lui vint de coffrer Bob pour obstruction à la justice. Jamais le DA ne le suivrait sur ce genre de dossier, mais quelques jours de garde à vue, ça lui rafraîchirait les idées, à ce cher Bob. Histoire de lui rendre la monnaie de sa pièce !

Don ne put réprimer un éclat de rire. En temps normal, il n'avait rien d'un type hargneux, ni vindicatif, et il prenait toujours avec philosophie les petites déconvenues qu'on rencontrait dans toute enquête. Mais là, la coupe était pleine ! Son obsession commençait à lui saper le moral. Il fallait en finir, retrouver Bob et remettre la main sur ce foutu bras.

Bob et Norberto emmenèrent le gros en jogging vers le salon de tatouage. La drogue agissait vite. Ses jambes ne fonctionnaient plus que par intermittence – puis elles ne fonctionnèrent plus du tout. Bob changea de prise.

— Il pèse son poids, ce con.

Norberto ne put qu'acquiescer.

— C'est ça, les *gringos,* mec. Ils bouffent trop. Ils boufferaient le monde entier, si on les laissait faire.

Lorsqu'ils eurent franchi le seuil, un barbu vêtu d'un jean râpé et d'une vieille veste de cuir style motard vint retourner la pancarte OUVERT – qui disait à présent FERMÉ – et tira le verrou derrière eux. À chaque pas, le vieux motard faisait entendre un rythme très particulier, composé du *clomp-clomp* de ses bottes, et du *ka-chung* de la longue chaîne de son portefeuille, qui lui battait les mollets. Bob était impressionné – non pas tant par les lieux, que par lui-même. *Et me voilà dans un vrai salon de tatouage, en compagnie d'un vrai maître tatoueur, doublé d'un vrai Hell's Angel,* se dit-il. *Cool!* Le tatoueur contempla Larga.

— C'est lui ?

Esteban fit "oui" de la tête.

— Il a l'air dans le cirage, les mecs.

Ce fut Norberto qui répondit :

— Et pas seulement l'air, mec, tu peux me croire.

Le motard haussa les épaules.

— Installez-le dans le fauteuil et tenez-le bien droit.

Bob et Norberto traînèrent Larga jusqu'au fauteuil, où il s'écroula.

Amado les avait rejoints. Il eut pour Bob un signe de tête approbateur que l'intéressé lui rendit, un peu intimidé. Après quoi, Bob se retourna et survola les lieux d'un coup d'œil. Il n'avait jamais vu ça. Des centaines et des centaines de modèles différents s'étalaient sur les murs. Des frises celtiques, des panthères, des soleils incas, des motifs maoris. Des photos de Japonais dont le corps disparaissait sous d'incroyables fresques multicolores. Bob se serait damné pour se faire tatouer. Quel meilleur symbole de sa liberté enfin retrouvée ? Mais quel motif choisir ? Puis il lui vint une autre idée. Il se tourna vers le barbu :

— Ça fait mal ?

Le tatoueur eut un sourire.

— À ton avis ?

Martin s'était mis dans un coin et observait le tatoueur. On aurait cru voir le sosie du mec de la pub pour Harley Davidson. Il étudiait le bras à la lumière d'une lampe. Puis il leva les yeux vers Amado :

— C'était quoi, son nom ?

— Felicia, grogna Amado.

Le regard du tatoueur revint vers le bras.

— Je ne pourrai pas vous le refaire rigoureusement identique. Celui-ci aura forcément l'air neuf. Et ça, on n'y peut rien.

Sur le visage d'Esteban s'était peinte une expression que Martin connaissait bien. La mine du type à bout de patience, qui est à deux doigts d'exploser et de tirer dans le tas. Mais Esteban avait aussi un côté maso. Il retiendrait sa rage le temps qu'il faudrait. Il la ferait descendre dans son ventre et l'y maintiendrait. Martin fit mentalement un nœud à son mouchoir. Il faudrait penser à lui acheter du Maalox.

— Les flics ne l'ont pas encore eu sous les yeux. Ils n'en ont que des photos. Ça va aller.

Norberto y mit son grain de sel :

— Ça n'a pas besoin d'être exactement identique, *cabrón*. Fais à peu près la même chose, et ça ira.

Bob s'était approché d'Esteban.

— Et moi ? Je pourrai m'en faire faire un ?

Martin attendit la suite en retenant sa respiration. Esteban allait lui balancer son poing dans l'estomac, comme Martin l'avait vu faire des centaines de fois. Imparable, ce genre de coup. Ça vous coupait le souffle. Mais malgré la douleur, mieux valait rester debout. Celui qui se laissait tomber, Esteban l'achevait à coups de pied, jusqu'à ce qu'il tourne de l'œil.

Mais là, rien. À la grande surprise de Martin, Esteban s'esclaffa.

— Bien sûr, Roberto !

Un filet de bave s'échappa de la bouche du gros. Le tatoueur parut s'en inquiéter.

— Il est mort ?

— Non. Il a juste un peu sommeil.

— On dirait qu'il est mort.

Norberto tapota la tête du gros.

— Non, non. Je lui ai juste donné un doigt de Rohypnol.

— Qu'est-ce que c'est ?

— Tu sais, la drogue du viol.

— Comment ça ?

— C'est ce que les types mettent dans le verre de *las mujeres,* pour qu'elles perdent conscience. *Entonces tú puedes meterla hasta los puños.* Et au réveil, elles ne se souviennent plus de rien.

Esteban se pencha vers le gros, pour le regarder de plus près.

— *No te acuerdas de nada ?*

Norberto hocha la tête.

— Ouais, mec, fit-il, l'index pointé sur le corps inconscient de Larga. Tu peux te le faire si tu veux, il n'en saura jamais rien.

Les deux hommes se regardèrent dans le blanc de l'œil, pendant une éprouvante minute. Ce fut Esteban qui brisa le silence.

— *Jesús Christo, pendejo. No somos bujarrones!*

Norberto haussa les épaules.

— Mais il n'en saurait rien, c'est ça que je veux dire.

Les yeux de Martin se posèrent sur ses propres mains. Elles s'étaient agrippées au dossier d'une chaise, qu'elles serraient à en avoir mal. Il relâcha sa prise et fit jouer ses articulations blanchies pour rétablir le flux sanguin. Incroyable, toute cette tension dans son corps. *À ce train-là, je serai mort d'un arrêt cardiaque avant la trentaine,* se dit-il. Il fallait qu'il parle à Esteban d'un projet qu'il avait. Il aurait aimé disposer d'un local, un bureau où il aurait pu se retirer pour échapper à cette folie furieuse. Écumer la ville en bagnole, courir après des mecs en pièces détachées, kidnapper des gens pour un oui ou pour un non, ça commençait à bien faire. Martin réalisa qu'il avait besoin de s'allumer un bon joint. Il hocha la tête en direction d'Esteban.

— Je vais aller prendre un peu l'air…

Esteban n'eut pas l'air d'y voir d'inconvénient – pas plus que les autres. Martin traversa donc le salon de tatouage, puis l'arrière-boutique, une pièce misérable équipée d'une vieille télé et d'un frigo rouillé. Ouvrant la porte de derrière, il sortit dans le soleil. L'allée qui longeait l'arrière du bâtiment était assez jolie. Propre, calme et claire. Les rayons de soleil rebondissaient sur les briques tièdes des murs, avant de tomber sur l'asphalte défoncé. Martin jeta un coup d'œil aux alentours. Personne. Il tira de sa poche un magnifique joint bien rebondi et parfaitement lisse, qu'il alluma. Comme il soufflait en l'air un beau panache de fumée argentée, il songea que quand il aurait son bureau, il pourrait fumer toute la journée, le cul sur un canapé, les pieds en l'air, une canette de soda bien fraîche à portée de main. Tranquille. Ce qui ne l'empêcherait pas de faire son boulot. Il avait le sens des responsabilités. Mais il n'aurait plus à passer ses journées en voiture. Il demanderait à Esteban de prendre rendez-vous pour venir le consulter.

Il tira une grande bouffée qu'il retint le plus longtemps possible dans ses poumons. Cette idée lui plaisait bien.

Norberto sortit et vint le rejoindre. Sans un mot, il lui prit le joint des mains et en tira une bouffée.

— Belle journée.

Amado regardait travailler l'artiste qui exécutait diligemment la réplique de son bras coupé, posé à côté de celui de Larga. Les yeux du tatoueur faisaient la navette de l'un à l'autre, mesurant, recalculant chaque ligne et chaque ombre pour reproduire au plus près le dessin original.

On se serait cru dans un rêve particulièrement étrange. *Un sueño con locotes.* Un rêve dont les ficelles auraient été tirées par des fous. Esteban, le Big Boss, El Pez Gordo, s'était posté derrière l'artiste et surveillait chacun de ses gestes, comme un maître d'école anxieux. Amado gardait le souvenir du temps où Esteban était un dur, un vrai. À l'époque, il réglait les problèmes au jour le jour, immédiatement, et sans états d'âme. Il ne perdait jamais son sang-froid. C'était de la glace qu'il avait dans les veines.

Mais à présent, d'un dur, Esteban n'avait plus que l'apparence. Amado voyait ça du premier coup d'œil. À son regard. Il avait peur. Il s'était mâtiné de *gringo* – *agringarse.* Autrefois, il n'aurait eu qu'un haussement d'épaules, il aurait lancé : *Chingado !*, et tout aurait été dit. Si je dois tomber, je tomberai. C'est *la vida.* Mais maintenant, il n'avait plus qu'une idée en tête : rester *en El Norte,* se faire du fric, avoir pignon sur rue, devenir un notable respecté. Putain, comme si ça n'était pas respectable, d'être un bon chef de gang. Mais cela dit, ce changement de cap de la part d'Esteban avait tout de même un bon côté, qui n'échappait pas à Amado : à l'époque héroïque, *el Jefe* l'aurait déjà descendu.

Bob avait arrêté son choix.

— Vous pourriez me dessiner un genre de tasse à café, là, sur mon bras ? dit-il au tatoueur. Avec le prénom "Felicia" dans la fumée ?

— Quelle taille ?

— Pas trop grand. La taille d'une petite tasse.

Bob écarta le pouce et l'index de quatre ou cinq centimètres.

— Okay. Assieds-toi.

— Tu es sûr qu'on a le temps ? objecta Esteban.

Le tatoueur le regarda.

— Il faut laisser l'encre des contours reposer, avant de faire les ombres. Ça ne sera pas long.

Bob fit la grimace. La machine, un genre de burin à aiguilles, capable d'injecter l'encre dans la peau, s'était mise à bourdonner. C'était douloureux, mais moins qu'il ne l'avait craint.

Bob jeta un œil du côté d'Amado.

— Tu comptes me la présenter quand ?

— Felicia ?

— Ça fait partie du marché.

Amado et Esteban échangèrent un regard.

— Tu veux la voir dès ce soir ?

— Ça serait génial.

Esteban hocha la tête.

— Ça tombe bien : on a besoin d'un alibi pour toi. Il faut trouver un endroit où tu passeras la nuit.

Bob se tourna vers le tatoueur.

— Je viens de rompre avec ma copine. J'ai vraiment le bourdon…

L'artiste eut un hochement de tête philosophe :

— Ah, fit-il en se caressant la barbe. Ces putains de gonzesses…

Et il se remit au travail.

Bob jeta un coup d'œil par-dessus son épaule vers le gros en jogging. Kidnappé, assommé, tatoué. Pfiou ! C'était vraiment ce qui s'appelait se trouver au mauvais endroit au mauvais moment. Bob en était terriblement désolé pour lui. Ceci dit, il avait bien conscience de n'y être pour rien. Le plan initial était de le tuer, lui, Bob, avant de faire disparaître le bras. C'était ce petit futé de Martin qui avait lancé l'idée de l'autre plan – celui qui lui avait sauvé la vie. Sa vie contre le bras de cet inconnu. Pas formidable, comme deal, mais quand même beaucoup mieux que l'inverse.

Dans un accès de curiosité, Bob tendit la main vers le jogging du gros et sortit un portefeuille de sa poche.

— Qu'est-ce que tu fiches ? grogna Esteban.

— Je regarde qui c'est.

D'une main, il ouvrit le portefeuille et lut le nom sur le permis de conduire. “Max Larga.”

Bob passa en revue le contenu du portefeuille.

— C'est un donneur d'organes…

Esteban lui arracha l'objet des mains.

— Écoute, *pendejo,* moins on en sait, mieux on se porte. *Entiendes ?*

— Pourquoi ?

— Crois-moi sur parole. Vaut toujours mieux ne pas savoir.

Bob regarda Amado, qui confirma d'un signe de tête.

— *Es mejor, Roberto. Es mejor…*

Bob hocha la tête.

— OK.

Puis, ramenant les yeux vers son bras, il vit s'ébaucher une jolie tasse de café, avec sa soucoupe. Le tatoueur passait l'encre par petites touches, lui tamponnait le bras, remettait de l'encre, et ainsi de suite.

— Est-ce que vous pourriez y mettre quelques couleurs ?

— Pas de problème.

Amado se leva et consulta l'horloge.

— Y a une télé quelque part ? demanda-t-il au patron.

— Dans l'arrière-boutique.

— Ça va être l'heure de ma *telenovela.*

— Fais comme chez toi.

Amado mit le cap sur l'arrière-boutique, ignorant superbement la mine goguenarde d'Esteban qui avait levé les yeux au ciel sur son passage. La télé était installée devant un vieux canapé râpé. Il la mit en marche, alla jeter un œil dans le frigo où il dénicha une Budweiser, et s'affala sur le canapé pour regarder son feuilleton favori.

L'odeur suave et pénétrante de *la mota* lui parvenait de l'allée de derrière, où Norberto et Martin se défonçaient.

En reconnaissant la musique du générique, Norberto arriva ventre à terre.

— *Ay, qué padre!*

— Chhhht! répliqua Amado, tandis que Norberto prenait place à ses côtés.

À l'écran, l'actrice principale – Amado en était dingue – entrait dans le bureau du docteur. Amado se tourna vers Norberto :

— *Ella es cojonuda!*

— *Como tú.*

Amado sourit au compliment. Sa réputation faisait sa fierté – tout le monde savait qu'il en avait, des *cojones*. Et on pouvait dire ce qu'on voulait, mais les burnes, ça compte pas pour des prunes!

13

Don était de retour au bureau, fourbu. Il avait mal au crâne et le trajet depuis Hollywood n'avait rien arrangé. Il se sentait au bout du rouleau. Deux ans de travail acharné, qui risquaient d'être réduits à néant à cause d'un minable qui avait choisi ce jour-là pour rompre avec sa copine. Pour un peu, il serait passé chez Starbucks prendre un latte, ou une cochonnerie du genre.

Il trouva Flores à son bureau, le nez dans son journal.

— Tu ne l'avais pas déjà lue, cette page ?

Flores leva la tête.

— Si…

— On peut savoir pourquoi tu la relis ?

— Histoire de tuer le temps.

Don passa rapidement ses messages en revue.

— Et ma pièce à conviction ? T'as des nouvelles ?

— Le bras ?

— Ouais, le bras.

— Ben, non.

Don froissa un papier et le balança dans la corbeille.

— Putain, où il peut bien être ?

— Encore une journée, et tu pourras remonter sa piste à l'odeur.

Don plissa le nez. Il n'aimait pas l'odeur de la mort. C'était même pour ça qu'il avait demandé sa mutation des homicides à la section des renseignements criminels. Il préférait mille fois rester en planque vingt-quatre heures d'affilée au fond d'un minibus puant que d'ouvrir le coffre d'une Ford où un cadavre mijotait depuis plus d'un mois. Malgré la rage où le mettait ce retard, il n'était pas mécontent que le bras ait fait ce petit détour au labo pour y être traité.

— Ils l'ont bourré de conservateurs. Il n'empestera pas.

Flores posa son journal.

— Ouais, bien sûr.

— Enfin, pas autant.

— Un truc mort, ça pue.

Flores se replongea dans son journal, tandis que Don allait se faire un café. Il avait un urgent besoin de caféine. Pour la concentration. Quand il était en proie à ce genre de frustration, son esprit avait tendance à se disperser, à s'attacher à des points de détail insignifiants et à s'y entortiller jusqu'à l'impasse totale. Ce qu'il lui fallait, c'était un grand retour aux bases. Les *qui*, *quoi*, *quand*, *comment* et *pourquoi* de l'investigation criminelle.

Il se versa une tasse de l'épais breuvage institutionnel, auquel il ajouta un sachet d'édulcorant chimique et une noisette de pseudo-crème au soja, avant de regagner son bureau. Il avait toujours été bon juge des caractères. Il pouvait se fier à son instinct. Commençons par le commencement. Retrouver Bob. Il prit une gorgée de café, toujours plongé dans ses réflexions. Que ferait-il, à la place de Bob, s'il venait de rompre avec Maura ? La réponse s'imposait : il tenterait de la revoir.

— Je crois que je vais faire quelques heures supplémentaires, ce soir, fit-il à l'intention de Flores.

L'interpellé ne se donna pas la peine de lever les yeux. Il dormait à poings fermés.

Esteban était époustouflé. Le premier bras avait beau avoir pris une teinte grisâtre et une consistance un poil fripée, ils étaient autant dire identiques.

— T'es un artiste, un vrai, *amigo.*

Le tatoueur sourit.

— Laissez à l'encre le temps de reposer un peu, et ça sera encore mieux.

— C'est déjà parfait comme ça, grommela Esteban.

Le tatoueur se leva et s'essuya les doigts.

— Je sais bien que c'est pas mes oignons, mais j'avoue que je serais curieux de savoir ce que vous comptez en faire, de ces deux bras.

Esteban sourit. C'était un aspect du boulot qu'il aimait particulièrement. Lancer des rumeurs qui circuleraient dans le tout LA du crime pendant les semaines à venir. Personne ne saurait au juste ce qu'il en était, seulement qu'il se baladait avec un bras coupé. Et ça consoliderait sa réputation. Ça frapperait les imaginations. Ça alimenterait un fonds de peur. Parfait pour le business.

— T'inquiète. Une petite blague pour initiés.

— Une blague ?

— Une petite blague pour les flics.

Le sourire du motard s'épanouit.

— C'est les meilleures !

Norberto était sous le choc. Il était tellement stone qu'il avait oublié de désamorcer le dispositif antivol gore de la voiture du chef. Il allait se poser sur le siège conducteur lorsque Esteban lui avait gueulé de faire gaffe. Deux secondes de plus, et il se retrouvait embroché sur quarante-cinq centimètres d'acier. Le cri d'Esteban l'avait propulsé hors du véhicule en une fraction de seconde. Il s'était écroulé par terre, le cœur battant à tout rompre comme s'il tentait de s'échapper de sa poitrine.

Un vrai *milagro*. Il devait y avoir un saint qui veillait spécialement sur lui et qui avait décidé de le protéger. À moins que ce ne fût une leçon – ou un présage. Il n'aurait su le dire au juste, mais il y avait sûrement quelque chose. Quelqu'un essayait de lui faire passer un message.

Même avec l'âme pleine du Saint-Esprit et les surrénales turbinant à plein rendement, Norberto était si high et si relax qu'il ne put rien faire d'autre que de rester affalé par terre, plié sous l'effet d'un incontrôlable fou rire. Il avait la quasi-certitude de s'être oublié dans son froc – et même ça, ça le faisait rigoler de plus belle.

Amado lui tendit la main.

— Debout, *pendejo* !

Norberto en était incapable. Il était cloué au sol. Paralysé. Tétanisé de rire. Les larmes lui ruisselaient sur les joues.

— Je crois que je me suis chié dessus, *cabrón*.

— Va quand même falloir que tu te lèves, *vato.*

Du coin de l'œil, Norberto vit arriver Esteban, le visage renfrogné et le regard glacial. Mortel. Il n'en fallut pas plus pour convaincre Norberto d'attraper la main d'Amado et de bondir sur ses pieds.

— Désolé. Désolé, Esteban.

Le chef lui prit les clés des mains.

— *Vamos!*

Norberto s'essuya les yeux et alla s'asseoir sur le siège passager, les joues en feu, aussi gêné qu'à l'école quand il avait fait une connerie et que ses profs se moquaient de lui. Il avait horreur de ça. Il boucla sa ceinture.

Bob était à l'arrière, avec Martin. Ils tenaient le gros type coincé entre eux, la tête inclinée sur l'épaule de Bob. Un filet de bave s'écoulait de sa bouche à son torse. Bob le repoussa vers Martin, qui le renvoya à l'expéditeur.

— Eh, mec! Qu'est-ce que tu fous?

— Mon tatouage est coincé contre la porte.

— Ça, t'aurais dû y penser avant.

— Je croyais qu'on allait le remettre dans le coffre.

Norberto adorait entendre les *gringos* se chamailler, cette petite note pleurnicharde qui filtrait dans leurs voix... Jamais la moindre ombre de menace. Chez les *gringos,* personne ne foutait son poing dans la gueule à personne. Personne ne sortait son couteau. Ils étaient entre gens civilisés. Ces deux-là allaient se contenter de se bouffer le nez comme deux vieilles, pendant tout le trajet.

Norberto se tortilla sur son siège, essayant de déterminer s'il s'était vraiment oublié dans son pantalon. Ne détectant aucune sensation suspecte, il se carra contre le dossier, soulagé. Esteban était au volant, Norberto pouvait se détendre, et même voir s'il retrouvait son état de défonce antérieur.

C'est alors qu'Esteban se tourna vers lui, et laissa tomber :

— Va falloir se trouver une tronçonneuse.

Ce qui acheva de le faire dégriser.

Débordante de patience, Maura attendait que son dernier client, un type minuscule équipé d'un pénis géant, parvienne à l'orgasme – et il prenait tout son temps. Quelle journée bizarre…

Quoique ayant l'esprit ailleurs, elle se força à lui parler d'une voix calme et apaisante. Le patient se paluchait comme un démon.

— Détendez-vous. Bien. C'est cela. À présent, respirez dans cette sensation… laissez-la monter peu à peu le long de votre colonne vertébrale, jusqu'à ce qu'elle parvienne au niveau cérébral…

Une giclée de foutre, étonnamment pingre, finit par jaillir, et atterrit sur le bras de l'homme. Maura lui tendit la boîte de Kleenex.

— Laissez l'énergie orgastique se déverser dans tout votre corps, laissez-la vous rafraîchir, vous régénérer…

Il lui vint soudain à l'esprit que c'était peut-être ça, le problème de Bob. Il avait trop longtemps réprimé ses instincts et ils se rebellaient, à présent. Il s'était mis en danger. Il allait probablement y laisser son boulot. Il avait la police aux trousses. Il n'avait plus d'appartement. Il risquait de finir à la rue. Elle espérait de tout son cœur qu'il n'en serait rien. Même en pleine crise, Bob, c'était toujours Bob.

Bob était sur le siège arrière, toujours écrasé sous le poids du gros, qui était dans les vapes. Et son bras fraîchement tatoué raclait contre la portière. Il poussa le gros en jogging vers Martin, mais ce dernier devait s'être trouvé un point d'appui solide, car Bob eut beau pousser, le gros ne bougea pas d'un iota. La seule différence, c'était ce sifflement soudain dans sa respiration.

Puis la voiture tourna à gauche et le bras de Bob l'élança de plus belle, sous la pression combinée du gros et de la force centrifuge de la voiture. Il craignit que son tatouage ne s'en ressente. Le pied calé contre la portière, il attendit le premier virage à droite pour prendre appui sur sa jambe, et balancer le gros du côté de Martin.

Et pendant toute cette partie de tir à la corde inversé, Martin avait péroré sans discontinuer, lui expliquant qu'il n'avait pas la moindre idée de ce qu'était *la Eme*. À croire qu'il était Don Corleone, et Bob un pauvre crétin né de la dernière pluie. Plus Martin jacassait et plus Bob rongeait son frein. Rien de plus chiant qu'un monsieur je-sais-tout défoncé qui vous explique vos propres problèmes.

À l'avant, Norberto et Amado pouffaient de rire. Ils se foutaient des deux *gringos* et tenaient des messes basses en espagnol. Bob commençait à sentir la pression monter sous son sternum. Il tâchait vainement de la contrôler, tandis que Martin, inébranlable, continuait sur sa lancée.

Bob finit par craquer et, pivotant sur son siège pour trouver le bon angle, il lui balança son poing dans la mâchoire.

— La ferme !

La tête de Martin heurta la vitre, puis il s'affala contre la portière. Sans connaissance.

Bob en profita pour pousser le gros sur lui. Puis une idée lui traversa l'esprit, le submergeant de terreur. Là, il avait dépassé les bornes. Son compte était bon. Il était autant dire mort. Mais les minutes passaient et rien ne se produisait. Esteban finit par se retourner vers lui, et le regarda dans le blanc de l'œil.

— *Gracias,* Roberto.

Pour toute réponse, Bob lui décocha ce petit signe de tête entendu qui signifie “pas de problème” ou “tout le plaisir était pour moi”.

Sur le siège avant, Amado et Norberto se mirent à glousser comme deux galopins.

— *Qué bárbaro !*

Amado se tourna vers Esteban et s'esclaffa :

— Finalement, vu son punch, vaudrait peut-être mieux l'appeler Lucho !

Bob sourit. Avoir mis un pain à Martin, ça avait l'air d'être un plus. Outre que ça lui avait fait un bien fou, son exploit avait visiblement redoré son image aux yeux du reste de la bande. Il fit jouer ses jointures, encore rouges du choc. Il se sentait dans une forme éblouissante. Abaissant la vitre, il prit un bol d'air frais et jeta un œil à son tatouage pour voir s'il n'avait pas souffert. Aucun problème. Il était toujours aussi beau.

Don attendait dans sa voiture en face de chez Maura, à deux pas de Sunset Boulevard, dans le secteur de Silverlake. Il avait dit à son capitaine qu'il aurait besoin de faire quelques heures sup' pour remonter la piste de sa pièce à conviction disparue, mais ça n'était qu'une partie de la vérité. Car Don était sous le charme. C'était plus fort que lui. Il y avait en Maura un je-ne-sais-quoi d'irrésistible. Il s'était garé en bas de chez elle, et attendait derrière son volant qu'elle rentre du boulot.

Il la repéra enfin. Elle conduisait une vieille Galaxy 500, parfaitement retapée. Du boulot de pro. Une super nana, dans une super voiture. Plus il en apprenait sur son compte, et plus elle lui plaisait. Son regard la suivit tandis qu'elle se dirigeait vers l'entrée de son immeuble. Il admira sa prestance, sa silhouette, sa façon de marcher. Son attitude à la fois posée et résolue. Et ces nénés qui tanguaient voluptueusement à chacun de ses mouvements... D'ordinaire, Don s'efforçait de ne pas penser aux femmes avec la crudité égrillarde qui avait cours dans le vestiaire de son unité. Pour lui, la femme idéale n'était pas qu'un joli châssis. N'empêche que, quand on se retrouvait nez à nez avec une vraie paire de seins – eh bien, il était quasi impossible de penser à autre chose. Son regard s'attarda sur sa croupe, tandis qu'elle introduisait sa clé dans la serrure de l'entrée. Supérieurement roulée, avec un joli petit cul, bien ferme. Un lot exceptionnel.

D'expérience, il savait qu'il lui faudrait patienter encore quelques minutes. Lui laisser le temps d'aller aux toilettes, d'écouter son répondeur, de souffler un peu. Sinon, il tomberait comme un cheveu sur la soupe, et elle n'aurait plus qu'une idée – se débarrasser de lui. Quelques minutes de patience, et elle serait bien mieux disposée à l'accueillir. Il n'était même pas impossible qu'elle l'invite à entrer, et à prendre un verre. Cette perspective lui arracha un sourire. Il consulta sa montre. Dans une vingtaine de minutes…

Plus elle y pensait et plus ça la mettait hors d'elle. Putain, pour qui il se prenait, ce petit con de Bob ? Elle, elle avait pris sa propre vie en main, elle avait tâché de renverser la vapeur, de mettre les choses en marche, d'explorer le vaste monde. Mais non. Il l'avait doublée. Il lui avait volé la vedette. Dégonflé les pneus. Stoppée net dans son élan. Et elle se retrouvait coincée dans ce gourbi, entourée de tout ce bric-à-brac ringard. Sa vie avec Bob lui pendait au cou, comme une de ces grosses mascottes gonflables qu'on voit chez les marchands de voitures d'occasion. Un carcan de plastique de douze mètres. Bon Dieu ! Elle en aurait trépigné de rage.

Remarquant l'ordinateur portable de Bob sur le bureau, elle le balança à la poubelle, où il s'enfonça avec un bruit réconfortant. Elle le contempla un moment, puis, mesurant l'immaturité de son geste, elle se décida à le récupérer et à le remettre sur le bureau. Seigneur, que ça l'agaçait, d'être à ce point hors d'elle ! C'était qui, ce Bob qui la faisait sortir de ses gonds ? Un petit con. Un blanc-bec. Oh, il avait des qualités, mais rien d'exceptionnel. Ça n'était qu'un mec comme il en existe des millions. Elle s'aperçut qu'elle grinçait des dents.

Le coup frappé à la porte fut donc un vrai soulagement.

— J'espère que je ne vous dérange pas…

Maura reconnut l'inspecteur.

— Mais pas du tout. Entrez, je vous en prie.

— Merci.

— Asseyez-vous.

Elle referma la porte derrière lui et lui indiqua le canapé. Le flic balaya la pièce en quelques rapides coups d'œil.

— Puis-je vous offrir quelque chose à boire ?

— Oui, merci.

— Un café ? Ou un verre de vin, si vous préférez.

— Un peu de vin, ce sera parfait.

Le flic s'installa sur le canapé, tandis que Maura disparaissait dans la cuisine. Elle en émergea quelques secondes plus tard, avec deux verres et une bouteille de pinot noir de quelque part dans l'Oregon.

— Désolée, mais je crois que je ne vais pas avoir mieux.

Don sourit.

— C'est une bonne bouteille !

Elle parut surprise.

— Vous vous y connaissez, en vin ?

— Disons que c'est un de mes dadas.

Maura haussa les épaules.

— Moi qui croyais que les flics ne buvaient que de la bière.

— C'est généralement le cas.

Elle déboucha la bouteille d'une main experte et lui servit un verre.

— Merci.

Il fit tourner un moment le vin dans son verre, pour l'aérer, puis en prit une gorgée, prenant le temps de faire danser le vin sur sa langue.

— Excellent.

— C'est un de mes crus préférés.

Le flic prit une profonde inspiration.

— Encore un peu vert, je dirais. Mais si vous aimez ce genre de vin, vous allez adorer ceux de la vallée de la Loire.

— J'aime tous les vins français.

— En ce cas, je connais l'endroit idéal. Ça vous dirait, d'y aller dîner ?

Maura fut un peu prise de court. Elle avait prévu d'aller faire du yoga pour tenter de se recentrer et de canaliser toute cette rage. Mais le vin l'avait à la fois égayée et mise en train. Une soirée en compagnie de ce policier – pourquoi pas ? Ne recommandait-on pas de remonter en selle le plus vite possible, après une chute de cheval ? Et ça n'était pas n'importe qui, cet inspecteur. Quand elle lui avait expliqué en quoi consistait son boulot, il n'avait fait aucune grimace, aucune remarque grivoise, et n'avait pas gloussé bêtement. Cet homme sortait résolument du lot.

— Ça me plairait beaucoup, mais…

— Mais quoi ?

— Eh bien, je crois que j'ai oublié votre prénom…

— Don.

Elle porta son verre à ses lèvres en souriant.

— Don, dit-elle.

Martin avait la mâchoire en miettes et les joues en feu. Il aurait voulu hurler, passer sa rage sur quelque chose, mais c'était exclu. Au fil des mois qu'il avait passés dans le sillage d'Esteban, il avait appris qu'un homme, un vrai, ça encaisse en silence. Quand on se prend un coup, on dit : *No chingues*, on hausse les épaules et on tourne la page. Ces petits cow-boys de merde. Ils ne réussiraient jamais à se faire une place dans le milieu des affaires s'ils persistaient dans ce genre d'attitude macho. Martin n'arrivait pas à comprendre pourquoi Esteban n'avait pas pris fait et cause pour lui. Il lui aurait suffi de buter Bob sur-le-champ.

Et Bob ? Qu'est-ce qu'il avait dans le crâne, ce minus ? Sans lui, il serait déjà refroidi et, en guise de remerciement, il ne trouvait rien de mieux que de lui foutre son poing dans la gueule. Y avait vraiment un truc, là.

Plus il y réfléchissait, plus la colère montait. Il faisait des pieds et des mains pour éviter la taule à son boss, et la mort à ce petit con – et voilà le résultat !

Comme la voiture s'engageait dans l'allée de la maison, Norberto se retourna vers Martin pour s'assurer qu'il n'avait pas à nouveau tourné de l'œil.

— Ça va, toi ?

— Ouais, ouais.

Bob se tourna vers lui.

— Désolé, mec. Je crois que j'ai un peu perdu les pédales…

Martin lui balança un regard mauvais.

— Que ce soit la première et la dernière fois !

Bob hocha la tête.

— Bien sûr.

Comme ils sortaient du véhicule, Martin entendit Esteban et Amado s'esclaffer. Bob et Norberto attrapèrent le gros en jogging fraîchement tatoué, et le tirèrent hors de la voiture. Ils le traînaient vers la maison lorsque Martin vit arriver l'un de leurs voisins – un pilier de la paroisse, principal d'un collège des environs. L'amabilité même. Il se baladait, comme tous les soirs, avec son golden-retriever. Esteban aussi l'avait vu venir.

— Bonjour ! Comment ça va ?

— Très bien.

— Belle journée, n'est-ce pas ?

— Très belle.

Le regard du voisin s'attarda sur Norberto et Bob, qui tentaient de franchir le seuil avec le gros type.

— Vous êtes sûrs qu'il va bien, votre ami ?

Esteban consulta Martin du regard puis, se tournant vers le voisin, il haussa nonchalamment les épaules.

— Tequila.

Le voisin hocha la tête. Il avait entendu parler des puissants effets de la liqueur d'agave.

— Ça vous prend en traître, ce genre de breuvage.

Ça, Esteban était bien placé pour le savoir.

— Et comment !

— Vous avez reçu les papayes que nous vous avons envoyées ? s'enquit Martin.

— Mais oui, et je vous en remercie infiniment. Un vrai délice ! Comme je disais à ma femme, ça serait une bonne idée d'en planter dans notre jardin.

Esteban s'esclaffa.

— Mais vous me feriez concurrence, *amigo*...

— Oh, ça, j'en doute ! fit le voisin en riant.

Le golden-retriever parut tout à coup avoir flairé quelque chose. Il se mit à grogner en tirant sur sa laisse. Le voisin se pencha vers son chien et le gratta entre les oreilles.

— Qu'est-ce que c'est, mon grand ? Qu'est-ce qui se passe ?

Loin de se calmer, le chien tirait à présent de toutes ses forces. Le voisin dut s'arc-bouter pour le retenir.

— Couché, Frankie !

Le chien traînait son maître en direction de la voiture. Esteban jeta un coup d'œil vers le coffre. Le couvercle de la glacière était mal fermé. On voyait dépasser le bout du bras d'Amado.

Le chien donna de la voix.

— Martin, tu peux aller fermer la glacière ? La viande va se gâter !

Martin s'empressa d'y mettre bon ordre et emporta la glacière vers la maison, tandis que le voisin s'efforçait d'apaiser son chien. Il glissa vers Esteban un regard penaud.

— Désolé… Je viens pourtant de lui donner sa pâtée. Mais il a toujours faim.

— C'est notre stock de steaks, pour ce soir. On voulait faire un barbecue.

Maura écoutait Don, qui lui racontait ce qui l'avait amené à choisir cette carrière. Son histoire était des plus ordinaires et des plus simples, mais elle était captivée. À la lueur des chandelles, il lui paraissait d'une beauté plus rude, plus virile et plus mûre. Ce n'était certes pas un sémillant jeune premier, mais un acteur de caractère. Un artiste respecté. C'est ce qui lui plaisait en lui. Il avait du syle, ce flic qui s'y connaissait en vins et en gastronomie. Un flic qui semblait la comprendre, et ne la jugeait pas.

Le serveur vint remplir son verre. Le vin scintillait doucement, comme un gros rubis.

— Alors, qu'en dites-vous ?

— Un délice.

— Les Français… On se demande vraiment comment ils font ça !

— Vous connaissez la France ?

Don secoua la tête.

— Je n'y suis jamais allé. Mais un jour, je finirai par m'y installer.

— Moi aussi.

Don se pencha vers elle, d'un air de conspirateur.

— Mais en toute honnêteté, j'aurais peur de débarquer là-bas tout seul. Je ne parle pas un traître mot de français...

Maura lui sourit.

— Moi, si.

Esteban s'était installé dans le canapé, les pieds sur une table basse. Il était épuisé. Lessivé. Il aurait bien fait une petite sieste. *Chingao.* Quelle bande de connards.

Martin vint déposer devant lui une margarita bien fraîche.

— *Gracias*, Martin.

Martin prit place en face de lui, dans un fauteuil.

— Je commence à me poser des questions, au sujet de ce Bob.

— Roberto ?

— Oui, Bob, Roberto, comme vous voudrez !

Esteban prit une gorgée de margarita. C'était bon. Il se sentit parcouru d'une vague à la fois sucrée, tiède et acidulée.

— C'est-à-dire ?

— Je me demande si on peut lui faire confiance.

Un changement de cap aussi soudain déclencha immédiatement une sonnette d'alarme dans l'esprit d'Esteban. Il comprenait que Martin soit furieux de s'être pris un gnon – mais un tel coup de poignard dans le dos de

Roberto, si vite… Il fallait que Martin soit un foutu *rata*. S'il lui suffisait d'un jour pour trahir Roberto, combien de temps il lui faudrait pour le trahir, lui, Esteban ?

— Pourquoi tu dis ça ?

Martin haussa les épaules.

— Comme ça, une impression.

— Tu as peur de lui ?

Martin réagit aussitôt :

— Pourquoi ? Bien sûr que non j'ai pas peur de lui ! Pourquoi j'aurais peur de lui ?

Esteban plongea le nez dans son verre.

— Ça, je te le demande.

Esteban adorait mettre Martin sur la sellette. Il adorait le voir se tortiller, ce petit futé de *gringo*.

— Et qu'est-ce que tu suggérerais ?

— Qu'on le bute.

Esteban lui lança un regard éteint.

— Tu veux que je le tue ?

— Ouais.

— Et si tu t'en chargeais toi-même ?

— Je peux ?

— Ça, j'en sais rien, *hombre*. Tu t'en sens capable ?

— J'ai votre permission ?

— Quand il aura livré le bras aux flics.

Martin se leva.

— Merci.

Esteban leva la main pour l'arrêter.

— Mais c'est à toi de le faire. Je ne veux pas apprendre que tu as envoyé Norberto ou Dieu sait qui. Si tu as les *cojones*, je n'y vois pas d'inconvénient. Pourvu que tu le fasses toi-même – *entiendes ?*

Martin hocha la tête.

— Compris.

Comme Martin quittait la pièce, Esteban eut un sourire entendu. Ce petit con n'avait rien d'un matador. Il aurait été infoutu d'écraser un moustique. Esteban ne le voyait pas du tout venir à bout de Roberto – mais Roberto, par contre…

Le magasin de bricolage grouillait de monde, mais ça devait être normal, dans le secteur. Le bricolage, les banlieusards adorent ça. Et ce jour-là, ils avaient débarqué en force pour s'arracher marteaux, robinets, matériel électrique et rouleaux de tubes en plastique. Norberto, intrigué, s'arrêta devant une machine qui secouait vigoureusement un gros bidon de peinture. *Et si on mettait un chat à la place du pot de peinture…*

— Je peux vous aider, m'sieur ?

Levant les yeux, il découvrit un jeune vendeur, piaffant de zèle, dont la veste vermillon portait un prénom brodé sur la poche de poitrine. Franco. Aucune chance pour qu'il s'appelle Franco, ce type…

— C'est vraiment votre nom ?

Le vendeur fit remonter ses lunettes sur son nez et regarda sa veste.

— Oh, désolé m'sieur ! J'ai dû prendre la première qui m'est tombée sous la main, en arrivant. En fait, je m'appelle Teddy.

— OK, Teddy. Je cherche un outil pour couper des branches.

— Des branches ? Dans un arbre ? Vous voulez élaguer ?

— Exact.
— Quelle grosseur, les branches ?
Norberto réfléchit une seconde.
— Comme mon bras.
Teddy tendit la main vers lui et, d'instinct, Norberto recula. Mais Teddy avait sorti son mètre ruban.
— J'ai besoin de mesurer...
Norberto lui présenta son bras, gonflant le biceps pour approcher de la taille de celui du gros type. Après un rapide calcul, Teddy déclara :
— Il va vous falloir une tronçonneuse, m'sieur. Sinon, vous allez vous embêter.
Teddy montra à Norberto les rayonnages où étaient exposées les tronçonneuses. Norberto s'approcha et tâcha de trouver celle qui aurait la puissance nécessaire pour faire le boulot. À en croire le baratin imprimé sur la boîte, ces bécanes vous sciaient une patte d'éléphant en trois secondes chrono.
Lorsque Norberto leva les yeux pour chercher Teddy du regard, il n'aperçut que Bob qui sautillait sur place comme un môme à son premier jour d'école. Il tripotait les outils les uns après les autres – les coupe-bordure, les arroseurs, les souffleurs de feuilles mortes – avant de les remettre sur l'étagère.
— *Tranquilo,* Roberto.
Bob le rejoignit.
— Désolé, mais je suis tellement impatient. Pour ce soir.
Norberto eut un hochement de tête philosophe.
— Felicia.
— Ouais. Je tiens pas en place.

— OK, mais avant ça, on a du boulot, *vato.*

Bob jeta un coup d'œil aux tronçonneuses et ses traits s'affaissèrent.

— "On", c'est toi et moi ?

Norberto hocha la tête.

— *Nosotros.*

Norberto observa Bob. À ce stade-là, la plupart des gens prenaient leurs jambes à leur cou. Mais Bob, non.

— OK. Mais on va pas le tuer, d'accord ? Et on l'emmènera à l'hosto, quand on aura son bras… OK ?

Norberto regarda Bob.

— On va pas le tuer, OK ? J'ai ta parole ?

Norberto leva la main, façon boy-scout.

— En tout cas, moi, je le tuerai pas. Promis.

Bob sourit, rassuré. Puis il lui vint une idée…

— Ça va gicler. Faut prévoir des ponchos en plastique, et des bâches.

Norberto sourit.

— *Seguro,* Roberto. *Seguro.*

Larga était encore dans son rêve, qui commençait à virer au cauchemar. C'était son bras. Il avait un essaim d'abeilles autour du bras. Des centaines de milliers d'abeilles, qui le criblaient de leurs petits dards et lui injectaient leur venin. Son bras enflait, enflait, jusqu'à prendre des proportions éléphantesques. L'horreur… Il était à deux doigts d'exploser.

Larga s'éveilla en sursaut. Inspectant son bras, il eut la stupéfaction de le trouver couvert de tatouages encore à vif, et même semés de quelques croûtes. Autour de lui, les lieux ne lui évoquaient rien. Il se rendit compte, dans le plus grand effarement, qu'il n'avait pas la moindre idée de l'endroit où il se trouvait, ni de ce qui avait pu l'y amener.

Son regard revint vers son bras et, comme il fermait le poing, il lut sur ses premières phalanges réunies le mot HOLA. Il nageait en plein brouillard. Pourquoi se serait-il fait tatouer une formule de salutation espagnole sur les doigts ? Il amena son bras en pleine lumière. Outre quelques croix, quelques points et quelques inscriptions probablement apparentées à un gang, le motif principal qui s'étalait sur sa peau était un étonnant portrait de femme, représentée cuisses écartées, avec un homme qui lui faisait un cunnilingus. Comment était-ce possible ? Il ne se souvenait pas d'être allé dans un salon de tatouage. En réalité, il ne se souvenait pas de grand-chose.

Ça ne lui avait jamais rien dit, de se faire tatouer. Ça n'avait jamais été son truc. Il devait cependant reconnaître que l'auteur de ces dessins, qui qu'il pût être, ne manquait pas d'un certain talent. Le délié du trait, le jeu des ombres sur la peau… C'était plutôt réussi. Et ça faisait de lui un autre homme. *Hola !*

Il se leva et fit quelques pas chancelants en direction d'un miroir accroché au mur. Puis il releva sa manche et banda ses muscles. C'était assez douloureux. La peau était encore à vif. Mais ça lui conférait une sorte d'aura. Une présence brute, animale. Il percevait le ridicule de la situation, un auteur de livres de recettes tatoué, mais ce pourrait être un aspect de sa personne caché au reste du monde. Son jardin secret et sauvage. Un Larga version cuir, santiags et lunettes à verres miroirs. Il pourrait s'acheter une Harley qu'il sortirait le dimanche, pour aller rouler des mécaniques dans les bars à routiers en fumant des cigares, histoire d'exhiber un peu ses nouveaux tatouages.

En attendant, il fallait qu'il comprenne où il se trouvait, et pourquoi.

Martin s'installa devant la télé et s'alluma un joint. La situation lui avait totalement échappé. D'habitude, la petite entreprise d'Esteban tournait comme une machine bien huilée. On livrait la came ou les services, et l'argent coulait à flots. Simple, net et facile. Rien de plus compliqué que les modèles élémentaires d'entreprises dont il avait étudié le fonctionnement pendant sa première année de master.

Retenant dans ses poumons une grosse bouffée de fumée, il songea à la manière dont il avait échafaudé tous ces schémas de blanchiment d'argent, ces labyrinthes financiers où différentes strates d'entreprises légalement déclarées permettaient de canaliser l'excédent de fonds vers des boîtes bidon, ayant leur siège social aux Bahamas. Des semaines de travail, pour concevoir le plan d'ensemble et le moindre détail, jusqu'à ce que ça tienne parfaitement la route. À présent, le système était d'une solidité à toute épreuve. Un roc. Bien sûr, de tout cela, Esteban n'avait qu'une vague idée. Il ne comprenait les affaires qu'au premier degré. Il en était resté au modèle paléolithique. Les structures sophistiquées élaborées par Martin, avec des comptes disséminés dans quatre pays, lui passaient au-dessus de la tête.

Car les organisations criminelles à l'ancienne ne fonctionnaient qu'à la condition de rester hors de portée des radars. Dès que les fédéraux vous repéraient et commençaient à subodorer quelque chose, ils vous prenaient dans leur collimateur et s'employaient à vous dégommer. Mais ça, Esteban n'en avait cure. S'il n'avait tenu qu'à lui, il aurait planqué tout son fric dans un coffre-fort installé dans sa cave – et tant pis si le fisc risquait de lui tomber sur le râble et de le coffrer pour fraude fiscale. De lui piquer son magot, sa planque, sa villa, sa bagnole, son téléphone par satellite, tout. De le dépouiller comme une truite arc-en-ciel, en ne laissant de lui que l'arête centrale. Cela fait, ils le jetteraient à la rue avec douze dollars en poche et, aux pieds, une vieille paire de pompes trouées.

Ce jour-là, évidemment, Esteban se mordrait les doigts de ne pas l'avoir écouté. Ce jour-là, il pleurerait de n'avoir pas acheté ces entreprises légales – et le paradis fiscal qu'elles représentaient. Parce qu'elles lui auraient permis d'échapper à la taule et que, même au cas où il devrait en faire quelques mois, à sa sortie, il aurait retrouvé un joli magot. Au lieu de finir dans la peau d'un vieux larbin famélique, à passer la serpillière à El Chavo.

Martin écrasa le mégot de son joint sur le côté de la table et se laissa aller contre le dossier du canapé. Et ses parents qui ne l'avaient jamais écouté… Ils avaient un plan tout tracé pour lui, et ils auraient voulu continuer à le manipuler, comme un vulgaire pantin. Ils ne comprendraient jamais à quel point ils l'avaient brimé. Ils décidaient de tout à sa place. Ses écoles. Ses copains. S'ils n'aimaient pas sa petite amie du moment, il s'empressait d'en changer. Ils avaient décidé qu'il décrocherait un MBA, et il en avait décroché un. Mais s'étaient-ils seulement demandé ce qu'il souhaitait vraiment, lui ? Et

Esteban ? Est-ce qu'il existait au monde quelqu'un qui fût capable de l'écouter ?

Il étouffa un éclat de rire. Jusque-là, il s'était plutôt bien débrouillé. Il avait mené sa barque de façon à ne faire que ce qu'il voulait. Il ne voulait pas mettre un trois-pièces cravate. Ni bosser dans un putain de bureau, au sommet d'une putain de tour. Il voulait travailler à sa propre fortune, pas à celle des autres – et jusque-là, il fallait avouer qu'il s'en était sorti comme une fleur.

Son esprit musarda quelque temps encore au pays des merveilles qu'était sa vie, avant de revenir au sac de nœuds en cours. Les choses lui avaient totalement échappé. La situation n'était plus sous contrôle. Amado avait fait cavalier seul, provoquant un énorme pataquès. Ce bras, c'était un problème. La police, c'en était un autre – tout comme Bob et le type qu'ils avaient fait tatouer. Un vrai nid d'emmerdes qui menaçait le confortable train de vie de Martin. Il devenait urgent de prendre des décisions. De trancher dans le vif.

C'était peut-être Esteban qui était dans le vrai : le plus court trajet d'un point à un autre, ça restait la ligne droite. Martin respectait cette belle logique. La façon la plus simple de résoudre tous ces problèmes, c'était d'aligner tout le monde contre un mur, de les descendre et d'incendier la baraque jusqu'aux fondations.

Les situations merdiques requéraient parfois des solutions également salissantes.

Larga s'approcha de la porte de sa chambre sur la pointe des pieds et fit lentement jouer la poignée. Il s'attendait à trouver la porte fermée à clé, mais constata, non sans une certaine inquiétude, qu'elle s'ouvrait. Son rythme cardiaque s'accéléra. Il resta un instant cloué sur place devant la porte entrebâillée, l'oreille aux aguets, et distingua le murmure d'une télé – puis le bruit caractéristique du ronflement d'un dormeur. Il entrouvrit la porte juste assez pour s'y glisser. Malgré la moquette, le plancher craqua abominablement sous ses pas lorsqu'il s'engagea dans le couloir. Ça faisait un raffut d'enfer. Il avait l'impression de marcher en tête de la fanfare de l'UCLA.

En passant devant le living, il aperçut un jeune type de race blanche qui regardait la télé. Il n'aurait su dire s'il était endormi ou éveillé, mais il flottait une telle odeur de marijuana qu'il en eut aussitôt le cœur net : l'homme était raide défoncé. Il opta alors pour la porte de derrière et obliqua en direction de la cuisine. Les ronflements provenaient d'une des autres chambres. Larga jeta un œil par une porte entrebâillée et aperçut une silhouette massive et sombre, affalée sur un lit.

Retenant à la fois son souffle, son cœur, son gros côlon et sa vessie, il se glissa dans la cuisine. Déserte. Il poussa un soupir silencieux et chercha un téléphone. L'idéal aurait été d'appeler la police, vite fait, puis de sortir par la porte de derrière et de filer par la rue. C'est alors qu'il entendit une voiture qui s'arrêtait dans l'allée. Son front se couvrit d'une sueur glacée. Le téléphone était à portée de main, mais il n'avait plus le temps. Repérant un petit placard à balais dans le mur du fond, il s'y cacha.

À peine avait-il refermé la porte sur lui que deux types débarquèrent dans la cuisine, chargés d'une tronçonneuse. Il entendit un Mexicain lancer à un Blanc :

— Je crois que je vais m'envoyer une petite bière, avant d'attaquer ça.

— Moi aussi, et même deux.

Il reconnut le bruit de la porte du frigo et le *phisssst!* de deux canettes que l'on ouvrait.

Il attendit que les deux types aient quitté la cuisine pour sortir de son placard, balaya la pièce du regard et eut le sentiment que la chance lui souriait: sur la table trônait une tronçonneuse toute neuve, pas même sortie de sa boîte, sur laquelle était posé un trousseau de clés de voiture.

Il s'en empara et fila par la porte de derrière. La nuit était tombée. Environné d'une obscurité protectrice, il repéra la grosse Mercedes garée dans l'allée, et n'eut aucune peine à reconnaître sa clé de contact dans le trousseau.

Il ouvrit la porte, se mit au volant et referma soigneusement la portière derrière lui – fini, les surprises! À présent, tout était sous contrôle. Il irait droit au premier poste de police et leur raconterait tout. Il ne lui restait plus qu'à dénicher l'adresse, mais ça n'avait rien d'insoluble.

Dès qu'il aurait mis le contact, il faudrait agir, et vite. Qui qu'ils puissent être, ils n'allaient sûrement pas apprécier. Ils risquaient de le prendre en chasse. Et même de lui tirer dessus. Mais ils ne le rattraperaient pas. Il était résolu. Il allait s'évader. Ils allaient voir à qui ils avaient affaire! Kidnapper Max Larga…

Puis il songea qu'il était en train d'expérimenter quelque chose d'inédit. Il se sentait dans une sorte de folie douce. Euphorique. Vivant. Steve McQueen dans *La Grande Évasion*. Sauf que lui, il allait leur tirer sa révérence avec panache. Il avait toujours voulu avoir une Mercedes. L'idée l'effleura qu'on le laisserait peut-être la garder, en guise de bras d'honneur aux salopards qui l'avaient kidnappé. Il regarda son tatouage à la lueur du plafonnier et eut un fin sourire. La journée s'achevait mieux qu'elle n'avait commencée.

Il glissa la clé dans le contact. Il n'avait jamais conduit de Mercedes. Ça allait être une grande première. Il s'en délectait par avance.

Il n'était pas né, celui qui marcherait sur les pieds de Max Larga. Pour lui, ça avait toujours été une certitude. Face à ses éditeurs, il s'arrangeait toujours pour avoir le dernier mot – il n'y avait pas de petite victoire. Ils prétendaient que le public américain n'était pas mûr pour les morilles – mais qu'est-ce qu'ils en savaient, putain ? Il publiait alors un article décrivant leur texture, leur finesse, leur saveur, la fête des sens qu'étaient ces petits trucs spongieux et, la semaine d'après, on en trouvait dans tous les supermarchés. Pareil, pour la *crème fraîche**. Tu crois peut-être que c'est la version française du *cream cheese*, mon pote ? Eh non, c'est de la putain de *crème fraîche*. Rien à avoir avec les trucs américains. C'est carrément autre chose.

Il avait livré ces batailles, qu'il avait toutes remportées. Il avait gagné, encore et encore, comme il allait maintenant le faire contre ces types.

Mieux valait ne pas marcher sur les pieds de Max Larga.

* En français dans le texte.

Son cœur battait à tout rompre et il avait les mains moites, mais il s'autorisa un petit sourire de satisfaction lorsque son pied enfonça l'accélérateur tandis qu'il tournait la clé. Une fraction de seconde, il craignit la panne de batterie. Pourquoi cette absence de réaction ?

Puis il ressentit la douleur.

Il tenta d'émettre un son, mais il n'entendit qu'un faible borborygme. Un objet acéré et glacial s'était insinué en lui, ouvrant dans son corps une brèche par où s'échappait sa chaleur.

Il était mort.

14

Pourquoi Maura embrassait-elle ce flic ? Par désir de vengeance ? Pour se prouver qu'elle se fichait bien de Bob, et qu'il n'avait jamais compté ? N'était-ce pas les deux bouteilles hors de prix qu'ils avaient vidées au dîner ? Ou alors le dîner lui-même, en tout point parfait – ces sauces succulentes, copieusement relevées d'ail, qui l'avaient réchauffée de la tête aux pieds, comme si on l'avait enveloppée dans un cocon tiède ? À moins que ce ne fût l'inspecteur lui-même. Il était plutôt séduisant, et c'était bien la première fois qu'elle rencontrait un homme aussi viril. Un roc. Un flic.

Ou alors, c'était tout ça à la fois.

Ils étaient dans la voiture de Don, garée en face de son appartement. Du point de vue du confort, ça laissait un peu à désirer, mais ça restait supportable. Elle aimait le contact de cette langue tiède, encore imprégnée des saveurs du bon vin. La main de l'inspecteur lui caressa le bas du dos puis remonta le long de ses côtes pour venir lui frôler les seins. Elle lui passait un bras autour du cou pour l'attirer à elle lorsqu'elle sentit sous sa veste une masse dure.

— Qu'est-ce que c'est ?

— Mon arme de service.

— Tu sors avec ?

Don hocha la tête.

— Je suis tenu de l'avoir sur moi en permanence. C'est le règlement.

Elle eut un curieux petit choc au creux de l'estomac.

— Je peux la voir ?

— Bien sûr.

Passant la main sous sa veste, Don sortit de son holster un .38 à canon court. Elle cligna les yeux. Le métal bleuté luisait dans la pénombre.

— Je peux le prendre ?

— Oui, mais attention.

Il le lui tendit, et elle fut surprise par son poids.

— Tu as déjà eu à t'en servir ?

— Si j'ai déjà tiré avec, tu veux dire ?

— Oui. Tu as tiré sur quelqu'un ?

Don hocha la tête.

— Ouaip.

— Et tu l'as tué ?

Don confirma à nouveau d'un signe de tête.

— Bien malgré moi.

Elle sentit un spasme lui contracter les cuisses.

— Et il est mort ?

— Ouais.

— Tu dois être un fin tireur.

— On s'exerce régulièrement, pour ne pas louper notre cible.

Comme elle lui rendait l'arme, elle se sentit en proie à un émoi qu'elle n'avait pas ressenti depuis une éternité. Elle en était toute moite. Inondée.

— Montons chez moi.

Esteban était consterné. La douce ivresse de sa margarita s'était évanouie, ne lui laissant qu'une douleur sourde entre les tempes et un atroce arrière-goût de métal dans la bouche. Il restait planté dans l'allée, devant sa voiture. Foutue. Une mare de sang s'était répandue sur le siège conducteur et le tapis de sol. Finalement, ça n'était peut-être pas une si bonne idée, ce système antivol… mais ça valait tout de même mieux que si *ce putain de gros type* avait réussi à alerter les flics. Sans l'ombre d'un doute.

Amado arriva au volant de sa propre bagnole et découvrit le carnage.

— Il a essayé de s'échapper ?

— *Sí.*

— *Chingao.*

Esteban hocha la tête en silence. Elle était foutue. Foutue.

— J'ai arrangé le coup avec Felicia. Elle est descendue dans un motel, à Glendale.

— Un problème à la fois, grommela Esteban.

Il fut interrompu par le rugissement d'une tronçonneuse. Un peu plus loin dans l'allée, empaquetés dans des ponchos en plastique, Bob et Norberto se préparaient à opérer. Bob écarta le bras du gros, tandis que Norberto manœuvrait la machine. Quelques secondes plus tard, le bras se balançait dans les mains de Bob.

Amado eut un hochement de tête en direction d'Esteban.

— Super, la tronçonneuse.

Norberto aussi était impressionné. La chaîne était passée dans l'épaule du type comme dans du beurre. *Muy rapido*... La grosse articulation de l'épaule l'avait à peine ralentie. Le bourdonnement du moteur avait juste grimpé d'une quinte.

Un brouillard rose de particules de chair et d'os s'était élevée autour d'eux, et avait flotté un instant dans l'atmosphère. Des confettis de matière indéterminée avaient jailli de sous la chaîne. Super idée qu'il avait eue, Roberto. Sans les ponchos, ses vêtements auraient été bousillés.

C'était Roberto qui avait tenu le bras. Les flics trouveraient logique d'y retrouver ses empreintes.

Le voisin finit par rappliquer – il fallait s'y attendre, vu l'heure tardive. Mais Esteban l'intercepta.

— Désolé pour le bruit... on a eu un problème de réception avec le câble. On a dû couper une grosse branche.

— Ne vous excusez pas ! Je me demandais simplement si je pouvais vous l'emprunter une minute.

— Maintenant ?

— J'en ai vraiment pour un instant.

Esteban jeta un œil du côté de Norberto qui se trouvait à proximité du garage.

— Monsieur demande s'il peut nous emprunter la tronçonneuse.

Le regard de Norberto tomba sur la chaîne, dans la lumière du garage. Une vision d'horreur.

— *Un momento...*

Norberto alla prendre le tuyau d'arrosage et rinça la chaîne à grande eau, du mieux qu'il put. C'était ça qu'il détestait dans les banlieues. En plein cœur d'Hollywood, on pouvait découper n'importe quel connard en rondelles, sans que personne n'y fasse gaffe. Au pire, les voisins se seraient contentés de monter un peu le volume de la radio. Mais personne ne viendrait frapper à la porte pour voir si tout allait bien.

Bob s'était posté au milieu du jardin, le temps que le bras se vide de son sang dans l'herbe. Manipuler des morceaux de cadavres, c'était son job, au labo. Mais les macchabées qui leur arrivaient en pièces détachées étaient froids et aseptisés, pasteurisés, conditionnés sous plastique, comme des fromages américains. Ils n'avaient plus rien de vivant. Ce bras, c'était autre chose. Il était encore tiède. Bob l'avait même senti frémir, imperceptiblement, au passage de la tronçonneuse.

Bob tremblait. Il était surpris de n'avoir pas pété les plombs. Ce n'était pas faute d'en avoir eu envie. S'il s'était écouté, il aurait pris ses jambes à son cou en hurlant à tue-tête. Mais ça n'aurait pas été une solution. Ils auraient eu vite fait de le rattraper, pour le faire taire – définitivement. Et ça, Bob n'y tenait pas. Alors il était resté là, dans l'herbe, sous ce ciel étoilé, flageolant sur ses jambes, dans son poncho en plastique, les aidant à découper le bras d'un cadavre.

Il était navré pour ce pauvre type. Personne n'avait réellement souhaité sa mort. Mais il n'aurait pas dû tenter de leur fausser compagnie. C'était vraiment con.

Bob s'était pris d'affection pour le gros – inexplicablement, car il n'avait pas échangé un mot avec Larga, assommé ou drogué qu'il était. Mais il s'était occupé de lui, et se considérait un peu comme son gardien. Tout ça lui laissait un sentiment d'échec.

Norberto était parti porter la tronçonneuse chez le voisin. L'épaule de Bob commençait à s'engourdir. On ne soupçonne pas à quel point ça peut être lourd, un bras…

La tronçonneuse se mit à rugir dans le jardin d'à côté et Esteban rejoignit Bob pour examiner le bras.

— Ça va ?

Bob hocha la tête tandis qu'Esteban lui tapotait l'épaule en souriant.

— Moi, la première fois où j'ai dû faire ce genre de chose, j'ai gerbé.

— Ça va, ça va.

Esteban lui ébouriffa les cheveux en un geste paternel.

— *Bueno, Roberto. Qué bueno !*

Martin faisait du café. La nuit allait être longue. Ils devaient se débarrasser d'un corps et d'une bagnole. La voiture ne poserait pas de problème. La remorque de l'atelier était déjà en route. Dans cinq heures, la Mercedes serait réduite en pièces détachées destinées au Costa Rica. Le corps, lui, n'était plus qu'un tas de chairs sanguinolentes qui sèmerait des indices partout dans son sillage.

Martin aurait aimé faire d'une pierre deux coups. Descendre Bob et larguer sa carcasse maigrichonne en même temps que celle du gros lard. Suffisait de creuser un trou assez large et profond dans le désert, et le tour serait joué. Mais il se ravisa. Ils avaient encore besoin de Bob. Il fallait qu'il livre le bras. Ensuite, on verrait.

Martin versa délicatement le café dans un Thermos. Se retournant, il vit Bob et Esteban qui comparaient les bras. Ils les avaient posés sur la table, sur un journal, côte à côte, comme deux gros brochets fraîchement pêchés. La scène lui évoqua des souvenirs. Dans son enfance, après la pêche, il passait la soirée avec son père et son grand-père, à admirer les prises de la journée, dans l'odeur du sang frais et du café chaud. Ils s'asseyaient autour d'une table, tous les trois, et jouaient quelques parties de cartes avant d'aller se coucher.

Amado entra dans la pièce. Les deux bras gisaient sur la table. Il aurait été incapable de dire lequel était le sien. Celui qui avait pris cette teinte grisâtre, sans doute, songea-t-il. L'autre était encore tout frais. Presque rose. Ce spectacle l'attrista. Son bras lui manquait. Il avait des spasmes douloureux et des sensations fantômes. Il avait parfois l'impression que ses doigts se promenaient sur une matière soyeuse, comme de la fourrure, ou parfois plus rêche, comme sa barbe de deux jours. Sauf que ses doigts ne toucheraient plus jamais rien. Il n'avait plus de doigts.

Il regarda Esteban, qui hocha la tête.

— *Vamos,* Roberto.

Bob se retourna.

— Felicia ?

— *Sí.* Elle t'attend.

D'un coup d'œil, Bob consulta Esteban, qui eut un hochement de tête approbateur. Bob sourit.

— Merci, mec. Je te revaudrai ça.

Esteban ébouriffa les cheveux de Bob.

— Amuse-toi bien, Roberto. Tu l'as mérité.

Du coin de l'œil, Amado surprit le regard qu'avait lancé Martin à Bob. Un regard qui ne lui était que trop familier. Le mauvais œil. *El ojo diabólico.* Un regard acéré, chargé de haine et de jalousie, dont Amado s'était déjà retrouvé la cible. Des hommes jaloux de ses conquêtes féminines. Des mecs qui lui enviaient son pouvoir ou ses connexions. Carlos Vila avait ce regard. Il avait essayé de le doubler et ça lui avait coûté la vie. Amado se promit de surveiller Martin. S'il essayait de tuer Bob, ça ne ferait qu'envenimer les choses.

Tous les scrupules de Don s'étaient envolés à la seconde où la langue tiède de Maura était entrée en contact avec la sienne. Bien sûr, il aurait mieux valu éviter de tomber dans les bras d'une personne sur laquelle il était censé enquêter. Ça n'était pas très malin, mais ça faisait une éternité qu'il menait une existence de moine, et il n'allait pas sacrifier sa vie privée sur l'autel de sa conscience professionnelle. D'ailleurs, aucune loi ne l'interdisait.

Il l'entoura de ses bras et, d'une pichenette, dégrafa son soutien-gorge. Il avait toujours eu le coup de main. Un vrai talent, encore qu'il ait rarement eu l'occasion de l'exercer ces dernières années, vu que sa précédente petite amie, une fougueuse adjointe du District Attorney, avait de tout petits seins, façon œufs au plat, et ne portait pas de soutien-gorge. Mais ses doigts avaient bonne mémoire.

Dès que les seins de Maura se retrouvèrent libres de toute entrave, elle ôta sa chemise par le haut et poussa Don sur le dos. C'était inouï comme elle était sexy, se dit-il, tandis qu'elle venait se lover contre lui. Peau contre peau, leurs corps réunis secrétant une atmosphère moite. Elle défit la boucle de son ceinturon et lui arracha son pantalon. La main de Don prit résolument la direction de son entrejambe, mais elle l'intercepta et la dirigea vers ses seins, ce qui était loin de déplaire à Don. Il lui titilla les mamelons, tandis qu'elle se cabrait sous la caresse.

Il pensa un instant à mettre un préservatif et à plaider en faveur de la prévention, mais la main de Maura s'était fermement agrippée à son sexe qu'elle guidait déjà en elle.

Elle se mit à le chevaucher avec enthousiasme, emportée dans une sorte de transe animale. Don se sentait aspiré corps et âme, comme si tout son être intérieur se trouvait lentement attiré en elle, au rythme de leur danse. Le plaisir lui tordait le visage, tandis que ses seins se balançaient au gré de leurs trépidations. Le corps de Don répondit au quart de tour. D'instinct. Avec le même enthousiasme. Sans réfléchir.

Ce qui se produisit ensuite fut une grande première, pour l'un comme pour l'autre. C'était comme de se retrouver dans un sauna torride où quelqu'un aurait versé de l'eau sur les pierres chauffées à blanc. Ce fut une explosion d'énergie, de sensations, de fluides. Maura balbutiait des syllabes sans suite, perdue dans cette soudaine éruption d'endorphines et dans les ondes de plaisir qui lui parcouraient le corps. Don sentit un tressaillement se propager le long de son épine dorsale. Une sensation aiguë qui s'amplifia en cascade, jusqu'à ce que son corps tout entier entre en vibration, comme un diapason. Son énergie finit par exploser hors de lui en une série de spasmes d'une force inouïe, à lui faire jaillir les yeux du crâne. Et l'espace d'un instant, ils furent tous deux transportés dans un monde dont les délices frôlaient l'insupportable. Un monde calme, paisible et sensuel.

Moite.

Amado conduisait d'une main. Bob était près de lui, sur le siège passager. Amado l'impressionnait. Il s'était si vite habitué à vivre avec un seul bras. Aurait-il été capable d'un tel exploit, lui ? Sûrement pas. Il aurait traîné des mois dans un service de rééducation en se plaignant de n'être même plus capable de se torcher. Mais Amado, pas du tout. Il avait tout bonnement décidé de faire avec, ou plutôt sans.

Bob sourit pour lui-même. Il commençait à entrevoir la différence entre un gamin et un homme. Lui, il n'était encore qu'un gamin. Amado était un homme.

Et presque aussitôt, cette idée – une peur obscure, viscérale – affleura à sa conscience. Il craignit soudain que Felicia ne veuille pas d'un gamin. Qu'elle soit en quête d'un homme tel qu'Amado, qu'elle avait d'ailleurs déjà pratiqué. Et il se sentit tout à coup pris d'un trac paralysant.

— Comment elle est ?

— Qui ça ? Felicia ?

— Ouais.

Un large sourire s'épanouit sur le visage d'Amado.

— Patience. Tu verras.

— Et si je ne lui plais pas ?

Amado se tourna vers lui.

— Du calme.

— C'est plus fort que moi.

— Rien de plus naturel, *cabrón.* Ne t'en fais pas !

Mais plus Bob tâchait de ne pas s'en faire, et plus il s'en faisait. Le doute s'insinuait en lui. S'acoquiner avec des criminels endurcis, enlever des passants innocents et les débiter en morceaux... Ça n'était peut-être pas génial, comme plan. Peut-être que ces types n'étaient pas de si bons amis, à la réflexion. Il tâcha de chasser ces idées noires. Il était là, assis à l'avant d'une voiture. Il allait rencontrer une femme superbe et lui faire l'amour. Il avait un besoin urgent de se détendre. Relax, se dit-il. Relax, et bande bien dur. Une belle érection, et tout va s'arranger.

Bob poussa un soupir.

— À ton avis, c'est quoi le secret, pour être un bon amant ?

Amado lui lança un regard.

— Le secret ? Tu ne sais pas ?

— Je ne crois pas être un bon amant.

Amado bloqua le volant entre ses genoux tandis qu'il s'allumait une cigarette.

— Y en a pas, de secret, Roberto. Y a qu'une chose qui puisse faire de toi un bon amant.

— Quoi ?

Amado se tourna vers Bob, l'œil étincelant.

— L'enthousiasme.

— L'enthousiasme ?

— *Sí*, Roberto. L'enthousiasme.

Le corps mutilé de Larga gisait au beau milieu de la cour, enveloppé d'une bâche. Martin et Norberto regardaient la remorque traînant la Mercedes disparaître au bout de l'allée du garage dans la nuit. Martin tenait le Thermos à la main. Il se tourna vers Norberto.

— Où tu comptes le larguer ?

Norberto porta sa bière à ses lèvres et la descendit cul sec avant de lâcher un rot tonitruant.

— Moi, je serais pour le désert. À Joshua Tree Park.

— Trop loin, objecta Martin. Allons à Angeles Crest, dans les bois.

— C'est peut-être plus loin, mais je préfère nettement creuser dans le désert que dans la montagne, mon pote ! Sans compter que ça se bouscule, dans cette forêt. Tout le monde y balance ses morts !

Martin grogna.

— T'essaies quand même pas de me dire que tu préfères conduire une heure de plus parce que tu trouves Angeles Crest trop "tendance" ?

— *Sí. Exacto.*

Esteban s'était posté à la fenêtre de la cuisine pour regarder Norberto et Martin charger le corps à l'arrière d'une Ford Explorer. Cela fait, ils démarrèrent et prirent le large. Esteban fut envahi d'une grande lassitude. Il sortit de la glace du freezer pour se préparer un cocktail. Cinq glaçons dans un shaker, puis du Don Julio Silver, jusqu'à mi-hauteur. Il ajouta un quart de Cointreau – préférable au Grand Marnier ou au triple sec, parce que moins sucré et plus parfumé – et un citron vert entier, découpé en quartiers et pressé.

Tout en remuant la mixture du bout de l'index, il passa en revue la liste des possibilités. Martin lui avait demandé l'autorisation de descendre *Bob*. Esteban avait du mal à comprendre pourquoi. Cette subite pulsion meurtrière, si étrangère au caractère habituel de Martin, ne laissait pas d'éveiller ses soupçons. S'il était capable de retourner sa veste si vite, il la retournerait tout aussi facilement dans l'autre sens… Encore deux ou trois de ces revirements, et Martin se retrouverait devant un juge en train de témoigner contre lui !

Il prit une gorgée de sa margarita. Pas mal – mais ça ne valait pas celles de Martin. *Que lástima !* Il allait regretter amèrement les cocktails du *gringo*.

Felicia s'était assise sur le lit dans la chambre du Travelodge Motel pour regarder la télé. Elle était vêtue d'un déshabillé transparent rouge sexy, qu'elle s'était acheté dans la Galleria, chez Victoria's Secret. Elle avait trouvé un rouge à lèvres assorti chez Nordstrom, et s'était soigneusement laqué les lèvres de ce vermillon sensuel. L'idée lui était même venue de mettre des petites mules d'intérieur à talons aiguilles – mais finalement, non. Trop, c'était trop. D'ailleurs, à lui seul, ce déshabillé la mettait plus qu'à son avantage. Il ne voilait qu'à peine ses seins tout en soulignant les courbes de son postérieur, ce qui était déjà très bien.

Elle avait posé sur la table de nuit une bouteille de *Modelo Especial*. Elle ne voulait surtout pas en abuser. Elle avait ouvert la bière pour tromper son ennui, en attendant. Elle laissa son esprit dériver de la scène qui se déroulait à l'écran à celle qu'elle était en train de vivre. La situation ne l'enchantait guère. Elle n'avait rien d'une professionnelle, mais elle devait un retour d'ascenseur à Esteban. Et ce jour-là, il avait appelé pour lui rappeler sa promesse. D'ordinaire, elle n'aurait jamais fait ce genre de chose mais là, elle n'avait pas le choix.

C'était un peu compliqué.

Quand Amado lui avait parlé de ce *gringo* qui était tombé amoureux d'elle par tatouage interposé, ça l'avait intriguée. Et puis, elle ne sortait presque jamais avec des *gringos*. Amado lui avait juré que ce n'était ni un monstre ni un maniaque – en dehors de sa passion pour les ordinateurs –, et elle avait accepté. Elle était curieuse. Sans compter que ça n'est pas si facile de faire des rencontres intéressantes, à Los Angeles…

D'ailleurs, Felicia aimait faire l'amour. Elle adorait ça. C'était son passe-temps favori. Elle préférait ça au cinéma ou au théâtre. C'était plus relaxant que la plage, plus distrayant que d'aller danser. Elle préférait le sexe à toute autre chose, ou presque.

Non pas qu'elle fût spécialement nymphomane, comme ces hystériques qu'on interviewe dans les émissions à la télé. Ce n'était pas un besoin constant. Mais pour elle, c'était l'un des plus grands plaisirs de la vie. Elle aimait ça, point.

On frappa un coup discret à la porte. Elle se leva, se pinça les seins pour en faire durcir le bout, avant d'aller ouvrir.

Amado entra le premier. Il lui posa un baiser sur la joue, au passage, puis il se retourna et la détailla de la tête aux pieds.

— *Caramelo mio !*

— Ça te plaît ?

— *Muy caliente.*

— *Gracias.*

Felicia l'observa à son tour. Quelque chose avait changé…

— Tu m'as l'air en pleine forme, Amado.

Il lui sourit.

— Tu trouves ?

— Tu es allé chez le coiffeur ?

— Non.

— Tu as perdu quelques kilos ?

Il lui présenta son profil.

— *Chingao !* Qu'est-ce qui t'est arrivé ?

Amado haussa les épaules.

— *Accidente.*

— Seigneur ! Et à part ça, ça va ?

— *Sí. Todo bien.*

Felicia ne trouvait rien de plus à lui dire. Amado semblait toujours égal à lui-même malgré son infirmité.

— Est-ce que je peux te présenter Roberto ?

— *Claro que si.*

Il sortit et revint quelques instants plus tard, accompagné d'un jeune *gringo.*

— Felicia, je te présente Roberto.

Elle sourit.

— *Hola,* Roberto !

— Salut.

Il avait l'air dans ses petits souliers. Elle pouffa de rire en le voyant trembler de tous ses membres.

— Relax, Roberto, s'esclaffa-t-elle. On va passer une bonne soirée, tous les deux…

Bob hocha la tête.

— OK.

Amado lui tapota l'épaule.

— À demain matin, Roberto !

Amado sortit après avoir lancé un clin d'œil à Felicia, et referma la porte derrière lui.

— Alors, je te plais ? fit-elle en pivotant vers Bob.

Bob la contemplait avec la dévotion d'un Salvadorien qui aurait vu la Vierge de Guadalupe. Elle se mit à aller et venir dans la pièce, passant et repassant devant lui, en lui laissant bien le temps de la regarder. Chacun de ses mouvements était chargé d'une sensualité animale. Elle tournoya devant lui pour l'allécher. Ses seins se balançaient doucement sous le fin nylon rouge qui ne voilait ses hanches, ses fesses ou son sexe que pour mieux les révéler. Elle se sentait merveilleusement bien dans son corps. À la fois souple et vigoureuse ; légère, mais lourde comme un fruit bien mûr. La chaleur lui montait aux joues. Elle était fin prête à être cueillie.

Elle regarda Bob, abîmé dans sa contemplation. Ses lèvres tremblaient. Les jointures de ses mains, serrées l'une dans l'autre, avaient blanchi.

Et soudainement, il y eut comme un déclic. Elle vit briller dans l'œil du jeune homme une étincelle qu'elle n'avait jamais vue auparavant.

Il tomba à genoux en sanglotant. Felicia en resta clouée sur place. Non pas qu'elle ne fût pas émue, mais elle préférait garder ses distances.

— Roberto ? Ça ne va pas ?

— Non. Tout est parfait. Parfait !

Mais il était en larmes et il restait là, à genoux, à la contempler avec ce regard chaviré. Un regard de gratitude et de saisissement.

Elle sentait en lui comme quelque chose qui aurait rendu les armes. Une sorte de capitulation – devant quoi, elle n'aurait su le dire. La seule chose de sûre, c'était qu'il n'était pas dangereux. Ce n'était sûrement pas le genre à l'agresser, ni à lui faire du mal. S'approchant, elle posa la main sur ses cheveux.

— Pourquoi tu pleures alors ? demanda-t-elle, attendrie.

Il ravala ses larmes et leva la tête vers elle.

— Parce que tu es là. En vrai.

Elle fut totalement prise de court par la vague d'émotion qui la submergea. Elle s'agenouilla près de lui et le prit dans ses bras. À son tour, Bob la serra contre lui, très fort. Elle sentit son souffle, à la fois frais et brûlant, contre la peau de son cou, et ils restèrent longtemps ainsi, enlacés.

Norberto avait pris le volant. Ils avaient à peine quitté l'autoroute que Martin se mit à lui exposer son plan, avec bonne humeur, d'un ton détaché, presque sur le mode plaisant. Norberto suivait pas à pas le raisonnement de Martin, sans en perdre une miette.

Le plan était simple. Descendre Roberto, qui était un maillon faible, un amateur susceptible de craquer lors d'un interrogatoire. Livrer le bras d'Amado aux flics, qui arrêteraient Amado pour meurtre et inculperaient Esteban pour association de malfaiteurs. Une fois les deux chefs sous les verrous, Martin et Norberto n'auraient plus qu'à reprendre en main les affaires d'Esteban, comme pour lui rendre service en son absence, et à empocher ses millions.

Norberto dut admettre que c'était bien vu. Martin en avait, dans le crâne. Il avait pensé à tout. Et laisser les flics se charger du sale boulot, c'était génial. Sans compter que ça lui éviterait, à lui, Norberto, de se mouiller. Il garderait les mains propres et apparaîtrait comme une victime de la bêtise d'Esteban et d'Amado. Pour une fois, il serait donc le plus malin. Et ça, Norberto appréciait. Énormément, même.

Ce qui lui plaisait nettement moins, c'était de devoir tuer Roberto. Car il l'aimait bien et il trouvait sa compagnie agréable. Mais d'un autre côté, il n'était pas du genre à laisser passer des millions de dollars pour quelque chose d'aussi bête que de l'affection. Il avait étripé des gens pour nettement moins…

L'autre hic, c'était qu'il n'aimait pas Martin. Il ne lui avait jamais inspiré confiance. Il avait le complexe de supériorité des Blancs. La même mentalité que son prof d'anglais seconde langue, celui à qui il avait mis sa pâtée. Ça devait être un mal répandu, chez les *gringos*. Peut-être qu'ils avaient tous besoin d'une bonne leçon. D'ailleurs, qu'est-ce qu'elles en diraient, les autres branches de *la Eme* ? Martin s'imaginait vraiment que *la familia* allait laisser un Blanc prendre la tête de l'équipe ? Tu parles,

Charles ! Et qu'est-ce qu'on dirait de lui, Norberto, s'il se mettait au service d'un *gringo* ? Mais tout à coup, il lui vint une idée.

La seule façon de faire marcher ce plan, c'était de l'appliquer à la lettre, puis de se débarrasser de Martin. Et s'il l'obligeait d'abord à tuer Roberto, ça ne serait qu'un juste retour d'ascenseur.

Maura se réveilla en pleine forme. Détendue mais débordant d'énergie, comme si elle avait passé les deux dernières heures à pratiquer une série d'asanas particulièrement efficaces, à son cours de yoga. Les bras et les jambes de l'inspecteur étaient restés emmêlés dans les siens. Elle baignait toujours dans sa chaleur, dans ce nuage de moiteur qui restait emprisonné entre eux, là où leurs corps se touchaient. Elle respirait son haleine, encore tout embaumée des saveurs du vin. Elle s'étira puis se glissa hors du nœud qu'avaient formé leurs corps.

Les événements de la veille lui revinrent à l'esprit. Elle n'avait jamais fait l'amour comme ça et ce n'était pas à cause de quelque chose de spécial, que Don lui aurait fait. Son talent ou son savoir-faire n'y étaient pour rien. Non. C'était elle. Son état du moment. Son niveau d'énergie. Elle s'était pleinement immergée dans l'action. Descendant du lit, elle se rendit à la salle de bains. En chemin, elle repéra le pantalon de Don, échoué par terre, là où elle l'avait balancé. Elle se baissa et, à tâtons, se mit en quête du lourd objet de métal.

Elle glissa un œil vers l'inspecteur, qui dormait à poings fermés. Son corps formait une bosse sous la couverture.

Elle sortit délicatement l'arme de son étui et la soupesa entre ses mains. Elle avait toujours eu peur des armes à feu. Elle pensait qu'on aurait dû les prohiber. C'était dangereux. Mortellement dangereux. D'un point de vue politiquement correct, elle n'aurait jamais dû passer la soirée avec un homme qui se promenait armé. Et en aucun cas, elle ne devrait être là, toute nue, au milieu de sa chambre, à tripoter son arme de service.

Mais elle n'y pouvait rien. La vue de cet objet éveillait d'étranges frissons au tréfonds d'elle-même. Quelque chose d'irrésistible. Une compulsion. Elle prit l'arme dans une main et se mit à se caresser de l'autre. Le souffle court, bouillante d'excitation, et, en toute honnêteté, un tantinet épouvantée par sa propre conduite, elle parvint à l'orgasme en moins de temps qu'il n'en faut pour le dire.

Vous pouviez toujours vous échiner à piocher – ces trous à la con n'étaient jamais assez profonds. C'est du moins le sentiment qu'en avait Norberto. Il avait enterré des morts de tous gabarits, dans ce bout de désert, et ça n'était jamais une sinécure. Il rigola dans sa barbe. À ce jour, il n'avait encore jamais dérangé l'un des précédents occupants pour en installer un nouveau, bien qu'il eût l'impression de creuser toujours au même endroit. Bizarre…

Il s'essuya les yeux d'un revers de manche et chercha Martin aux alentours. Il travaillait à la lueur d'une misérable lampe torche fichée entre deux cailloux. Le ciel était clair, Dieu merci, et les étoiles brillaient. Il pouvait donc à peu près voir ce qu'il faisait, sans trop risquer d'attirer l'attention au cas, peu probable, où il y aurait eu quelqu'un dans le secteur.

Norberto entendit des pas crisser sur les gravillons. Se retournant, il vit Martin qui revenait de la voiture, chargé de deux bouteilles d'eau.

— Tu comptes me filer un coup de main, oui ou merde ?

— J'avais soif. T'en veux… ? Il lui tendit l'une des bouteilles, que Norberto vida en quelques gorgées, tandis que Martin allait chercher la lampe torche pour inspecter le trou.

— Il me paraît largement assez grand.

— Ça, ça m'étonnerait !

— Si on le mettait dedans, pour voir ?

Norberto regarda Martin, qui lui envoya le rayon de la lampe torche en pleine figure.

— Écarte cette lampe, *maricón* !

— Désolé.

Norberto avait peine à contenir son agacement.

— Une fois qu'on l'aura descendu là-dedans, ça sera impossible de le sortir. On a intérêt à le faire tout de suite assez grand !

— Mais il est assez grand.

— Et s'il ne l'était pas ?

— Je t'avais bien dit qu'on aurait mieux fait d'aller à Angeles Crest.

— Et moi, je te dis qu'on les retrouve toujours, là-bas.

— Ils ne peuvent quand même pas les retrouver tous !

— Les autres, je m'en fous. Celui qui compte pour moi, c'est celui-ci.

Norberto commençait en avoir ras le bol. Il y avait deux façons de faire les choses : une bonne et une mauvaise.

Fallait pas rigoler, avec ce genre de taf. Effacer les traces à moitié, c'était jouer avec le feu.

Martin s'alluma un joint.

— Qu'est-ce que tu fabriques, là, mec ? râla Norberto.

— T'en veux ?

— Ce que je veux, c'est un coup de main pour terminer ce putain de trou.

— J'ai bien le droit de souffler un peu…

Norberto le fusilla du regard, mais dans le noir, Martin ne vit rien. Un nuage de fumée enveloppa la silhouette sombre du *gringo*. Maintenant, c'était foutu. On ne pourrait plus du tout compter sur lui.

— Bordel de merde…, marmonna-t-il, avant de revenir à sa pioche.

Felicia ouvrit les yeux et sortit du lit. Elle mit le cap sur la salle de bains, alluma la lumière et s'installa sur les W-C, l'esprit encore tout plein de Roberto. C'était la première fois qu'un homme lui témoignait une telle passion. Pourquoi ? À cause de ce tatouage dont il était amoureux et qui lui ressemblait. En fait, ça aurait pu être le portrait d'une vingtaine d'autres femmes qu'elle connaissait, mais pour d'obscures raisons, Roberto avait décidé que c'était elle. Était-il dingue ? Non. Du moins, pas au sens classique. Et s'il l'était, que fallait-il en conclure pour elle-même, puisqu'elle s'était sentie en parfaite harmonie avec lui, à la seconde même où il avait franchi le seuil de cette chambre ?

Il se passait quelque chose. Comme son regard croisait le miroir, elle eut la surprise de constater qu'elle affichait un sourire radieux. Presque malgré elle.

15

Amado était au volant. À ses côtés, Bob arborait un sourire qu'Amado reconnut immédiatement. Celui du type qui vient de passer une bonne nuit dans les bras d'une femme, et qui se sent à la fois lessivé et requinqué. À plat et frais comme un gardon.

— Alors, Roberto, content de ta nuit ?

Le sourire de Bob s'élargit.

— Formidable, mon pote ! Jamais je ne pourrai assez te remercier.

Amado éclata de rire.

— Tu veux te faire tatouer ?

— Non, mec, ce que je veux, c'est l'épouser. Je vais lui acheter une bague.

Amado secoua la tête. Convoler – ça, c'était bien une idée de *gringo*.

— *Carajo,* Roberto. Qu'est-ce qu'elle t'a fait ?

Bob fut sur le point de répondre mais il se contenta de lui sourire de toutes ses dents, en secouant la tête.

— Tu veux pas me dire ? s'esclaffa Amado. Pourquoi ? C'est un secret ?

— Non. Juste un truc que je veux garder pour moi.

Amado acquiesça. Il comprenait.

Lui-même évitait généralement de décrire ses exploits aux copains. Ça ne le dérangeait pas d'exhiber ses tatouages, mais ses bons souvenirs, il préférait les savourer en privé. Tout comme Bob. Il n'en revenait pas de constater un certaine ressemblance, entre Bob et lui. Pas du point de vue physique, bien sûr. Et encore moins de celui de l'origine sociale – pour ça, ils n'auraient guère pu être plus différents. Mais il discernait chez Bob des qualités humaines insoupçonnées, avec lesquelles il se sentait en communion, et qu'il admirait.

Pour l'instant, il préféra changer de sujet.

— Prêt pour le boulot, Roberto ?

Bob lui lança un regard.

— Tu as rempli ta part du contrat. Je vais remplir la mienne.

— Tout ce que t'as à faire, c'est de dire les choses, telles quelles.

Bob hocha la tête.

— Exact. La stricte vérité : j'ai rompu avec ma copine. J'étais à côté de mes pompes. J'ai sillonné la ville toute la journée, puis je me suis arrêté dans un bar, où j'ai rencontré une fille. J'ai passé la nuit avec elle au Travelodge Motel, à Glendale.

— *Exacto.*

— Et la meilleure, c'est que c'est vrai.

— *Exacto*, Roberto. C'est pas beau, de mentir !

— Ils pourront même me passer au détecteur de mensonges.

Bob se tourna vers sa vitre et regarda défiler les centres commerciaux et les concessionnaires de voitures – le paysage ordinaire de la Valley.

— On peut s'arrêter chez Starbucks ? Je me prendrais bien un latte.

Felicia buvait son café dans la chambre du motel, devant la télé. Elle s'était enroulée dans une grande serviette éponge blanche et se prélassait sur le lit, après s'être enduit le corps et lavé les cheveux avec les produits fournis par l'établissement. Elle s'étira longuement. Elle tenait une forme éblouissante. Elle pouvait garder la chambre jusqu'à midi. D'ici là, elle entendait bien profiter du lit king size, de l'air climatisé et des toilettes nickel. La belle vie.

Puis ses pensées revinrent vers Roberto. Elle n'avait remarqué son tatouage que ce matin, sous la douche : une tasse à café portant son prénom : Felicia. Elle avait été si sensible à cet hommage qu'elle s'était aussitôt agenouillée à même le carrelage antidérapant, sous le jet d'eau chaude, pour lui tailler une pipe. Le visage de Bob disparaissait dans le nuage de vapeur. Les murs de la douche répercutaient ses gémissements. Elle avait adoré. On pouvait bien appeler ça "faire des cochonneries", elle s'était sentie en parfait accord avec elle-même. Claire et nette.

Comme elle regardait le journal télévisé sur Channel 34, son état d'esprit évolua sensiblement. Son instinct lui soufflait de ne pas s'emballer. C'était à la fois merveilleux et dangereux. Elle tenait à son indépendance. C'était sa *vida*, et elle ne connaissait que trop bien son propre cœur – si elle lui laissait la bride sur le cou, il prendrait le contrôle. Elle s'efforça donc de repousser ses sentiments le plus loin possible. Elle se lima les ongles et entreprit de les laquer de frais.

Cette tâche lui occupa un moment l'esprit, jusqu'à ce que le souvenir de Roberto à ses pieds, lui embrassant dévotement la cheville, refasse surface. C'était plus fort qu'elle, elle ne pouvait s'empêcher de penser à lui. La douceur de sa peau. Le goût de ses lèvres. Il embrassait bien, et il avait une jolie bite, de taille respectable. Mais ce qui la hantait, c'était son regard. Cette façon qu'il avait de la contempler. Avec ces yeux scintillants, pleins de ferveur. Comme ceux de Jésus, sur les images. Sauf que ça n'était pas sur l'humanité en perdition que se déversait son amour. L'amour de Roberto était rien que pour elle.

C'était la première fois qu'elle ressentait un tel émoi. Bien sûr, un certain nombre d'hommes lui avaient déjà fait des déclarations. Mais une fois parvenus à leurs fins, ils n'étaient généralement plus aussi empressés. Leur passion semblait nettement moins dévorante. Elle s'était cuirassé le cœur contre ce genre de déception. Quand ils lui juraient qu'ils l'aimaient, elle préférait ne pas y regarder de trop près, ou mieux, elle s'en fichait. Mais Roberto, lui, ne lui avait rien juré. Ça n'était pas nécessaire.

Plus elle pensait à lui, et plus la vibration s'amplifiait. Au point qu'elle se sentit incapable de la réprimer une seconde de plus. Capitulant, elle se laissa submerger par ce déferlement délicieux. Mais en même temps, elle en avait une peur bleue. Car ce sentiment était animé d'une vie propre, d'une énergie effrayante, qui pouvait faire très mal.

Lui transpercer le cœur de part en part. Transfigurer sa vie, ou la réduire en miettes. Mais y résister, c'était au-dessus de ses forces. C'était trop bon. Elle était *enamorada.*

Don prenait son café dans la cuisine en suivant du bout de l'index le contour des motifs jaunes kitsch, en forme de boomerangs, sur le formica de la table. Maura avait passé un peignoir éponge et beurrait des toasts. Elle lui en agita un sous le nez.

— Tu n'as pas faim ? Sûr ?

Don secoua la tête.

— Merci, non. Faut absolument que j'y aille.

Maura vint s'attabler en face de lui. Il y eut un moment de malaise, quelques secondes chargées d'une vague appréhension.

— Tu crois que nous aurons l'occasion de nous revoir ?

Don poussa un soupir. Il avait lui-même longuement ruminé cette question, sans oser la lui poser – de peur d'obtenir la réponse qu'il craignait. Mais elle, non. Elle ignorait ce genre de peur. Elle mettait les pieds dans le plat, sans états d'âme, et c'était l'une des choses qui la rendaient si fascinante. Elle ne jouait pas au plus fin. Ce qu'elle voulait, elle le demandait. Rafraîchissant.

— J'espère.

Elle sourit. C'était le tour de Don, à présent.

— J'aimerais beaucoup te revoir – dès ce soir, si tu es libre.

— Tu veux que je prépare un petit dîner ?

Il avança sa main et prit la sienne.

— Tout ce que tu voudras.

— En ce cas, c'est entendu, fit-elle, toujours souriante. Je vais me mettre aux fourneaux.

Il vida sa tasse et se leva.

— Ça m'ennuie de revenir là-dessus, mais si par hasard tu as des nouvelles de ton ex, tu m'appelles, d'accord ?

— Est-ce que je peux t'appeler, même si je n'en ai pas ?

Don ne put réprimer un sourire.

— Bien sûr.

Il tâta ses poches et son veston, pour s'assurer que tout était à sa place – son étui, son .38, son insigne... Les attributs de sa profession. Rassuré, il vint l'embrasser. Maura le retint dans ses bras et lui caressa le dos. S'attardant sur ses fesses, elle les pinça gentiment au passage, puis sa main s'arrêta sur son arme et la palpa un moment.

— À ce soir ! fit-elle en s'arrachant à ses bras.

Norberto et Martin s'étaient installés dans un box du Denny's. Norberto était sur les rotules, fourbu, affamé – *agotado.* Il avait passé la nuit à trimer comme un *campesino.* Il n'était pas d'humeur à parler, et surtout pas en anglais. Dès qu'il était fatigué, malade ou bourré, ses compétences en *inglese* avaient tendance à s'évaporer – comme ça ! Martin était de ces *gringos* qui se vantent de connaître l'espagnol. Et qui peuvent le parler pendant des heures, avec le vocabulaire et la syntaxe d'un gamin de six ans. Norberto n'avait jamais mis les pieds à la fac, et il n'avait aucune prétention en linguistique, mais l'aplomb avec lequel les *gringos* écorchaient sa langue le foutait hors de lui.

Il préférait donc garder le silence. Il trempa sa serviette de papier dans son verre d'eau pour se débarbouiller un peu. En face de lui, Martin contemplait la fenêtre avec son sourire figé de fumeur de joints. Tu parles d'un *maricón*, se dit Norberto. Un moment, il avait bien failli lui régler son compte et le balancer dans le trou, avec l'autre. Mais comme d'hab, c'était à peine assez grand pour le mort, et il n'avait pas la moindre envie de se remettre à creuser.

Norberto venait de comprendre une chose : Martin avait beau être un petit futé, il était surtout flemmard. *Flojo.* Or, la flemme, c'était dangereux. C'était la porte ouverte à toutes les conneries. Il se promit de garder un œil sur Martin, histoire de s'assurer qu'il ne laisserait rien dépasser, avec sa foutue tendance à tirer au flanc. Car tout ce qui dépassait finissait toujours par attirer l'attention d'Esteban, quand ça n'était pas carrément celle de *las placas.* Il n'aurait pas pu dire au juste pourquoi, mais il savait d'expérience que, quoi qu'on fasse, un boulot bâclé finissait toujours par se barrer en couilles. C'était même ce qui avait coûté la vie à Carlos Vila.

Norberto avala son café arrosé d'un grand verre d'eau. Il était déshydraté, affamé et de très mauvais poil.

Martin aussi avait faim, mais lui, c'était plutôt à cause de l'herbe. Il avait tout de même aidé Norberto à traîner le corps jusqu'au trou, et à l'ensevelir. Il n'avait jamais été très manuel. Il n'était pas – et il devait se morigéner mentalement, quand cette idée lui traversait l'esprit – mexicain. Il était titulaire d'une maîtrise de droit. C'était avec sa tête qu'il travaillait, pas avec ses muscles. Désolé, mais c'était comme ça. Norberto pouvait bien en penser ce qu'il voulait – et Martin voyait bien qu'il fulminait. Lui, son job consistait à faire marcher ses méninges. À élaborer des plans. Des stratégies. Question terrassement, il n'était peut-être pas une flèche, mais il n'avait pas perdu son temps. Il avait réfléchi. Et trouvé un moyen pour que l'emplacement n'ait pas l'air d'une tombe fraîchement creusée en plein désert. Une idée de génie : allumer un feu, pour que ça ait l'allure d'un ancien campement.

Mais Norberto n'avait pas saisi l'intérêt de cette idée. Il avait fallu discuter avec lui presque une heure, alors que le soleil s'élevait doucement au-dessus de l'horizon. Jusque-là, il n'avait pas mesuré à quel point il pouvait être con, ce Norberto. Ça n'était peut-être pas une si bonne idée de le mettre dans la combine. Évidemment, s'associer avec un crétin, ça avait des avantages. Il ne risquait pas de comploter contre lui. Norberto aurait besoin de lui, non seulement pour mener à bien l'opération elle-même, mais aussi par la suite, pour gérer les affaires, quand Esteban et Amado seraient à l'ombre. Pour lui, la stupidité de Norberto, c'était la sécurité de l'emploi.

Il dégusta son chocolat malté. Les granulés glacés rinçaient agréablement son gosier irrité par la poussière du désert. En face de lui, Norberto attaquait un menu "petit déjeuner grand chelem". Le Grand Chelem… Tout rafler. Risquer le tout pour le tout, et nettoyer le tapis. C'était exactement ce que Martin s'apprêtait à faire. Et après coup, Norberto ne pourrait que reconnaître son intelligence stratégique. C'était comme aux échecs : déplacer les pièces sur l'échiquier était à la portée du premier venu, ça n'était qu'une question de muscles ou, au mieux, de logistique. Mais pour gagner, il fallait être un vrai stratège.

Don fit un saut chez lui, le temps de se raser et de se changer. C'était une belle journée qui s'annonçait. Les forces qui gouvernaient l'univers, qu'on les appelle karma ou loi des probabilités, semblaient conspirer à son bonheur. Non content de tenir une piste sérieuse pour son dossier, voilà qu'en remontant celle de Bob il était tombé sur cette fille sublime. La chance lui souriait.

Esteban emporta à la cuisine son exemplaire de *La Opinion.* Il ouvrit un placard dont il sortit un verre, prit une carafe pleine de jus d'oranges fraîchement pressées dans le frigo et marqua une brève pause en apercevant, sur l'étagère du bas, les deux bras posés sur du papier sulfurisé. Ce serait un soulagement de ne plus voir ces deux horreurs. Il détestait garder chez lui ne fût-ce que l'ombre d'une pièce à conviction. Il ne stockait jamais un gramme de came. Il avait prévu tout un réseau d'entrepôts et de box à cet effet – et en cas d'urgence, il avait cette maison. La planque.

Il s'attabla devant son jus d'oranges et se plongea dans le journal. Ce nouveau *presidente,* à Mexico, risquait de poser plus de problèmes qu'il n'en résoudrait. Il avait rompu avec la vieille garde politique qui, depuis des siècles, maintenait le Mexique dans un état semi-féodal, avec au sommet de la hiérarchie sociale les gros propriétaires terriens, les industriels et les gangsters qui, tels des *shoguns,* faisaient office de seigneurs de la guerre. Ça n'était tout de même pas – Dieu merci – un socialiste, mais il avait un plan de réformes et promettait, à coups de grands discours, d'élever le niveau de vie du peuple mexicain. En éradiquant le trafic de drogue et les réseaux de corruption, entre autres… Esteban rigola dans sa barbe. Comme si ça suffirait à améliorer l'ordinaire de la classe ouvrière !

L'entreprise d'Esteban s'appuyait sur une solide tradition de corruption et de pots-de-vin, qui lui permettait de faire traverser le pays et la frontière à ses cargaisons. Sans quoi, comment le fonctionnaire mexicain moyen pourrait-il s'offrir un récepteur parabolique, un lecteur de DVD, ou une jeep Cherokee ? Si le nouveau président s'attaquait aux traditions, il risquait de provoquer une crise généralisée. Non pas qu'il ait la moindre chance d'entraver le flux du trafic en direction des USA – ça, c'était un trop gros pactole –, mais il pouvait leur mettre des bâtons dans les roues, provoquer des foules de complications. *Carajo*, ce président et ses réformes promettaient d'être une sacrée source d'emmerdements.

Esteban leva les yeux. La voiture de Bob et d'Amado venait de s'arrêter devant le garage. Les deux hommes mirent pied à terre en rigolant et en s'envoyant des vannes, comme deux vieux potes. Esteban avait de l'affection pour Bob, mais il restait sur ses gardes. En temps normal, il n'aurait jamais pris ce genre de risque, mais justement, ils n'étaient pas en temps normal. Et son instinct lui soufflait qu'il pouvait se fier à Roberto. C'était un type sincère. Rien à voir avec ce faux cul de Martin, ni avec la plupart des Blancs de sa connaissance. Rien n'était trop beau pour eux. Tout leur était dû. C'était une sorte d'arrogance culturellement acquise. Comme s'ils avaient été au-dessus du boulot. Et ça, pour quelqu'un qui avait débuté comme journalier dans les champs de fraises, c'était rédhibitoire.

Bob et Amado entrèrent dans la cuisine. Bob avait apporté deux cafés de chez Starbucks. Il en tendit un à Esteban.

— Je ne savais pas ce que vous preniez, d'habitude. Dans le doute, je vous ai pris un cappuccino.

— Parfait. *Gracias,* Roberto.

Leurs regards se croisèrent un moment. Esteban en fut surpris, et plutôt agréablement. Bob avait enfin réussi à soutenir son regard. Il ne le percevait plus comme une menace.

— Roberto. Est-ce que Felicia t'a aidé à retrouver tes *huevos* ?

— Mes quoi ?

— Tes couilles.

Rougissant jusqu'aux oreilles, Bob afficha un sourire finaud. Amado lui envoya une tape dans le dos.

— Ça va. Il est prêt.

Esteban attaqua son cappuccino.

— C'est vrai, Roberto ? Tu te sens prêt ?

— Je crois, oui.

Le visage d'Esteban s'était assombri.

— Je vais te dire une chose, pour la police. Si tu leur mens, ils le savent tout de suite. *Las placas* ont un sixième sens pour ça. Donc, le secret, c'est de ne jamais leur mentir. Ne leur dis que la vérité. Peut-être pas *toute* la vérité, mais suffisamment pour que ça tienne debout. Et ils te croiront.

— Parce que je leur dis la vérité.

— *Exacto.* Et surtout, n'oublie pas que tu n'es pas fou de joie. Au contraire, tu es bouleversé. Cette rupture t'a mis le moral à zéro.

— Je devrais être déprimé ?

— Un peu triste, je dirais, intervint Amado.

— Mais ça, c'est un mensonge, parce que je ne suis pas triste du tout.

Amado et Esteban échangèrent un bref regard.

— Alors, disons que tu es parti fêter ça en ville, après la rupture…

Le sourire de Bob s'élargit.

— OK. Disons que je fêtais ça.

— *Bueno.* Raconte ce qui te semble le plus honnête.

Bob vida son gobelet de café et le posa sur la table.

— Où est le bras ?

Esteban eut un geste du pouce par-dessus son épaule.

— Au frigo.

Ça lui faisait tout drôle, de se retrouver au volant de la voiture du labo. Bob alluma la radio, qui était restée branchée sur la même station – celle qu'il écoutait avant que sa vie ne bascule. Il allait devoir continuer à bosser deux semaines de plus au labo, avant de leur donner sa démission. Mais il fallait la jouer fine. Il ne pouvait pas les plaquer comme ça, sans crier gare. Ça risquait d'éveiller les soupçons. La meilleure solution était peut-être de se faire virer. Comme ça, personne n'y trouverait rien à redire.

Comme il approchait de Parker Center, il repensa à Felicia et ne put s'empêcher de la comparer à Maura. Pour un peu, il se serait mis des claques pour tout ce temps qu'il avait perdu avec elle, alors que la belle Felicia l'attendait. Mais il se ravisa. Ils n'avaient pas été si malheureux, Maura et lui. Ils s'étaient bien amusés. Et ils s'étaient aimés. Rien à voir avec ce qu'il ressentait pour Félicia, bien sûr, mais ça n'était tout de même pas du pur gâchis. Sans sa période Maura, il n'aurait pas eu la maturité suffisante pour apprécier une femme telle que Felicia. Il commençait à se demander si le monde n'était pas régi par autre chose que le pur hasard, comme il l'avait cru jusque-là. N'y avait-il pas, finalement, une sorte de vaste plan derrière tout ça ? Ça lui en avait tout l'air, à présent.

Il commençait à croire en ce quelque chose. En ce pouvoir suprême dont parlent les ivrognes et les camés. La Force, comme dans *StarWars*. La loi du karma. La volonté d'Allah. L'amour divin. Ça existait. Il le sentait vibrer en lui.

Don était fou de rage. Il avait laissé des instructions précises au service des pièces à conviction. À la minute – non, à la seconde où ils recevraient le bras, ils devaient le prévenir, et retenir le livreur. Mais ils n'avaient fait ni l'un ni l'autre. Ils n'avaient même pas pris la peine de l'informer de l'arrivée du bras. C'était lui qui avait dû les appeler pour vérifier.

Il n'attendit pas l'ascenseur. Il prit les escaliers et dévala les marches quatre à quatre. À vue de nez, ce Bob devait être un type ordinaire, plutôt honnête. Il avait simplement accusé le coup après une rupture – mais qui serait resté de marbre après s'être fait larguer par Maura ? N'empêche. Dès que le bras serait au labo pour les empreintes et les tests d'ADN, il se remettrait sur la piste de Bob. Il tenait à avoir une petite conversation avec lui, pour lui rafraîchir les idées sur son sens des priorités.

Il déboula dans le service des pièces à conviction, bien résolu à garder son calme – même s'il n'y avait aucune chance pour que le préposé s'aperçoive qu'il était à cran. L'employé de service, un blond avec de gros sourcils broussailleux, presque blancs, lui indiqua la glacière. Don souleva le couvercle. C'était donc lui, ce fameux bras qui gisait près du corps de Carlos Vila. À présent, Don allait retrouver son propriétaire. Car le mystère restait entier : pourquoi le meurtrier avait-il abandonné sur place le corps de Carlos Vila, en emportant celui de la seconde victime ? Ça n'avait aucun sens.

C'était ce qu'il préférait, dans son boulot : s'atteler à une série de faits apparemment dénués de lien, et les emboîter patiemment, un à un, pour reconstruire la chaîne des événements. Comme un archéologue.

Le préposé lui jeta un coup d'œil par-dessus son épaule.

— C'était bien ce que vous attendiez ?

— Oui.

— Vous voulez que je le mette au frais ?

— Laissez-le là-dedans.

— Faut le faire livrer au labo ?

Don lui jeta un coup d'œil.

— Oui.

— OK, fit le préposé, totalement insensible à la pointe de sarcasme qu'avait glissée Don.

— Vous pourriez leur dire que c'est urgentissime ?

— Pour ça, vaudrait mieux que vous les appeliez vous-même.

— D'accord. Vous le leur portez immédiatement, et je me charge de les appeler.

Le préposé eut un hochement de tête philosophe.

— Ça devrait pouvoir se faire.

Maura se sentait à deux doigts de perdre patience. Ça n'était pas dans ses habitudes, mais ce nouveau client n'était franchement pas très doué. Il n'était pourtant ni anxieux, ni inhibé. Au contraire, même, il s'était déshabillé en un clin d'œil, impatient de lui agiter sa trique sous le nez. Mais sa technique laissait à désirer. Il avait le geste beaucoup trop saccadé. Elle lui avait longuement parlé, d'une voix apaisante, en s'efforçant de le convaincre de ralentir, de garder le poignet souple, de s'ouvrir à ses propres sensations. Mais c'était trop lui demander. Son bras était agité d'un mouvement compulsif et mécanique, comme s'il avait été atteint du syndrome de la Tourette.

C'était l'antithèse de ce qu'elle avait vécu avec Don. Une nuit tout en nuances, en sensations délicates, fondues, harmonieuses. Leurs corps s'étaient immédiatement mis à l'unisson.

Supporter la présence de ce type, c'était comme de mordre dans du papier-alu, ou d'entendre des ongles crisser sur un tableau noir. Ça l'horripilait.

Ce fut trop pour elle. À bout de patience, elle fit une chose qu'elle s'était pourtant juré de ne jamais faire. Lui arrêtant la main, elle empoigna son sexe.

— Regardez, je vais vous montrer…

Elle le fit jouir en un rien de temps.

Amado s'était écroulé sur le canapé devant sa *telenovela.*

C'était jour de relâche à l'hacienda. Fernando s'était absenté, et Gloria s'était mis en tête de séduire le curé du coin. Amado croisait les doigts pour que le *padre* ne tombe pas dans un piège aussi grossier. Quand on décide de se consacrer à la religion, c'est un engagement ferme, et il n'y a plus que ça à faire – s'y consacrer.

Amado avait une vocation, lui aussi. Il avait voué sa vie à l'alcool, au stupre et à la délinquance. Corps et âme. Ce qu'il célébrait en transformant sa propre peau en une véritable icône du péché de chair. Pour lui, il aurait été tout aussi déplacé de débarquer dans une église en déclarant qu'il voulait entrer dans les ordres que, pour le *padre*, de tomber dans les bras de Gloria.

Mais le curé était à deux doigts de succomber – qui ne l'aurait été, à sa place, avec le nez dans le décolleté de Gloria, qui semblait plus prometteur et plus mystérieux que les abîmes du Pacifique… Amado espérait encore qu'il allait retrouver ses esprits. Qu'il ferait preuve d'un peu plus de cran. Se souviendrait de ce qui l'avait convaincu d'épouser la voie de Dieu, en lui promettant de résister aux plaisirs éphémères que lui faisait miroiter Gloria. Sinon, comment pourrait-il encore oser célébrer la messe ?

Norberto et Martin étaient de retour. Norberto avait les pieds pleins de terre. Il laissa ses chaussures sur le seuil pour ne pas en mettre dans toute la maison.

— *Hola.*

Amado leva le nez.

— *Hola, pendejo. Cómo fue ?*

— *Bien. Todo bien.*

— Tout est sous contrôle, ajouta Martin.

— *Curado, vato.*

Amado n'en crut pas un mot. À certains signes qui ne trompaient pas, il sentait qu'il y avait un lézard. Mais il fit mine de rien. Martin se dandinait d'un pied sur l'autre.

— Il est toujours là, Esteban ?
— Il est reparti chez lui.
Martin hocha la tête.
— Je vais lui passer un coup de fil, histoire de voir si tout va bien.
— Comme tu veux.
— Et ton bras, il est toujours là ?
— Au frigo.
Martin hocha la tête.
— Faudrait songer à s'en débarrasser.
— Pourquoi ?
— Parce que c'est une preuve, mec, s'interposa Norberto.
— C'est *mon* bras.
— Si les flics venaient à mettre la main dessus…
— *Las placas* ne l'auront jamais. *Entiendes ?*
Amado leur lança un regard acéré, mais Martin revint à la charge.
— Esteban a dit qu'il faudrait s'en débarrasser.
— Esteban, c'est pas son bras.
— Qu'est-ce que tu comptes en faire ?
À cela, Amado n'avait pas de réponse.
— J'en sais rien, *pendejo*. Mais je veux le garder.
— Jusqu'à ce que la police le retrouve.
— C'est à moi, *pendejo*.
Martin et Norberto échangèrent un regard entendu.
— En attendant, j'ai besoin d'une bonne douche.
Amado ne desserra pas les dents. La main de Gloria remontait le long de la cuisse du *padre*.
— *Yo necesito descansar, también.*
Amado tourna la tête vers Norberto.

— *Vale, cabrón.*

Norberto et Martin s'attardèrent quelques secondes avant de quitter la pièce. Amado leva les yeux au ciel. Ils mijotaient quelque chose, ces deux-là. Ou alors ils avaient complètement foiré l'opération de terrassement. À moins qu'ils n'aient été raides défoncés. Avec Martin, c'était difficile à dire. Il avait toujours l'air faux cul, ce *baboso* qui croyait tout savoir sur tout, et à qui il restait pas mal de choses à apprendre. Bah ! se dit Amado, quoi qu'ils aient derrière la tête, l'apprentissage promettait d'être rude et douloureux, pour l'un comme pour l'autre.

Il ramena son regard vers la télé juste à temps pour voir le *padre* piquer du nez entre les gros seins de Gloria, en demandant pardon à Dieu pour ce qu'il s'apprêtait à faire.

Les faux culs, Amado n'avait jamais pu les blairer.

Morris jouait encore à Tetris quand Bob arriva.

— Alors ? t'en es à quel niveau ?

Morris s'arracha à l'écran.

— Et toi, mec, t'en es où ? Qu'est-ce que t'as fabriqué depuis hier matin ?

— J'ai été retenu.

— Tsss.

— Quelqu'un a remarqué mon absence ?

— Oh, personne, à part le chef, les flics et tout l'UCLA.

— Le boss est en rogne ?

Morris secoua la tête.

— Il est surtout inquiet, mon pote. Comme nous tous.

— Inquiet, toi ? Pour moi ?

— Ouais.

Bob sourit.

— J'aurais jamais cru que tu t'en ferais autant pour moi.

— Eh, c'est pas ce que tu crois… Pas à ce point-là.

Bob rigola.

— Je vais aller m'expliquer chez le chef.

— Passe aussi un coup de fil aux flics, pendant que t'y es.

— Ouais, ouais.

Bob tourna les talons.

— Tu devais vraiment l'avoir dans la peau, mec.

Bob s'immobilisa.

— Quoi ? Qui ça ?

— Ben, ta copine…

Rien que la vérité, s'exhorta-t-il.

— Ouais. Exact.

Esteban se plongea dans les glouglous de son jacuzzi et laissa se dissoudre les tensions des dernières vingt-quatre heures. Question coup foireux, Amado avait vraiment tout pulvérisé, mais il restait un des rares mecs sur lesquels Esteban pouvait compter, qu'il pouvait honorer de sa confiance. Il se promit d'avoir une petite conversation avec lui au sujet de ses démêlés avec Carlos Vila, mais il n'était plus question de le supprimer. Amado lui était plus utile vivant.

Lupe lui apporta des chips et un bol de guacamole. Elle avait passé un maillot une pièce bleu marine. Esteban ne put empêcher son regard de se promener le long des courbes déliées de son corps, tandis qu'elle entrait dans le jacuzzi pour déposer le plateau près de lui.

— *Gracias.*

— *De nada.*

Elle lui sourit. Ce sourire…

Esteban se demanda si le moment n'était pas venu pour lui de se ranger un peu – et pourquoi pas, de se marier. Jusque-là, son intention avait été de se dégoter une Américaine, ce qui aurait eu l'avantage de simplifier les procédures pour sa carte verte. Mais les Américaines, c'étaient sacs d'os et compagnie. Elles ne pensaient qu'à leur ligne et à faire les boutiques. Esteban trouvait ça rebutant. Elles jacassaient à longueur de journée, et toujours sur le même sujet – leur physique, ou celui des autres femmes, avant et après intervention de leurs chirurgiens respectifs. Des poupées dépourvues d'âme.

Esteban prit une chips et la trempa dans la purée d'avocats. La mixture verte épicée se répandit sur sa langue. C'était piquant, brûlant et rafraîchissant. Ça avait à la fois un goût de terre et de soleil, de coriandre et de piment *jalapeño,* d'oignon et de citron vert. Ça lui rappelait le Mexique. Toutes ces bonnes choses qu'il avait laissées derrière lui. Le guacamole, songea-t-il. Ça, c'était un plat qui avait de l'âme…

Elle le regardait en souriant. Il prit une autre bouchée.

— *Te gusta ?*

— *Sí. Muy rico.*

Il la regarda se couler dans l'eau, centimètre par centimètre. Elle était merveilleuse. Pas besoin de bikini affriolant, ni de silicone. Elle était nature, telle quelle, et c'était un plaisir de la regarder. Elle n'essayait pas de tromper son monde. Elle aussi avait ce goût de terre et de soleil. Elle aussi avait de l'âme. Comme le guacamole.

Maura longea la façade de l'immeuble. Une pancarte indiquait que l'entrée se trouvait sur l'arrière. Curieux. Il y avait pourtant en façade une porte qui lui avait paru en parfait état, mais elle était barrée d'une grille métallique. Un dispositif de sécurité, sans doute… si ce n'est qu'elle voyait mal ce qui aurait empêché d'éventuels agresseurs de débarquer par l'arrière.

Elle contourna donc l'immeuble, pour rejoindre l'entrée de derrière. Franchissant les portes de verre, puis un imposant détecteur à métaux, elle jeta un coup d'œil aux alentours. Impressionnant. C'était la première fois qu'elle mettait les pieds dans une armurerie. L'infinie diversité des modèles, des tailles et des catégories d'armes la laissa bouche bée. L'air était chargé de senteurs pénétrantes – un mélange d'huile et de poudre, de bois et de métal.

Elle se mit à déambuler entre les rayons, envoûtée. Qu'est-ce qu'ils dégageaient de si particulier, ces objets ? Qu'est-ce qui faisait naître en elle ce tressaillement quand elle en prenait un en main ? Elle n'y comprenait rien. Sa seule certitude : tenir une arme réveillait des choses obscures en elle. Une sorte de connexion qui la reliait à une source d'énergie primale. Sexuelle. À la vie et à la mort. Création et destruction. Explosion et silence. Elle n'avait jamais rien ressenti de comparable.

Elle chassa ces pensées en voyant arriver un employé, qui s'adressa directement à ses seins :

— Vous cherchez quelque chose pour la maison, ou pour votre sac à main ?

— Je ne sais pas…

Elle n'avait effectivement aucune idée de ce qu'elle fichait là.

— Quelque chose de polyvalent, peut-être ?

— Eh bien, ce serait un bon point de départ…

Le vendeur, un Blanc bien en chair aux joues vermeilles, arborant une casquette à l'effigie des LA Dodgers, parut la jauger.

— C'est votre première arme ?

Maura hocha la tête.

— N'ayez crainte. Quand on les utilise correctement, on ne court aucun risque.

— OK.

Il contourna un comptoir vitré où étaient exposées des armes de poing de toutes marques. Des Glock noirs les plus sinistres et des Walther les plus menaçants aux petits Smith & Wesson, sans compter la multitude des semi-automatiques, des revolvers et des machines à tuer de tout poil. Il lui sortit un Beretta. C'était gros, noir, méchant. Professionnel. Le genre d'arme qu'on voyait entre les mains des tueurs, dans les films.

Il fit jouer le petit capot du dessus, pour lui montrer la chambre.

— Beretta neuf millimètres, semi-automatique. Fabrication italienne. Excellente qualité. Double action. Chargeur de quinze. Avec ça, vous clouez sur place n'importe quel intrus avant même qu'il ait eu le temps de baisser son froc !

Elle empoigna l'arme. C'était encore plus lourd qu'elle ne l'aurait cru.

— Je peux vous proposer une version plus légère. Modèle *Centurion*. Certaines femmes en sont équipées dans la police.

Maura actionna un levier et le pistolet se referma avec un petit claquement hargneux.

— Aïe !

— Attention à vos doigts ! Ça pince fort, ce truc.

Mais Maura n'était pas particulièrement attirée par cette arme. Elle lui semblait froide, dénuée de personnalité.

— Je préférerais quelque chose de plus… traditionnel.

— Genre Far-West ?

— Non. Celles des détectives dans les films policiers, vous voyez… ?

— Très bien, oui.

Il lui sortit un Colt Detective Special. Un petit revolver de poche, avec un barillet de cinq centimètres. Mais ça ne l'inspirait pas davantage. Elle le prit en main et le laissa pendre à bout de bras, comme un poisson mort.

— N'auriez-vous rien de plus… gros ?

— Mais certainement !

Il tira de la vitrine un Colt Anaconda qu'il posa sur un petit tapis de feutre. Ça, c'était un flingue. Argenté, étincelant, muni d'un canon de vingt-trois centimètres et d'une jolie crosse en bois.

— Mais il est un peu lourd. Vous risquez d'avoir du mal à ajuster votre tir, avec ce genre d'arme…

— Il est vraiment beau.

Le vendeur hocha la tête.

— Oui. Il a de l'allure. Et efficace, avec ça. Six coups. Canon neuf pouces, avec poignée ergonomique version combat. Barillet à éjection rapide, bande de canon ventilée – strictement indispensable, compte tenu de la longueur du canon –, chien à prise large. Le tout en acier inoxydable.

Et plus le vendeur lui vantait ses mérites, plus le Colt lui semblait désirable. En l'empoignant, elle sentit son pouls s'accélérer. Elle avait les mains moites.

— Combien ?

— Six cents dollars.

Elle s'attendait à plus. C'était peu, pour une telle merveille.

— Parfait. Je le prends.

Le vendeur la regarda, plein de zèle :

— Je peux vous parler en toute franchise ?

— Allez-y.

— Vous n'arriverez pas à tirer, avec ce modèle. Il est trop lourd. Et bien trop gros pour vos jolies petites mains.

Mais de ça, Maura n'en avait cure.

— Ce qui me plaît, c'est l'objet lui-même.

— Il existe des tas de modèles qui vous plairaient tout autant, et avec lesquels vous pourriez tirer.

— Mais c'est celui-là que je veux.

— Et comme moi, je veux votre bonheur…

Maura lui décocha son plus beau sourire.

— Je suis aux anges.

Bob n'en revenait pas. On se serait cru dans une série télé. Deux flics étaient venus le cueillir au bureau pour l'emmener à Parker Center, et ils n'avaient pas desserré les dents de tout le trajet. Puis ils l'avaient fourré dans un ascenseur et piloté jusqu'à cette petite salle où il se trouvait à présent.

Il s'était assis sur une chaise pliante métallique, près d'une affreuse petite table, style administratif. Au plafond bourdonnait un tube de néon. Il n'y avait pas de fenêtre. Juste un miroir sans tain sur un mur. Une bouche d'aération lui crachait un courant d'air confiné.

Le flic qui l'interrogeait s'était attablé face à lui, avec une tasse de café. De temps à autre, il griffonnait quelques notes sur un bloc, tâchant apparemment de reconstituer l'ordre chronologique des faits.

— Et après ça, vous vous êtes disputé avec elle, à son cabinet ?

— Ça n'était pas une vraie dispute. Disons qu'on a parlé.

— Vous avez parlé. Et ensuite ?

— J'ai pris ma voiture et je suis parti.

— Où ça ?

— À Hollywood. Du côté de Laurel Canyon, et à Studio City.

— Vous vous êtes arrêté quelque part ?

— À un Starbucks.

— Lequel ?

— Ça, pas la moindre idée. Il doit y en avoir des millions…

Sous ce tir nourri qui lui mettait les nerfs à rude épreuve, Bob était parvenu à garder un minimum de calme. Pas de tremblement. Ni de sueur froide. Il lui arrivait parfois d'hésiter sur la façon de formuler telle ou telle réponse, mais il veillait à éviter toute arrogance comme toute désinvolture excessive. Il avait le juste degré de nervosité. Car ça tombait sous le sens, même un innocent est un peu anxieux quand un flic l'interroge.

— Est-ce que c'était dans la Valley ?

Bob hocha la tête.

— Je crois, oui.

Le flic en prit note.

— Et pendant tout ce temps, avez-vous bu, ou pris de la drogue ?

— Eh, dites donc ! Je ne suis pas du genre à conduire en état d'ivresse !

Le flic le dévisagea un instant.

— Ça m'est complètement égal. Ce qui m'intéresse, c'est l'information.

Bob soupira.

— J'avais bu un verre ou deux.

— Des verres de quoi ?

— De tequila.

— Où l'avez-vous bue, cette tequila ?

— Dans ma voiture.

— Vous conduisiez avec une bouteille dans votre voiture ?

— J'étais en stationnement.

— Vous vous souvenez de l'endroit ?

— Dans une rue, quelque part.

— À Studio City ?

— À Burbank, il me semble.

— Et ensuite ?

— Je me suis endormi.

— Dans votre voiture ?

— Oui.

— Et vous ne vous êtes pas souvenu que vous aviez des livraisons en cours ?

— Si, bien sûr.

— Et alors ? Pourquoi n'y êtes-vous pas allé ?

— J'étais perturbé.

— Perturbé ?
— Ouais. Je n'avais pas la tête à travailler.
— Vous auriez pu revenir au labo et demander votre journée.
Bob opina du bonnet.
— Je regrette de n'y avoir pas pensé sur le moment.
Le flic écrivit encore quelques lignes sur son bloc. Bob le fixait d'un regard on ne peut plus sincère.
— Je suis désolé si j'ai mis la pagaille. C'était pas intentionnel.
Le visage du flic gardait une expression grave et fermée.
— Vous avez fait obstruction au bon déroulement d'une importante enquête criminelle.
— Vraiment, je suis désolé. Je ne savais pas.
— Vous saviez pourtant qu'un des colis était destiné à la police, exact ?
— Oui.
— Il y avait donc toutes les chances pour que ce soit important, non ?
Bob baissa l'oreille, l'air penaud.
— Si, bien sûr. Je vous prie de m'excuser.
— Un peu tard pour les excuses, Bob.
— Vous allez m'arrêter ?
— Pas encore.
Bob se demandait pourquoi ce flic travaillait seul. Ceux qui étaient venus le chercher étaient deux. À supposer que celui-ci ait joué le rôle du méchant, il aurait bien voulu voir le gentil intervenir – celui qui compatirait un peu à sa détresse. Mais d'un autre côté, si celui-là était le gentil, il ne tenait vraiment pas à rencontrer le méchant. L'un dans l'autre, mieux valait n'avoir affaire qu'à un seul flic.

— À 5 heures de l'après-midi, vous n'êtes pas revenu à votre bureau, mais vous n'êtes pas non plus rentré chez vous. Vous avez gardé la voiture. Vous avez dormi dedans ?

— Non.

— Où avez-vous passé la nuit ?

— Dans un motel.

— Où ça ? Vous vous en souvenez ?

Ça, il ne risquait pas de l'oublier…

— Au Travelodge, à Glendale.

Le détective en prit note et lui jeta un regard dénué d'aménité.

— Bien ! Je vais vérifier tout ça. Y a-t-il quelque chose que vous souhaiteriez ajouter ou modifier ?

Bob soutint son regard.

— Non.

— Vous en êtes sûr ?

Le flic avait durci le ton. Il essayait par tous les moyens de déstabiliser Bob. De le faire craquer. Et il y parvint… Bob se mit à râler.

— Écoutez, je vous ai dit que j'étais désolé, OK ? J'ai pas livré le colis dans les délais, et je vous ai présenté mes excuses. Mais j'ai une vie privée, moi aussi. Ce jour-là, j'avais des problèmes à régler, OK ? Alors avant de me juger, demandez-vous dans quel état vous seriez, vous, si la femme de votre vie venait de vous larguer !

Un flic en uniforme vint chercher Bob et Don resta seul. Quelque chose le turlupinait. Il n'aurait su dire si c'était parce que Bob était l'ex de Maura. Il n'aurait pas été impossible que ses sentiments pour Maura influent négativement sur l'impression que Bob produisait sur lui. Mais les réactions de Bob lui semblaient un poil trop prévisibles. Don connaissait la musique. Certains s'imaginent savoir ce que les flics attendent d'eux. Rien de trop dramatique, ni de trop détaché. Le genre de conduite qu'adoptent les coupables qui ont vu trop de films policiers.

Don avait annoncé à Bob qu'il devrait rester en garde à vue, le temps qu'il aille vérifier son histoire. Bob avait vigoureusement protesté, puisqu'il n'était pas en état d'arrestation. À quoi Don avait riposté en l'assurant que ça n'était pas un problème et que, s'il y tenait, il pouvait très bien l'arrêter officiellement, pour obstruction à la justice.

Quelques heures de garde à vue – Don s'était toujours demandé pourquoi les gens en faisaient tout un plat. S'ils étaient innocents, leur intérêt n'était-il pas de coopérer… Mais l'expérience lui avait démontré que c'étaient justement les innocents qui protestaient avec le plus de véhémence, quand on leur annonçait qu'ils allaient devoir patienter quelques heures sous les verrous.

Or, Bob avait protesté, vigoureusement.

Mais il n'en avait pas pour bien longtemps. Une petite visite au Travelodge Motel et il en aurait le cœur net. Si Bob avait menti, ça lui laisserait toute latitude pour faire monter la pression, serrer la vis et jouer un peu avec ses nerfs.

Martin était assis dans la cour, un joint au bec. Un adage lui trottait dans la tête, tenace comme un mantra : Qui ne risque rien n'a rien. On ne fait pas d'omelette sans casser d'œufs. La fortune sourit aux audacieux – et comme on roule son joint, on le fume. Un petit pas pour moi, un pas de géant pour l'humanité.

Norberto le rejoignit, une bière à la main. Martin lui tendit le joint, mais il secoua la tête.

— Je crois que j'ai réfléchi, au sujet du plan.

Martin cligna les yeux. Ça, c'était à prévoir. Quelques petits nuages floconneux, dont la blancheur scintillait sur le bleu intense du ciel, s'effilochaient paresseusement. Il se tourna vers Norberto.

— Qui ne risque rien n'a rien.

— Quoi ?

— Qui ne risque rien n'a rien.

Norberto hocha la tête d'un air pénétré.

— Ouais. Mais si ça nous revient dans la gueule, hein ? *Nos chingamos,* mec.

— Ça ne nous reviendra pas dans la gueule. C'est un plan en béton.

— Ça, c'est toi qui le dis, mec. Tu comptes sur un truc qui pourrait facilement foirer.

— Comme ?

— *Las placas.* Tu comptes sur ces *jalapeños* à la con pour arrêter tout le monde, mais si ça ne se passe pas comme ça ?

— Ça se passera comme ça. Exactement.

Norberto secoua la tête.

— S'ils étaient si malins, ça ferait longtemps qu'ils nous auraient tous arrêtés.

Martin se tourna vers Norberto. Il avait de plus en plus de mal à contenir son impatience.

— Jusqu'à présent, ils n'avaient aucune raison de le faire. Et tu sais pourquoi ? Parce que c'est mon boulot. Je fais les plans. Je blanchis l'argent. Je m'occupe des paperasses. Voilà pourquoi.

— C'est peut-être aussi qu'on a eu du pot.

Martin sursauta. La braise de son mégot commençait à lui brûler les doigts. La douleur court-circuita sa colère. Il y eut un instant de battement, durant lequel il resta cloué sur place, avec ses synapses qui s'entrechoquaient sous son crâne comme les balles du loto. Enfin, tout rentra dans l'ordre. Il écrasa son mégot par terre, les yeux fixés sur Norberto dont les états d'âme l'avaient brusquement ramené sur terre.

— T'as la trouille, c'est tout.

— Possible, mec. Possible.

— Je surveillerai tes arrières.

Norberto vida sa bière.

— Les gens auxquels tu veux te frotter, ils se donnent même pas la peine de tirer dans le dos, mon pote.

Bob partageait sa cellule, un réduit sombre et malodorant, avec deux autres détenus. Un jeune Vietnamien qui lui parut particulièrement féroce, et un Latino râblé d'une trentaine d'années, tous deux étendus sur les couchettes. Le Vietnamien avait le teint légèrement verdâtre et la peau luisante de sueur, comme sous l'effet du manque, comme s'il avait été en quête de son prochain sniff de colle. Le Latino restait immobile, étalé sur le bat-flanc de bois, comme un poulet désossé. Tous deux semblaient résignés à ce que leur réservait le destin.

Bob subodorait une manœuvre d'intimidation. Le flic l'avait mis au trou pour le faire craquer, mais pour l'instant, ce qu'il voyait de plus menaçant, c'était la cuvette du W-C en inox qui trônait dans son coin, au vu de tous.

Elle avait ceci de terrifiant que Bob avait envie de pisser. La tension de sa vessie avait dépassé depuis belle lurette les limites de ce que l'on peut supporter lorsqu'on est, par exemple, coincé dans un embouteillage. Le vague petit signal d'alarme avait fait place à des élancements de plus en plus insistants. Ses reins commençaient à protester, eux aussi, et la douleur lui cisaillait le bas du dos. Mais il se sentait incapable de se soulager en public. Ça l'intimidait.

On aurait entendu une mouche voler dans la cellule. Pas un bruit de voix, pas une radio. Son jet serait la seule source de distraction dans la pièce. Et quelque chose lui disait que s'il se levait pour pisser trois gouttes, il serait sodomisé avant que midi n'ait sonné. S'il voulait les tenir en respect, il devait lâcher une belle cascade, généreuse et puissante. Il avait le trac, comme jamais auparavant.

Il sentit une larme ruisseler sur sa joue. Sa vessie hurlait au secours, et il n'avait pas la moindre idée du nombre d'heures qu'il lui faudrait passer en garde à vue. S'il n'arrivait pas à se soulager d'urgence, il allait fatalement se pisser dessus. Et ça aussi, c'était à éviter.

Il se leva donc et s'approcha discrètement de la cuvette en inox. Il souleva l'abattant et abaissa sans hâte sa fermeture Éclair. Il remercia le ciel de tourner le dos à ses deux codétenus, tandis que le bout de son gland émergeait timidement de sa braguette, comme s'il rechignait à mettre le nez dehors. Pas question de tirer sur sa bite ; ils auraient pu penser qu'il se touchait… Il parvint enfin à la sortir suffisamment et la maintint de sa main droite.

Et puis – rien. Il tâcha de se détendre. Pensa à Felicia. Se représenta une balade dans les bois, puis sur la plage. N'importe quoi qui puisse l'entraîner loin de cette cellule puante, de ces deux types, de cette putain de cuvette.

Il prit une profonde inspiration et poussa un grand soupir. Et ça démarra. D'abord en un maigre filet, comme si ses craintes avaient décidé de se matérialiser. Mais la pression de sa vessie fut la plus forte et, progressivement, le filet se transforma en un beau jet, dru et retentissant. Une seconde larme roula sur sa joue. Il eut le sentiment de respirer un air plus frais, comme après avoir retenu son souffle une année entière. Sa queue s'affirmait, s'exhibant hardiment, plus vaillante que jamais… Le sourire lui revint.

Il pissait comme un véritable étalon.

À son retour de Glendale, Don trouva l'enveloppe sur son bureau. Flores était à son poste, dans le box voisin, plongé dans les pages de sport.

— C'est arrivé quand ?

— Pendant que tu étais sorti.

— Tu ne m'as pas appelé ?

— Et la surprise, alors ?

Don décacheta l'enveloppe en toute hâte et parcourut le rapport.

— Max Larga ? Qui ça peut bien être ?

Flores haussa les épaules.

— Eh, c'est ton enquête, non ?

Bob faisait admirer son tatouage au Latino lorsque Don vint le chercher. Bob n'avait aucune inquiétude quant à son histoire. Il savait qu'elle tiendrait. En arrivant dans le motel, il avait même pensé à échanger quelques mots avec le réceptionniste, pour qu'il se souvienne de lui. Don lui expliqua qu'il le laissait repartir, mais que le LAPD se réservait le droit de demander son inculpation pour obstruction à la justice s'il s'avérait qu'il avait menti, qu'il était complice du meurtre ou qu'il refusait de coopérer. Bref, le sermon de circonstance. Bob hocha la tête. Sa priorité était de prendre le large. On avait apporté des plateaux de déjeuner. Du maïs en boîte accompagné de sortes de boulettes de viande, le tout évoquant, par l'odeur et la consistance, de la pâtée pour chiens bouillie. Tout en lui soulevant le cœur, cela lui avait fait, curieusement, gargouiller l'estomac.

Comme il quittait le service, Don se tourna vers lui :

— Max Larga, ça vous dit quelque chose ?

— Qui ça ?

— Max Larga.

Bob eut l'air songeur.

— Non. Désolé.

Don lui remit sa carte de visite.

— Si vous vous souvenez de lui, ou si quelque chose d'autre vous revient, appelez-moi. D'accord ?

Bob prit la carte.

— Bien sûr.

Martin entra dans la maison. Amado ronflait sur le canapé devant la télé qui baragouinait en espagnol. Norberto était reparti chez lui. Martin se dirigea vers la cuisine et ouvrit le réfrigérateur où gisait, toujours emballé dans sa cellophane, le bras d'Amado.

Dans la lumière crue du frigo, il avait l'allure d'un vieux sandwich oublié là. Martin cligna les yeux, l'esprit encore embrumé de cannabis, puis, avisant un bocal de pickles, il fut pris d'une soudaine envie d'en croquer un. Il plongea la main dans le bocal. Le goût piquant de la chair ferme et froide du cornichon le ramena à sa mission. *Qui ne risque rien…*

Comme il mastiquait son pickle les yeux rivés sur le bras, il entendit très distinctement des voix. Celles de ses parents qui le pressaient de terminer son école de droit et de décrocher son MBA. Celles de ses copains de fac qui ne parlaient que de fusions et d'acquisitions – et jusqu'à celle de son vieil entraîneur de l'équipe de natation du lycée. Et tous lui serinaient la même rengaine : Fais quelque chose de ta vie !

Il remit le bocal de cornichons en place, fit main basse sur le bras, puis, s'assurant qu'il était bien emballé, fila par la porte de derrière.

16

DON N'AVAIT PAS QUITTÉ BOB DE L'ŒIL. Bob appuyant sur le bouton de l'ascenseur. Bob promenant autour de lui un regard désinvolte, aussi tranquille que s'il avait passé tous ses week-ends dans un poste de police. Bob se curant les ongles ou contemplant ses godasses. Et ce tressaillement, à l'arrivée de l'ascenseur…

Peu à peu, Don avait senti poindre au creux de son estomac ce titillement persistant qui gagnait à présent toute sa poitrine. Ça, c'était son instinct qui lui soufflait que quelque chose ne collait pas. Qu'il y avait un lézard.

Bob s'était trop ostensiblement désintéressé de Larga. Cette nonchalance étudiée, et ce petit sursaut de joie à l'arrivée de l'ascenseur, qui n'avait pas échappé à Don. Comme s'il avait eu le sentiment de s'en tirer à bon compte.

Don s'interrogea sur lui-même. N'y avait-il pas un peu de jalousie, de sa part, à l'égard du livreur ? Bob avait été le petit ami de Maura. Elle avait accepté d'emménager avec lui. Chose que Don n'avait pas encore obtenue d'elle. Elle devait l'avoir aimé, à une époque. Don mesura l'étendue de ce qu'il ignorait d'elle. Elle avait partagé la vie de ce type qui était on ne pouvait plus différent de lui. Mais en ce cas, que lui trouvait-elle donc, à lui ? Peut-être avait-elle mûri. Tiré les leçons de son expérience avec ce fumiste immature. Peut-être avait-elle décidé de se trouver un homme mûr, stable, honnête. Et travailleur. Ça devait être ça.

Il résolut d'accorder à Maura le bénéfice du doute.

Mais il était contrarié. Ses sentiments pour elle déréglaient son instinct de flic. Il se morigéna. Il avait travaillé trop dur pour laisser cette enquête partir à vau-l'eau. Il devait se reprendre d'urgence, se concentrer, réexaminer chaque détail. Se mettre en quête de la moindre incohérence. Rétablir les liens entre des éléments à première vue sans rapport. Reconstruire le puzzle.

Son esprit de fin limier, qui avait le tranchant d'une lame d'acier, s'autorisa un instant de vagabondage. Le temps de se remémorer le décolleté de Maura à la lueur des chandelles. La vision fugitive, mais très précise, de ses seins ballottant doucement, à l'unisson, l'ébranla. Il se serait bien offert un autre donut.

Sur les marches de Parker Center, Bob se retrouva dans la splendeur d'un coucher de soleil hollywoodien. Il était en pleine forme. Débordant d'énergie. Sur le toit du monde. Il avait non seulement survécu à l'interrogatoire, mais il s'en était tiré comme un chef. Bon sang, ça lui filait une de ces triques !

Il piaffait d'impatience à l'idée de faire son rapport à Esteban. Il avait roulé les flics dans la farine. Ils n'avaient pas l'ombre d'une piste. Sa version était non seulement plausible, mais vraie ! Tout collait parfaitement. Fous de rage, ils avaient essayé de le faire mariner dans une geôle infecte, pleine de tueurs sanguinaires et de criminels endurcis, mais ils s'étaient cassé les dents sur lui. Il avait même forcé le respect de ses codétenus par la puissance de son jet de pisse ! Il était plus coriace qu'ils ne l'imaginaient – et nettement plus futé. À cette idée, il se sentit un poil à l'étroit dans son jean. Il allait falloir fêter ça dignement !

Esteban lui avait fait mémoriser un numéro spécial qu'il devait appeler dès qu'il serait relâché. Il avait pour instructions de trouver une cabine tranquille, de composer le numéro, d'annoncer son nom, puis de raccrocher et d'attendre. Esteban avait promis de le rappeler dans les cinq minutes. C'était un plan par satellite. Impossible de remonter à la source de l'appel. Et si les flics parvenaient à retrouver le numéro d'origine, il ne les mènerait qu'à une cabine téléphonique, quelque part, à un coin de rue. Pas à lui. Il aurait dû appeler Esteban, mais il avait l'esprit ailleurs. Se précipitant dans la première cabine disponible, il composa le numéro de Felicia.

La boîte de poudre à récurer et l'éponge étaient toujours dans la baignoire. Tout comme la tache de sang. *Putain de tache,* se dit Norberto. *Ça va être coton, de virer ça...* Mais d'un autre côté, tant que la tache serait là, il ne pourrait plus mettre les pieds dans sa baignoire. Il se retroussa donc les manches et se mit à frotter. Fort et longtemps. C'était comme de poncer de la porcelaine, mais ça marchait. La tache reculait, millimètre par millimètre.

Plus il y réfléchissait, plus les prétentions de Martin lui semblaient ridicules. S'il se figurait que les autres membres de *la Eme* allaient se tourner les pouces pendant qu'ils feraient main basse, Martin et lui, sur le puissant trust fondé par Esteban et sur ses filiales, toutes plus lucratives les unes que les autres. Qu'est-ce qui empêcherait un autre *jefe* de prendre la main ? Un Jared Samuel ou un Tomás Hernández, qui leur tomberait dessus en un éclair, sans même leur laisser le temps de remballer leur bite et de faire leurs prières.

S'il lorgnait vraiment la place d'Esteban, c'était un mec comme Amado qu'il lui fallait. Un homme respecté. Au moins ça, ou il était cuit. Amado, et toute une armada de flingues.

Norberto secoua la tête. Il avait peine à croire qu'il ait pu marcher dans une combine aussi nase. Une chance qu'il ait retrouvé ses esprits à temps. Il avait bien fait de dire à Martin de laisser tomber. Mais comment avait-il pu croire une seule seconde que ça marcherait ? Qu'est-ce qui lui était passé par la tête ? Il devait être raide défoncé, ce jour-là. Et maintenant qu'il y réfléchissait, effectivement…

Il *était* défoncé.

Martin quitta Ventura pour prendre à droite dans Laurel, et continua tout droit, traversant le canyon en direction d'Hollywood. Son plan était de déposer le bras au poste de West Hollywood. Pour provoquer un pataquès bureaucratique à cause des problèmes de juridiction entre le LAPD et la police municipale du secteur.

Le bras était près de lui, à la place du mort. Il tremblotait et tressautait sur le siège avant au gré des mouvements de la voiture, comme s'il avait été animé de mouvements gauches, saccadés. Ça commençait à lui porter sur les nerfs. Même pris sous la cellophane, les doigts frémissaient imperceptiblement, comme dans un film d'horreur qu'il avait vu. L'histoire d'une main, la main d'un tueur qui se mettait à vivre sa propre vie, étranglant tous ceux qui passaient à sa portée. Or, Amado était un tueur. C'était vraiment le bras d'un tueur…

Il s'arrêta à un feu et le fit disparaître sous le siège.

Le feu était passé au vert. Il poursuivit son chemin en direction des collines. Lorsqu'il atteignit la ligne de crête, laissant derrière lui la Valley, il se rangea sur le bas-côté et coupa le contact. Puis il mit pied à terre, histoire de s'éloigner un peu de ce foutu bras qui lui filait toujours la chair de poule. Et il resta planté là, à contempler l'horizon dans la lumière déclinante.

À ses pieds s'étendait l'immense grille de Los Angeles. Elle scintillait à perte de vue et dans toutes les directions, secrétant sa propre atmosphère, comme une galaxie animée d'une étrange vitalité. Là-haut, dans les derniers rayons du couchant, les avions zébraient le ciel crépusculaire de leur sillage rose.

Martin aimait Los Angeles. Il aimait sa façade artificielle : soleil, blondes, palmiers, décapotables – *We love it!* Mais à y regarder d'un peu plus près, sous le lifting toujours un peu plus tendu qu'elle présentait au monde, on découvrait une tout autre ville. Plus composite. Et plus inquiétante.

Ce qu'on apercevait en surface n'était qu'une première couche. Celle de la vie quotidienne, ordinaire. Boulot.

Supermarchés. École. Flirts. Rencontres. La strate la plus visible. Mais dessous, il y en avait une autre. Une subculture invisible, vivant en symbiose avec celle du dessus, échangeant de la came, du sexe et des DVD pirates contre du fric. Un énorme flux de fric destiné au commerce de toutes ces choses qui rendaient plus supportable la vie en surface. L'argent sué par tous ces gens qui se crevaient au boulot – pour échapper à la faim ou payer les traites de leur BMW neuve –, et qui se tenaient à l'affût de la moindre occasion d'oublier leurs souffrances ou de se sentir un peu moins largués dans la masse. Des montagnes de fric. Des milliards qui s'engloutissaient dans cet obscur labyrinthe souterrain au nom des plaisirs éphémères – bien plus que n'en collecteraient jamais ces petits cons du fisc –, et venaient irriguer tout un univers invisible.

Et sous cette couche souterraine, il y en avait une autre, puis une autre, tout aussi invisibles – comme ces poupées russes de plus en plus petites, qui s'emboîtent les unes dans les autres.

Tout le savoir-faire de Martin consistait à puiser de l'argent sale provenant des couches souterraines et, tel un magicien sur une scène de Las Vegas, de le faire resurgir en surface, éblouissant de blancheur. C'était un excellent tour. Mais jusque-là, il n'avait pu exercer son art qu'au profit d'autrui. L'heure était à présent venue de bâtir pour lui-même…

Comme il s'apprêtait à se rouler un joint, il constata, surpris, qu'il était presque à court d'herbe.

Don avait fini de dactylographier sa demande de mandat de perquisition. On l'avait avisé que le traitement des demandes en cours était suspendu ce jour-là, mais qu'en cas d'urgence il pouvait faire passer sa requête en priorité. Sinon, il pouvait toujours attendre le lendemain. Un autre jour, il aurait essayé de passer en force, sous prétexte que Larga était peut-être encore vivant, qu'il était peut-être grièvement blessé, bloqué dans sa maison, attendant des secours. Mais Don aurait mis sa tête à couper qu'il n'en était rien. Larga devait être mort à l'heure qu'il était, et ce ne serait pas une demi-journée de plus ou de moins qui y changerait grand-chose. Sans compter qu'il avait rendez-vous avec Maura, et que pour rien au monde il n'aurait voulu être en retard. Il passa donc en coup de vent au service du District Attorney, se hâta de déposer sa demande et sauta dans sa voiture.

Alors qu'il arrivait en vue de chez Maura, à Hollywood, il remarqua une librairie et décida de s'y arrêter.

Il eut tôt fait d'y repérer les ouvrages de Larga. Ils étaient tous sur le même rayonnage. *La Grande Cuisine, La Grande Cuisine II* et, son best-seller, *La Grande Cuisine pour tous.* Don les feuilleta. Sur chacune des trois couvertures s'étalait une photo de Larga dégoulinant de morgue et d'autosatisfaction, avec une coupe de cheveux branchouille qui tentait vainement de lui donner du style… Comment ce type avait-il pu croiser le chemin d'Esteban Sola ? Ça n'avait ni queue ni tête.

Don parcourut quelques recettes. Figues fourrées au foie gras. Blinis au caviar, parfumés à l'huile de truffe blanche, filets de porc rôtis aux raisins et au romarin – et une section entière consacrée aux vins, avec la liste des plats et des crus conseillés pour les accompagner.

Don s'offrit un exemplaire de *La Grande Cuisine pour tous*. Ça pouvait toujours servir…

Felicia vint lui ouvrir.

— *Hola*, Roberto !

Bob était tellement heureux de la retrouver qu'il en resta bouche bée, souriant d'une oreille à l'autre.

— Tu veux entrer ?

— Bien sûr.

Il franchit le seuil sans se départir de son sourire béat, et regarda autour de lui. L'appartement était une vraie merveille du genre. Dans le seul living, quatre murs peints se disputaient son regard. Un pan de mur rose fuchsia jouxtait une cloison vert chartreuse qui luttait avec l'ocre orange de la suivante, et l'indigo de la quatrième. Au plafond pendaient des guirlandes de papier bariolées, décorées de petits squelettes du *Día de los Muertos*. Quelques bougies odorantes brûlaient sur les tables et les étagères.

Mais ce qui retint le regard de Bob, ce furent les murs eux-mêmes, recouverts de *milagros**, de portraits et de reproductions des œuvres de Frida Kahlo. À vue de nez, Bob en compta plusieurs centaines, voire un millier.

— Tu as l'air de l'aimer, cette chère Frida.

Felicia sourit.

— Tu as entendu parler d'elle ?

* "Miracles" en espagnol. Ce sont des ex-voto en fer blanc très courants au Mexique.

— Bien sûr.

— C'est ma sainte patronne.

Bob lui lança un regard perplexe.

— Parce que c'est aussi une sainte ?

— C'est la mienne, en tout cas.

— Ta petite sainte personnelle ?

— Elle me soutient, Roberto. C'est d'elle que me vient ma force. Tiens, tu vas voir…

Elle vint lui nouer ses bras autour du cou, et lui posa sur les lèvres un gros baiser humide.

— Tu sens ça ?

— Peut-être un peu, oui.

— Et là ? fit-elle en l'embrassant à nouveau.

— Oh que oui !

On aurait cru voir une divinité maya. Lupe se tenait devant lui, nue, dans la lumière tamisée du jacuzzi qui faisait doucement miroiter sa peau sombre et les rondeurs dc scs seins. Une vraie déesse. Esteban se laissait flotter dans l'eau chaude tandis que la tequila se répandait dans ses veines. Il leva vers elle un regard contemplatif. La déesse mère du Mexique.

Elle lui tendit un bol de terre cuite plein de guacamole bien frais. Un présent de cette déesse maya. Et là, ses derniers doutes s'envolèrent. Il était fou amoureux.

— Je t'en ai apporté un autre bol.

Il trempa l'index dans la purée fraîche.

— Hmmm ! Tu fais le meilleur guacamole que j'aie jamais goûté.

— *Verdao ?*

— *Cierto!*

Pris d'une soudaine impulsion, Esteban plongea la main dans la mixture verte et lui en tartina le ventre. Elle se laissa faire, toujours souriante, sans le moindre geste de résistance ou de retrait. Elle restait parfaitement calme, ouverte à tout. Elle ne le jugeait pas.

Il en prit une autre poignée et lui en enduisit les seins. Puis, comme il lui donnait la becquée du bout des doigts, il sentit sa langue tiède lécher la purée d'avocats à même sa peau. Elle poussa un petit gémissement d'aise.

— J'adore le guacamole.

Elle se coucha sur le ciment tiède, tandis qu'Esteban léchait l'épaisse mixture verte sur son ventre, d'abord, puis en remontant en direction de ses seins, jusqu'à ce qu'il l'ait rejointe. Il sentait sous lui son corps délié, à la fois robuste et souple. Ce qui restait de guacamole sur leur peau n'était à présent plus qu'une pellicule visqueuse qui accompagnait chacun de leurs mouvements, les réunissant de plus en plus étroitement. Il sentait la chaleur qu'irradiait sa peau. Comme le soleil de midi sur le *zócalo*.

Merde, grogna Martin en freinant sec, surpris par un feu rouge. Ils n'auraient pas abrégé l'orange, récemment ? Putain, il en aurait mis sa main au feu ! Abaissant le regard, il constata que le bras d'Amado avait glissé vers l'avant. Quelques doigts émergeaient de l'emballage défait. *Pas question de toucher à cette saloperie.*

Balayant les alentours du regard, il repéra un Burger King dont l'enseigne lumineuse avait injecté son message subliminal directement dans son cerveau. Ses neurones réagirent au quart de tour, quoique en ordre dispersé, et relayèrent le message à son estomac, où la perspective d'un hamburger-frites déclencha immédiatement des gargouillis.

Le feu était repassé au vert, mais il ne démarra pas. Son estomac criait famine. Martin était aux prises avec une de ces soudaines fringales, si communes aux adeptes de la ganja.

Le con du 4x4 de derrière se mit à jouer du klaxon, le tirant sans ménagement de sa catatonie. Il écrasa l'accélérateur et, dans une embardée, s'engagea dans l'allée du Burger King réservée au service à emporter. Il s'arrêta devant le tableau des menus et parcourut la liste. Il était récemment tombé sur une émission télé consacrée à la maladie de la vache folle et s'était solennellement juré de bannir la viande rouge de son ordinaire. Mais il avait le choix. Il pouvait aussi commander des petits trucs frits ou encore d'autres trucs frits fourrés. Un menu enfant. Des cookies. Ou des beignets d'oignon. Une voix métallique le pressa de faire son choix, mais il ne se démonta pas.

— Une seconde, s'il vous plaît.

— Voulez-vous le super-maxi-menu ?

— Je n'en sais rien. Je peux jeter un œil ?!

Y avait tout de même pas le feu, si… ?

Il s'abîma dans l'étude du menu. Poulet frit, croquettes de poulet, beignets de poisson. Un sandwich au poisson… ? Ou alors juste quelques frites… La voix lui corna à nouveau aux oreilles.

— Décidez-vous, monsieur. Vous bloquez la file !

Il jeta un coup d'œil à son rétroviseur. Deux ou trois autres voitures attendaient derrière lui. Il se hâta de passer sa commande. Un hamburger au poulet, des frites, un soda. Pourquoi ne vendaient-ils pas d'alcool ? Il se serait volontiers offert un petit shot bien tassé.

Il avança jusqu'au guichet, prit sa commande et continua. Ils étaient vraiment rapides. Comment arrivaient-ils à tout préparer ? Même au micro-ondes, ça ne pouvait pas être prêt si vite…

Martin conduisait d'une main tout en farfouillant de l'autre dans le sac tiède, dont il finit par extirper son sandwich. Mais les frites s'en échappèrent, et se répandirent sur le siège, sur le sol – et sur le bras.

Et merde !

Il engloutit son sandwich.

Un curry de légumes mijotait dans la sauteuse. Don et Maura s'embrassaient sur le canapé. Elle s'arracha de ses bras.

— À propos… je suis allée m'acheter une arme, cet après-midi.

L'information mit quelques secondes à filtrer dans l'esprit de Don.

— Quoi ?

— Je suis allée m'acheter un revolver. Un Colt Anaconda.

— Rien que ça ! Tu n'en as pas besoin.

— Mais j'en voulais un.

Inutile d'essayer de contrer ce genre d'argument. En dépit de toutes ces années à constater les dégâts, délibérés ou non, provoqués par les armes à feu, Don restait persuadé que tout citoyen avait le droit d'en posséder une, et de l'avoir sur soi.

— Et tu sais tirer ?

Elle se mordilla la lèvre et se pencha vers lui.

— Non… mais je compte sur toi pour m'apprendre !

Il lui sourit. Certains de ses collègues venaient au stand de tir accompagnés de leurs femmes ou de leurs petites amies. Il entendait déjà les commentaires, dans le poste, quand ils verraient arriver Maura.

— Quand tu veux.

— Je dois attendre dix jours, pour l'avoir.

— Ça va passer vite.

— Tu parles ! Qu'est-ce qu'ils ont besoin de vérifier ?

— Il suffit de quelques minutes pour consulter ton casier. En fait, ces dix jours sont ce qu'on appelle un délai de décompression.

Maura lui lança un regard interrogateur.

— Imagine que tu te sois fait virer par ton patron, et que tu sois vraiment hors de toi. Mieux vaut que tu ne puisses pas filer t'acheter un flingue à l'armurerie du coin et revenir aussi sec descendre ton boss. D'où l'importance de ce délai…

— Mais ça se produit pratiquement tous les jours, ce genre d'incident.

— Exact. Mais avec des flingues que les meurtriers possédaient depuis un certain temps.

— Mais, je ne suis pas hors de moi ! Je veux simplement avoir mon propre Colt.

Don haussa les épaules.

— Tu vas l'avoir. Plus que quelques jours de patience.

Elle poussa un soupir.

— C'est pas juste.

Don l'enveloppa de ses bras et lui déposa un baiser sur le front.

— La justice n'est pas de ce monde…

Elle vint se blottir contre lui et, tout en lui caressant le dos, se fraya un passage vers la ceinture de Don et le holster qui y était accroché. À la seconde où sa main rencontra le métal, Maura sentit quelque chose qui débordait, du côté de son entrejambe, tandis que son autre main s'attaquait à la fermeture de la braguette et s'insinuait dans le caleçon. Aussitôt, tel un étalon hors du starting-gate, le sexe de Don fit irruption à l'air libre.

Maura changea légèrement de position, pour pouvoir garder une main sur sa queue, et l'autre sur son flingue. Puis, se laissant glisser à ses genoux, elle le prit dans sa bouche.

Don sourit. C'était vraiment son jour de chance.

Bob revint à lui sous l'œil de Frida Kahlo. C'était lui qu'elle regardait comme ça… ? Il se rendit compte qu'il avait encore ses chaussures et que son pantalon était tire-bouchonné autour de ses chevilles. Felicia s'affairait dans la cuisine. Elle avait entrepris de démouler des glaçons et de les transborder dans des shakers. Il remonta son pantalon, souriant aux anges. Il avait peine à y croire. Il avait fait tant de chemin, en si peu de temps. Hier encore, sa vie entière gravitait autour des humeurs de Maura, de son ordinateur et de ce job à la con. Il n'était qu'un tocard d'intello. Et fier de l'être ! Il écoutait de la musique de con, se sapait comme un con, et tuait le temps comme un con, en surfant sur internet ou en lisant des mangas.

Le tout en étant persuadé d'être supercool ! Mais vu d'ici, en y réfléchissant… qu'est-ce qu'il avait dans la tête ?

Si on lui avait prédit tout ça – sa rencontre avec ces dangereux gangsters, l'interrogatoire chez les flics et son idylle avec cette volcanique beauté latine, eh bien… en toute honnêteté, qui aurait gobé un truc pareil ?

Mais à présent, il commençait à croire que le monde avait rime et raison. Il n'était plus le même homme. Sa vie avait désormais un sens. Même s'il eût été incapable de dire lequel. Pour l'instant.

Felicia arriva avec deux cocktails.

— *Y ahora ?*

— Quoi ?

Du menton, Felicia lui indiqua un grand portrait de Frida Kahlo.

— Qu'est-ce que tu en dis, maintenant, de ma sainte patronne ?

Bob porta son verre à ses lèvres en réfléchissant à la question.

— Elle n'a qu'un sourcil.

— Et alors ? fit Felicia en se tournant vers l'affiche.

Il posa son cocktail et se pencha vers elle pour lui poser un baiser très tendre sur la joue.

— C'est peut-être une sainte, mais toi, t'es une vraie déesse !

La télé babillait toujours quand Amado émergea de ses rêves. C'était un western, américain ou italien – impossible à dire, c'était doublé en espagnol. Pour autant qu'il pût en juger, c'était peut-être même un western espagnol doublé en mexicain… Mais il préférait encore ça à sa *telenovela*, qui commençait à prendre un tour étrange. Elle venait le hanter jusque dans son sommeil. La *telenovela* elle-même n'était d'ailleurs qu'une sorte de rêve. Des fragments de réalité. Dans la vraie vie, les gens ne passaient pas leur temps à comploter. Ni à se trahir les uns les autres. Ni à séduire n'importe qui… Quoique.

Chingao. Il nageait en pleine confusion. Il se redressa et se pencha pour éteindre la télé. Il était assoiffé. Déshydraté. Il se hissa sur ses pieds et se rendit dant la cuisine. Là, comme il tendait la main vers la porte du frigo, il ressentit une douleur, curieusement diffuse. Ça ne faisait pas vraiment mal, c'était plutôt une angoisse physique. La douleur de tendre un membre qui n'existait plus. De faire un geste que l'on ne pouvait plus faire. Un geste fantôme, accompagné d'une sensation fantôme. Comme dans ses rêves. Il avait rêvé qu'il était le *padre* de la *telenovela* et qu'il avait pris Gloria dans l'église, sur l'autel. Il avait encore son odeur dans les narines, et sur la peau, la tiédeur de son corps qui s'arc-boutait dans un spasme de plaisir, renversant le calice et les hosties sur les dalles du chœur. La scène lui semblait encore si criante de vérité…

Comme il ouvrait la porte du frigo pour y prendre une *chela*, il ne lui fallut pas plus d'une seconde pour s'apercevoir que son bras avait disparu. Son bras, qui était enveloppé dans du plastique sur une plaque métallique. La plaque était toujours là, mais le bras… *se fue*! Et il comprit instantanément.

Ce *pendejo* de Martin s'était cassé avec son bras.

Martin était garé sur Santa Monica Boulevard, en face du poste de police de West Hollywood, au beau milieu du quartier gay. Il voyait déambuler des colosses moulés dans leurs jeans et leurs débardeurs. Des montagnes de muscles qui roulaient gracieusement des mécaniques en baladant leur chien, bavardaient par petits groupes ou se rendaient à leur bar favori. Martin ralluma le mégot de son joint. Ça n'était qu'une strate de plus… La communauté gay. Il existait une culture gay, une économie gay, tout un réseau d'homosexuels qui se soutenaient mutuellement dans leur homosexualité. La strate gay. Un couple le dépassa, main dans la main, avant d'entrer dans une librairie. Ils étaient vêtus de cuir noir et chaussés de grosses bottes, avec des chaînes qui leur battaient la cuisse – ça, c'était une strate dans la strate. La fraction gay-SM. Il eut un sourire rêveur en s'avisant tout à coup que la ville était composée d'une infinité de ces strates et sous-strates. Comment se faisait-il que personne n'y ait pensé avant lui ?

Il avait fumé son mégot jusqu'au filtre. D'une pichenette, il l'envoya balader par la fenêtre et observa le poste de police sur le trottoir d'en face.

Et là, il percuta.

Impossible de débarquer au poste avec le bras coupé d'un meurtrier. Il se retrouverait sous les verrous en moins de deux.

Et merde.

L'idée lui vint alors de piquer un sprint et de balancer le bras dans l'entrée. Mais ils devaient avoir un système de surveillance vidéo. Ils finiraient donc par retrouver sa trace, et par le coffrer pour l'interroger. Et comment leur expliquer qu'il se trouvait en possession d'un membre sectionné que tout le monde croyait entre les mains de la police ?

Et re-merde.

Il se laissa aller contre son dossier, accablé, à court d'herbe et d'idées. Tout était contre lui. Sans doute aurait-il mieux fait de rentrer à la planque et de remettre le bras dans le frigo, comme si de rien n'était. De laisser les choses reprendre leur cours normal. Continuer à obéir à ces illettrés dont les compétences se limitaient au meurtre, au rapt et au pillage, à essayer de leur expliquer les stratégies financières les plus élémentaires.

Et re-re-merde.

Ça, c'était vraiment la dernière chose qu'il voulait.

Il ferma les yeux.

Et là, comme c'est si souvent le cas dans la vie, à l'instant même où il allait jeter l'éponge devant cette accumulation d'obstacles, l'inspiration lui vint sous la forme d'une armoire à glace se baladant avec un magnifique schnauzer toiletté avec amour qui s'arrêta au coin de la rue, devant une boîte aux lettres bleue, où il déposa une grande enveloppe.

Putain… mais oui !

Martin s'empressa d'emmailloter le bras dans son film plastique défait, non sans emprisonner quelques frites au passage, puis il courut glisser le bras dans la boîte aux lettres.

17

Norberto sortait de sa douche. Il s'était changé de pied en cap, avait enfilé une chemise fraîchement repassée et s'était écroulé dans son fauteuil préféré, devant la télé. Ôtant ses chaussures, il posa les pieds sur un vieux carton ayant autrefois contenu un ordinateur volé, et ouvrit une bière bien fraîche. Depuis le matin où Amado avait frappé à sa porte avec son épaule qui pissait le sang, il n'avait pas eu une seconde. Il avait perdu jusqu'au souvenir de ce que ça pouvait être, une vie normale. Tout était devenu *loco.* Mais maintenant que les choses semblaient se tasser, il allait à nouveau pouvoir se consacrer aux joies simples, ses préférées. Prendre sa voiture pour aller à Van Nuys ou à Venice relever les compteurs pour Esteban. S'occuper d'une livraison à l'entrepôt de Glendale avec Amado, ou aller faire un tour dans l'East Side, histoire de fourguer un flingue ou deux, et de s'envoyer quelques *carnitas.*

Ça, c'était clair, net et sans bavures. Tant qu'on restait entre pros, rien ne pouvait vraiment foirer. Sans compter les avantages en nature. Les tournées qu'il se faisait offrir dans une foule de bars. L'entrée gratuite dans les clubs, avec coupe-file. Et les filles – *caramba,* elles lui tombaient toutes dans les bras. *Y porqué no ?* Il était jeune et beau, *guapo,* sapé comme un prince et, sur une piste de danse, personne ne lui arrivait à la cheville pour la salsa, la samba ou la cumbia. Il avait une jolie bagnole et ses poches recelaient une source intarissable de came et de fric. Avec lui, on avait toujours de quoi faire la fête jusqu'au matin.

D'un côté, les conneries d'Amado lui avaient profité. Ça lui avait permis de prouver au chef qu'il avait des *cojones* – ce qui était une bonne chose. D'un autre côté, ils avaient frôlé la catastrophe. Une foule de détails auraient pu leur échapper et les foutre dans la merde. Mais pour l'essentiel, ils semblaient s'en être sortis.

Il fallait qu'il prenne ses distances avec Martin. Ce *gringo* était un danger public. Peut-être Norberto aurait-il dû le dénoncer à Esteban et à Amado, lui et son fameux plan. Cafter n'était pas bien vu, mais là, c'était un cas de force majeure. Et ça ne pouvait que le faire mousser, aux yeux du chef. D'ailleurs, Martin commençait à l'agacer. S'il fallait un *gringo* dans la bande, il lui préférait Roberto. Lui au moins, il était *simpático.*

Quelqu'un frappa à la porte. Fort. Il alla ouvrir. C'était Amado.

— *Hola, ese. Qué onda ?*

Amado entra et fit le tour de la pièce.

— *Vale pendejo.* Où il est, mon bras ?

Norberto tomba des nues.

— Quoi ?

— Mon bras. Où il est, putain ? *Dónde ?*

Là, Norberto comprit. La situation était grave.

— *Hijo de puta!* Putain, mec, c'est vraiment pas croyable.

— Quoi ?

Norberto alla éteindre la télé et se tourna vers Amado.

— C'est Martin, lui dit-il en le regardant bien en face. Il avait l'intention de piquer ton bras, cet enculé. Il voulait le balancer chez *las placas,* mais moi, je lui ai dit, putain, pas question ! C'est complètement *loco.* J'y suis pour rien, mec.

Norberto soutint le regard d'Amado, attendant une réplique ou une réaction qui ne vint pas. Amado ne desserra pas les dents. Il sortit un pistolet de sa ceinture et fit feu. Deux fois, en plein cœur.

Lorsque Bob annonça à Felicia qu'il n'avait plus d'appartement, elle lui proposa aussitôt, sans la moindre hésitation, d'emménager chez elle. Il fut à la fois flatté et pris de court. Évidemment, ils étaient unis par cette irrésistible passion, mais ne risquaient-ils pas de brûler les étapes ? Il se souvint que tous les événements des derniers jours semblaient suivre un cours prédestiné. Leur rencontre devait être écrite quelque part, mais tout ça leur était tombé dessus si vite. Le destin avait visiblement le pied au plancher.

Il se demanda s'il parviendrait à vivre sous le regard accusateur de toutes ces Frida. Mais bon, il n'avait rien d'un Diego Rivera. Il n'était ni un salaud ni un Don Juan. Bien sûr, il aimait bien surfer sur des sites porno, mais à l'époque Maura voyait défiler des types à poil toute la journée. Alors, l'un dans l'autre, ils étaient quittes.

L'espace d'un instant, il se demanda si Felicia ne s'identifiait pas à Frida Kahlo. Ce serait de mauvais augure. Les filles qui sombraient dans ce genre de trip sadomaso avaient vraiment besoin de voir un psy. Il la contempla un instant. Elle avait posé le pied sur la table basse du salon et se vernissait les ongles en orange vif. Ce qu'elle était belle, dans son grand T-shirt… En fait, se dit-il, ses craintes n'avaient aucune base réelle. Elles finiraient par s'évanouir d'elles-mêmes.

Sortant de sa poche le Polaroid du tatouage d'Amado, il l'examina longuement. Puis, après réflexion, il le colla sur le mur, tout près du grand portrait de Frida.

Felicia éclata de rire.

— Tu l'aimes, ce tatouage ?

— Oui.

— Je trouve ça vraiment drôle.

— Quoi ?

— Toi. D'être tombé amoureux d'un tatouage.

Il haussa les épaules.

— Un peu comme toi, avec tes Frida.

Felicia se pencha pour voir le Polaroid de plus près.

— Amado t'a dit que c'était moi ?

— Oui.

— J'espère être un peu plus jolie que ça !

Pour la première fois, le regard de Bob fit la navette entre elle et le Polaroid. Il n'avait jamais pensé à les comparer.

— Bizarre qu'il n'ait pas réussi à rendre tes cheveux…

Elle s'esclaffa.

— Le plus bizarre, c'est que tu croies toujours que c'est moi.

Bob n'aurait su dire si elle plaisantait.

— Parce que tu veux dire que... toi et Amado, vous n'avez jamais... ?

Elle lui sourit.

— Dans ses rêves, peut-être.

Bob en resta sans voix. Felicia vint l'embrasser.

— Mais si tu veux que ce soit moi, pas de problème. Ça peut très bien être moi !

— Je te trouve plus belle que tous les tatouages du monde.

— J'espère ! À ton avis, est-ce qu'un tatouage pourrait te faire ça...

Et, se penchant vers lui, elle lui roula un patin torride. Bob allait se laisser fondre sous sa langue, lorsqu'il se souvint qu'il n'avait toujours pas appelé Esteban. Il mit fin au baiser.

— Merde, j'ai un coup de fil à passer.

Elle lui indiqua la cuisine.

— Le téléphone est sur le plan de travail.

— Non. Faut que j'aille dans une cabine.

Felicia changea de visage.

— Je vois. Les affaires. Avec Esteban, c'est ça ?

Bob hocha la tête.

— Je dois l'appeler pour lui raconter comment ça s'est passé.

Elle semblait déçue.

— Et moi qui te prenais pour un type normal !

— Mais je suis un type normal.

— Arrête, Roberto. Aucun type normal n'appelle Esteban d'une cabine.

— Je vois ce que tu veux dire, mais tu dois me croire. Je suis un type normal qui fait des trucs que normalement les types normaux ne font pas. Pour l'instant, je n'ai pas le choix, mais je ne vais pas continuer toute ma vie. Et sûrement pas si tu es contre.

Elle lui sourit.

— Promets-moi d'être prudent, d'accord ? Et profites-en pour acheter quelques citrons verts à *la tienda.*

Amado contempla un instant le corps de Norberto. Putain, il était mort, et bien mort, ce *pendejo.* Une énorme flaque de sang s'élargissait sur le sol comme une crêpe monstrueuse.

Il aurait préféré traîner le corps jusqu'à un placard ou un endroit discret, mais il venait de faire une découverte pour le moins irritante : il suffisait d'un index pour envoyer quelqu'un *ad patres,* mais pour se débarrasser du corps, il fallait ses deux mains.

Amado fila dans la cuisine, croisant les doigts pour que Norberto ait menti. Mais son bras n'était pas dans le frigo. Il n'y trouva que des restes qui commençaient à moisir, près d'une bouteille de sauce piquante et d'un pack de bières. Il s'en prit une et revint dans le living. Il avait bien subodoré que Martin et Norberto mijotaient quelque chose, mais il n'aurait jamais cru qu'ils seraient assez cons pour le balancer aux flics !

Il poussa un soupir. Les jeunes… ! Ça fonce, bille en tête. Sans prendre le temps de considérer les choses sous tous les angles. Et ça leur jouait des tours, cette impulsivité. *Estúpido.* Il allait devoir appeler Esteban pour le prévenir. Mais d'abord, il voulait réfléchir un peu. Échafauder son plan, en descendant une petite bière.

Il fit sauter l'opercule de sa Pacifica et alla allumer la télé en évitant soigneusement la flaque de sang.

Bob attendait le coup de fil d'Esteban sur la 3e Rue, à deux pas de la Guatamalteca Bakery. Une file de plusieurs dizaines de clients qui attendaient leurs *pupusas,* leurs *conchas* et Dieu sait quoi, s'étirait jusque sur le trottoir. Une grosse Mexicaine, boudinée dans un pull bleu électrique, vendait des épis de maïs grillés sur un petit chariot rouge qu'elle tirait derrière elle, traînant dans son sillage deux ou trois gamins qui riaient et se filaient des baffes. À deux pas de Bob, un homme proposait des mangues pelées en brochette. Il sentit gargouiller son estomac.

Durant le bref dialogue de sourds qui s'ensuivit, Bob vit, non sans appréhension, le vendeur plonger la brochette qui lui avait paru si succulente dans un mélange de sel et de piment pilé. Bah, se dit-il. Alignons-nous sur les coutumes locales…

Bob attaqua la mangue à belles dents et, à sa grande surprise, la trouva délicieuse, ainsi relevée par la morsure du sel et la fournaise du piment. Il se jura de cultiver son ouverture d'esprit. Vivre à Los Angeles, cité du futur et espoir du monde, l'exigeait.

Le téléphone se mit à sonner. Il courut décrocher.

— Roberto.

Il résuma les événements pour Esteban : la livraison du bras, son arrestation, son interrogatoire, les tentatives d'intimidation des flics, et la manière dont il leur avait résisté. Il lui raconta comment il avait roulé l'inspecteur, et s'en était sorti sans y laisser la moindre plume. À quoi Esteban répondit qu'il était fier de lui, et qu'il lui ferait parvenir ses dix mille dollars en espèces, dans les prochains jours. Pour l'instant, il n'avait plus qu'à reprendre le boulot, comme si de rien n'était, en continuant à broyer du noir pour sa rupture. Le train-train habituel. Dans une semaine ou deux, Esteban le rappellerait pour lui proposer autre chose.

Bob raccrocha et termina sa mangue. Il allait devoir se mettre à l'espagnol. *Rápido.*

Martin remonta Beachwood Canyon en cherchant une place pour se garer. Le duplex où il voulait se rendre se trouvait à un bloc de là, mais il n'y avait jamais la moindre putain de place, dans cette putain de rue. Le quartier, autrefois tranquille, était à présent pris d'assaut par les hipsters, une foule d'aspirants scénaristes, acteurs et réalisateurs qui venaient s'entasser à Hollywood pour tenter leur chance. Un appartement pouvait bien abriter cinq colocataires, mais dans les rues du quartier, ça se traduisait par cinq voitures alignées au bord du trottoir. Martin fit donc le tour du bloc en priant les dieux du stationnement.

Il finit par dénicher une demi-place où il s'engouffra, laissant l'arrière de sa voiture en zone rouge. Un jour ordinaire, il n'aurait pas pris un tel risque. Les amendes, la menace de la fourrière ou, pire, du sabot – cet infâme instrument de torture issu des âges sombres que l'on fixe à votre roue – auraient suffi à l'en dissuader. Mais il n'avait plus d'herbe. Et ce soir-là, pas question de s'en passer.

Il coupa son moteur, serra le frein à main et, machinalement, picora quelques-unes des frites qui parsemaient le siège passager. Elles étaient depuis longtemps refroidies, et avaient pris un curieux arrière-goût. Il en eut la chair de poule – et si elles avaient été en contact avec le bras ? Le goût curieux, d'abord discret, s'intensifia. Il lui emportait la bouche, à présent. Les relents de graillon refroidi s'étaient métamorphosés en une puanteur accusatrice : Tu as dépassé les bornes, lui criait ce goût répugnant. Sale cannibale ! Tu es mûr pour l'enfer !

Il chercha dans le compartiment de sa portière une petite boîte de pastilles à la menthe qu'il avait toujours à portée de main, et s'en mit deux sur la langue. Leur goût mentholé, particulièrement fort, chassa celui des frites et lui rafraîchit le palais.

Puis il descendit de voiture et partit à pied en direction du duplex de son dealer. Les pastilles à la menthe et la fraîcheur de l'air du soir avaient dû lui secouer les synapses. Il se sentait soudain l'esprit plus clair et le pied plus léger.

Esteban conduisait au maximum de la vitesse autorisée, pour ne pas attirer l'attention de la police. Il ne se souvenait plus exactement du nombre de criminels, jusque-là florissants, qui avaient fini par se faire épingler lors d'un banal contrôle de routine, mais c'était impressionnant. Et, par-dessus tout, très bête. Le FBI, la DEA, ou un de ces innombrables acronymes anti-gangs pouvaient bien le coffrer, l'honneur serait sauf. Il irait à *la carcel* la tête haute, avec la certitude que les États-Unis d'Amérique avaient investi des milliers d'heures de boulot et des millions de dollars pour monter un dossier contre lui. Mais qu'un simple *maricón* de flic de la circulation le fasse tomber pour excès de vitesse…

Il n'avait pas perdu une seconde. Amado l'avait appelé en précisant que c'était *muy importante* et l'avait pressé de le rejoindre illico chez Norberto. *Ahora.* Amado n'était pas du genre à tirer la sonnette d'alarme pour des broutilles. S'il disait que c'était *muy importante,* ça l'était.

C'était agaçant. Roberto venait de l'appeler. Tout semblait s'être passé sans accroc. Roberto avait joué sa partie. Il se sentait curieusement fier de ce jeune *gringo.* Une fierté presque paternelle. Il avait même des projets pour lui. De grands projets. Car il n'était pas seulement futé, Roberto. Il dégageait un charisme, une *onda* qui pouvait faire merveille. Il avait le génie de la communication. Exactement ce dont Esteban avait besoin.

Maura avait envie d'une cigarette. Elle se serait damnée pour une de ces fausses clopes au clou de girofle que les Français fument dans les boîtes. Elle repoussa son assiette de riz complet et de légumes au curry et regarda Don. Il avait un sacré coup de fourchette. On aurait dit un réfugié affamé.

— C'est excellent. Vraiment.

— Ça te plaît ?

— Beaucoup.

Allongeant la main vers la bouteille de vin, il refit le niveau dans leurs verres, en commençant par celui de Maura. Un vrai gentleman.

— Le quartier est sûr, à ton avis ?

Don posa ses baguettes et soupesa la question.

— Ni plus ni moins qu'un autre. On est à Los Angeles, ici.

Elle hocha la tête.

— Je ne me sens pas en sécurité, seule dans cet appartement. C'est pour ça que j'ai pensé à m'acheter ce flingue.

Il lui sourit.

— T'es absolument incroyable.

— Incroyable ? Pourquoi ?

— Eh bien, disons qu'en général l'image qu'on a des végétariens s'accorde mal avec celle des propriétaires d'arme à feu.

— C'est pour décourager d'éventuels agresseurs.

Il lui lança un regard plein d'une bienveillante curiosité.

— Parce que tu as déjà été attaquée ?

— Les femmes ont tendance à se voir comme des victimes potentielles. C'est un fait social.

— Je doute qu'il suffise de se trimbaler une arme pour résoudre ce genre de problème,

— Ça ne se réduit pas à trimbaler une arme. C'est plutôt, eh bien, disons, une sorte de prise de pouvoir.

— Une prise de pouvoir ? La possibilité de descendre quelqu'un ?

Maura hocha la tête.

— Pas seulement. Il y a autre chose.

— Quoi ?

— J'en sais trop rien. Ce qui est sûr, c'est que c'est sexy.

Elle avait entrepris de déboutonner son chemisier. Le mieux n'était-il pas de lui faire constater *de visu* les effets de ce pouvoir tout neuf, dont elle se sentait investie ?

Ainsi, il ne pourrait plus faire celui qui ne comprenait pas. Elle ôta son chemisier.

— Passe-moi ton arme.

Il hésita. C'était formellement interdit, mais il était incapable de lui résister. Il porta lentement la main à son holster et en sortit son .38. Il le lui tendit, après s'être assuré que le cran de sûreté était bien en place.

— Sois prudente !

Elle prit le pistolet.

— Il ne s'agit pas de prudence, riposta-t-elle, en pointant l'arme sur lui. Il s'agit d'intimité.

Esteban se gara devant l'appartement de Norberto. Il commença par s'assurer que son arme était bien chargée et, dans la foulée, vérifia aussi sa cartouche de secours – rien de plus irritant que de constater que la nouvelle cartouche que l'on vient de charger est, elle aussi, vide. Une rude leçon qu'il ne risquait pas d'oublier, depuis le jour où deux flics mexicains avaient tenté de l'alpaguer dans une *cantina* de Juarez. Dieu merci, le barman, qui était un vieil ami à lui, avait toujours une arme à portée de main derrière son bar.

Il frappa. Amado vint lui ouvrir.

Comme il entrait dans la pièce, il fut à peine surpris de découvrir le corps de Norberto dans une mare de sang. C'était plus ou moins ce à quoi il s'attendait.

— Qui l'a tué ?

— *Yo.*

Ça, c'était une surprise.

— *Por qué ?*

— Ils ont piqué mon bras, Martin et lui.

Esteban mit moins d'une seconde à comprendre ce qui les menaçait. Il avait l'habitude des jeux de pouvoir, et il n'en était pas au premier complot contre lui et son équipe.

— Et le bras ? Où il est ?

— J'en sais rien. Il m'a dit que Martin comptait le refiler aux flics, ajouta-t-il, l'index pointé sur le cadavre.

C'était donc ça, leur plan – refiler le sale boulot à la police. Mais ça ne ressemblait pas à Norberto. Cafarder, ça n'était pas son style. Esteban s'approcha du corps en prenant bien garde de ne pas marcher dans le sang, et contempla Norberto.

— Avec un seul bras, je ne vais pas pouvoir l'enterrer.

Esteban toisa Amado et s'esclaffa :

— Eh bien, on dirait que ta carrière de *matador* est derrière toi, mon pote !

— *Lástima !*

— Qu'est-ce que tu vas devenir ? Tu as besoin de tes deux bras, ne serait-ce que pour conduire un taxi, ou desservir une table de restaurant.

— Ben, justement, tu vois... je pensais à un nouveau job...

Esteban le regarda bien en face en glissant discrètement la main en direction de son arme.

— Minute, *amigo !* s'exclama Amado, le bras levé en signe d'apaisement. C'est pas ton boulot que je vise. Je veux devenir scénariste de *telenovela.*

18

Bob se réveilla. Un rayon de soleil, filtrant entre les rideaux orange vif, lui éclaboussait le visage. Il se sentait comme dans un cocon de douceur et de sécurité. En pleine forme. C'était même son seul souci : cette gaule qui ne donnait aucun signe de capitulation. À ses côtés, Felicia ronflotait doucement. Miss Scarlett, dans la chambre, avec le tuyau de plomb – comme au Cluedo.

Il se souleva délicatement. Il fallait par-dessus tout éviter qu'elle l'ait sous les yeux au réveil. Ça dégénérerait aussitôt en partie de jambes en l'air et, franchement, il était sur les genoux. Ils avaient dû baiser une quinzaine de fois minimum depuis leur rencontre. Il était proprement lessivé. Un curieux petit tressautement lui agitait la paupière gauche…

Le premier truc qui se signala à son attention, au saut du lit, ce furent les écorchures, sur ses genoux. De grosses marques rouges, douloureuses. Et quand il se hissa sur ses pieds, son dos noué protesta vigoureusement. *Seigneur… j'ai l'impression d'avoir soixante ans.* Il passa à la salle de bains, clopin-clopant. C'était l'heure d'aller au boulot.

Don se rasa en toute hâte, ce qui lui valut deux coupures au menton. En temps ordinaire il ne se coupait jamais, mais ce matin-là, il n'avait pas la main sûre. Et en se regardant dans la glace, il s'avisa que ce type qui le lorgnait était pour lui un inconnu. Qu'est-ce qu'il lui arrivait ? Était-ce le boulot, tout ce stress accumulé, qui avait eu raison de lui ? Il avait entendu dire que ça arrivait à certains de ses collègues, qui se mettaient tout à coup à prendre des risques inutiles dans leur vie privée. Ils devenaient accros au danger – des junkies de l'adrénaline. Ça devait être ça... Peut-être aurait-il mieux fait de filer chez un psy... À moins que ce ne fût une face sombre de lui-même, à laquelle Maura avait seule accès... Ou alors, il faisait tout simplement le con.

Au début, il s'était persuadé qu'il avait trouvé l'Amour. Et il s'était dit qu'il était l'homme le plus heureux du monde. Cette femme splendide, intelligente, pleine de charme, à qui il semblait inspirer un tel désir... Un rocher aurait succombé à la tentation. Seigneur, ce corps – sans parler de sa conversation ! Mais après les événements de la veille, il n'était plus sûr de rien. Il aurait été incapable de définir précisément ce qu'il éprouvait. Une attirance névrotique, peut-être...

Car il aurait pu l'en dissuader. Ça, c'était sûr. Mettre fin à ce petit jeu, en lui disant que c'était trop dangereux, ou que ça le mettait mal à l'aise, ou que c'était un truc de dingue. Bref, n'importe quoi, mais tout stopper. Il aurait pu – merde... Il aurait *dû* le faire !

Et si le coup était parti... ? Il serait déjà refroidi, à l'heure qu'il était. Et qu'auraient dit les collègues ? Il serait devenu la risée de tout le service. Un objet de mépris et de dérision, pour tous les flics de tous les pays, pour les siècles des siècles. On aurait même inventé une règle spéciale, qu'on aurait enseignée à l'école de la police. La Loi de Don : "Un flingue n'est *pas* un jouet sexuel."

Martin se laissa rouler au bas de son lit, requinqué. Pour passer une bonne nuit, rien de tel que deux ou trois taffes de bang avec un Valium. Il décida de se passer de café et attrapa sa pipe à eau, qu'il bourra de quelques belles têtes dont le duvet doré phosphorait comme du néon dans la lumière matinale. Il allait avoir besoin de tout son sang-froid, ce jour-là. Il avait deux ou trois problèmes à régler – il s'était même fait une check-list la veille, avant d'aller se coucher.

Primo, appeler Esteban pour lui annoncer qu'il avait emporté le bras d'Amado et l'avait incinéré. C'était une connerie de laisser traîner une telle pièce à conviction. Il devait se rallier Esteban, le convaincre d'expliquer à Amado que c'était la seule option sensée. Comme ça, quand les fédéraux leur tomberaient dessus, ils se soupçonneraient mutuellement d'avoir mangé le morceau. *Diviser pour mieux régner.*

Secundo, faire un saut chez Norberto pour lui emprunter un flingue.

Tertio, mettre la main sur Bob et le supprimer.

Quatro – eh bien, il n'y aurait sans doute pas de *quatro,* parce que le temps qu'il ait retrouvé Bob et qu'il l'ait emmené se balader dans le désert, la journée toucherait déjà à sa fin.

Il fit glouglouter de plus belle l'eau de son bang et tira une bouffée spécialement énergique. Ouaip. Il se sentait d'attaque. Fin prêt. Il lâcha la fumée en un grand geyser gris. Ouais. Ça n'avait que trop tardé. Il était grand temps qu'il se prenne en main.

Maura alluma un bâton d'encens et prépara le fauteuil pour son premier client de la journée, en espérant que Larga n'oserait pas lui poser un second lapin. Qu'un client manque une séance, d'accord – ça arrivait sans arrêt. Ce qui était moins banal, c'était qu'il ne se soit pas donné la peine de rappeler pour s'excuser et confirmer son prochain rendez-vous.

Mais ce jour-là, elle ne relèverait même pas. Elle était dans une forme éblouissante. Elle nageait dans le bonheur. Elle rayonnait intérieurement. Elle se sentait comblée à un point… eh bien, à un point qu'elle n'aurait jamais imaginé. Elle n'avait pourtant rien eu à reprocher à Bob. Avec lui, le sexe était un exercice parfois épuisant, mais toujours joyeux. Avec Don, c'était tout autre chose. En un temps record, ils étaient parvenus à un degré d'intimité auquel peu d'amants accèdent. Il lui avait fait découvrir en elle-même des abîmes insoupçonnés, confinant presque au sacré. Avec lui, le sexe la touchait jusqu'au tréfonds de son être et la comblait d'un… eh bien, d'un formidable sentiment de complétude.

Ça l'ébranlait de la tête aux pieds.

Peut-être parce qu'il lui avait révélé sa propre puissance sexuelle. Ou qu'il la propulsait dans une sphère sacrée.

Don lui avait permis de garder son arme jusqu'à ce qu'elle ait la sienne. Elle ouvrit son sac pour y glisser un œil. La seule vue de l'objet lui mit les sens en émoi. Mais elle referma le sac. Plus tard… Pour l'instant, elle avait du boulot.

Bob poussa la porte de son bureau à United Pathology. Morris était déjà scotché à son écran d'ordinateur où s'affichait un site consacré au cannibalisme.

— Salut !

Morris leva le nez.

— Hey ! Salut, Roméo. Ça va ?

— Un peu fatigué.

Morris s'était fendu d'un grand sourire.

— Ouin, ouin ! T'as dû abuser des bonnes choses au lit, mon pote. Vraiment, je te plains.

— Je devrais peut-être faire un régime à base de protéines.

— Des huîtres, mon pote.

Bob hocha la tête. Des huîtres… Pour le moment, il se serait contenté d'un café.

— Ça ne te ferait rien, que je récupère mon bureau ?

Morris cliqua pour sortir du site.

— Pas de problème, mec.

Bob s'installa à son bureau dans l'espoir de retrouver un état normal. Pour une raison qui lui échappait, il avait une étrange envie de se replonger dans sa vie ordinaire. Ce matin, ça avait été tellement bon de se réveiller près de Felicia. Mais ensuite, sur le chemin du boulot, il avait été pris d'angoisse. Peut-être n'avait-il pas l'étoffe d'un véritable *latin lover* – et encore moins celle d'un truand mexicain. Il n'avait pas la carrure d'un Roberto… Ce qui expliquait que ses parents se soient contentés de le baptiser Bob.

Mais son bureau n'avait plus rien de réconfortant. Il s'y sentait mal à l'aise, comme s'il usurpait la place d'un autre. On ne revient jamais en arrière.

Morris lui-même le lorgnait d'un œil bizarre.

— Alors, elle est comment, ta nouvelle ?

— Différente, vieux.

Morris eut une petite moue déçue.

— Comment ça, différente ?

— Différente.

— Mais quel genre, la différence ? Culturelle ? Elle te fait des trucs que les Blanches ne font pas ? Elle est plus épicée ?

— Rien à voir avec le fait qu'elle soit mexicaine. C'est elle. C'est sa personnalité.

— Alors comme ça, t'es toujours amoureux ?

— Oui.

— Cool.

Bob tapa Frida Kahlo dans la fenêtre du moteur de recherche.

— T'es le seul type de ma connaissance à sortir avec une Mexicaine, mon pote…

Se détournant de son écran, Bob regarda Morris bien en face.

— Ça t'embêterait de retourner au Starbucks ?

Martin descendait Sunset Boulevard en direction du centre. Il allait voir Norberto pour lui emprunter une arme et l'avertir que le plan était lancé. Qu'ils devraient désormais surveiller mutuellement leurs arrières. Mais il sentait un drôle de petit tiraillement au creux de l'estomac. La conversation qu'il avait eue le matin même avec Esteban lui trottait en boucle dans la tête. *El Jefe* lui avait paru si calme. Martin lui avait énuméré toutes les raisons qu'ils avaient de se débarrasser du bras d'Amado. Et Esteban avait acquiescé. Il lui avait promis d'en parler à Amado, d'homme à homme, pour éviter toute embrouille. Il avait même félicité Martin de cette judicieuse initiative et l'avait invité à déjeuner. Ils avaient du pain sur la planche, lui avait-il dit.

Sa nouvelle opération – le forage d'un tunnel – s'avérait encore plus juteuse qu'il ne l'avait espéré. Il avait fait creuser un tunnel de trois kilomètres reliant une maison de Zaragosa, un petit *pueblo* des faubourgs de Juarez, à un vieux ranch abandonné, situé de l'autre côté de la frontière, au Texas, et qu'il avait acheté par l'intermédiaire d'une société fantoche sise dans le Delaware. Il se retrouvait à présent avec un excédent de liquide à écouler et songeait sérieusement à investir à Mazatlán.

Martin n'en revenait pas. Il n'y avait jamais cru, à ce projet de tunnel. Trop lourd. Trop gros. Trop voyant. L'affaire finirait fatalement par s'ébruiter. Il avait fait l'impossible pour en dissuader Esteban. Apparemment le chef ne lui tenait pas rigueur de cette erreur de jugement, et semblait même décidé à l'écouter et à le suivre sur le projet de Mazatlán.

Sauf que tout ça sonnait bizarrement faux. D'habitude, quand Martin se mettait le doigt dans l'œil, Esteban ne se privait pas de le lui faire remarquer en lui rappelant qu'un MBA, ça pouvait vous aider à décrocher un bon job à

Wall Street, mais que sur le terrain, ça ne valait pas une crotte de chien.

Quoique tenté de se défiler, en se faisant porter pâle par exemple, Martin était fasciné par la perspective de cet afflux d'argent frais. Où Esteban avait-il pu le cacher ? S'il découvrait la planque, il pourrait s'approprier le magot, tandis que les fédéraux jetteraient Esteban en taule. Plus la peine de prendre le pouvoir dans l'équipe ! Une fois qu'il aurait mis trois ou quatre millions à gauche, il n'aurait plus qu'à disparaître, en laissant à Norberto le soin de s'expliquer.

Il arrivait justement devant chez celui-ci. Il mit pied à terre, réfléchissant à ce qu'il allait lui raconter. Lui proposer de prendre la tête de la bande, par exemple. Jamais *la Familia* n'accepterait qu'un *gringo* se mette aux commandes, mais lui, il serait accueilli à bras ouverts. Norberto était assez crédule pour avaler ça.

Il sonna à l'interphone puis frappa à la porte. Deux ou trois gamins latinos dépenaillés le frôlèrent en passant sur leurs skates. Il cogna plus fort.

Norberto avait dû aller baiser quelque part en ville.

Martin fit le tour par l'arrière de la maison. Il connaissait la cachette de la clé de secours, sous un pot de cactus. Il la récupéra et entra.

— Norberto ?

À peine eut-il refermé la porte derrière lui qu'il sentit une forte odeur de détergent. La femme de ménage, une accorte Guatémaltèque, avait dû passer ce matin-là. Il traversa le living en direction de la chambre et jeta un œil dans la salle de bains. La baignoire étincelait. La femme de ménage était bel et bien passée.

Ouvrant le placard de la chambre, il en sortit une valise qu'il posa sur le lit pour faire un rapide inventaire du contenu. Plusieurs flingues – tous des Glock. Des boîtes de munitions. Un sachet d'herbe, trois flacons de pilules, une bonne livre de coke, et quelques paquets, emballés de cellophane et réunis par un élastique.

Martin prit l'un des Glock et vérifia qu'il était chargé, puis il fit main basse sur les paquets de cellophane. Il les mettrait dans les poches de Bob, pour suggérer qu'il dealait de l'héroïne. Une fausse piste de plus pour les flics, histoire de bien noyer le poisson.

Martin griffonna quelques mots sur un papier pour Norberto – "*Viva la Revolución*" – avant de repartir en prenant soin de bien refermer la porte derrière lui. Le plus dur restait à faire.

Amado s'était installé dans une petite cafétéria, en bas de chez lui, pour feuilleter le *LA Weekly*. *Carajo!* Il y avait toute une ribambelle d'annonces vantant les mérites des cours et des ateliers d'écriture, et ils avaient tous l'air plus bidon les uns que les autres. Il n'avait que l'embarras du choix. *Rédigez votre scénario en trente jours! Vendez votre manuscrit en une semaine! Le secret du succès dans le labyrinthe d'Hollywood... Comment rencontrer l'agent de vos rêves.* On aurait dit des annonces de recettes miracles pour perdre du poids – *Vingt kilos en moins d'une semaine! Je l'ai fait, vous pouvez le faire. Des milliers de clients satisfaits!*

Tous ces ateliers étaient dirigés par des profs qui faisaient ronfler leur nom comme s'ils étaient des stars de la profession. Mais pour Amado, c'étaient tous d'illustres inconnus.

Il cherchait un cours en espagnol, parce que les *telenovelas* étaient en espagnol, mais il n'en vit pas un seul. Enfin, pas de souci… tout ce qu'il voulait, c'était apprendre à écrire. Après, il n'aurait plus qu'à traduire.

Il finit par en choisir un. Le plus cher. Parce qu'il avait appris d'expérience qu'on en avait généralement pour son fric. Et le séminaire avait l'avantage de ne durer que deux jours. En deux jours, il aurait amplement le temps d'apprendre à écrire un scénario.

Il déchira l'annonce et la fourra dans sa poche.

Don fila ventre à terre au poste de West Hollywood. C'était Flores qui avait pris le message. Pendant une bonne heure, il ne lui avait rien dit, puis il avait ôté ses pieds de son bureau et avait émergé de sa page de sport pour lui balancer sans sourciller qu'un employé des postes – *une* employée, plus précisément, une lesbienne style camionneuse – avait découvert un bras dans une boîte aux lettres. Un bras correspondant trait pour trait à la description de celui qu'on avait retrouvé chez Carlos Vila.

Don avait donc sauté dans sa voiture.

Effectivement, le bras ressemblait comme un frère à celui de Larga. Sauf qu'il était emballé dans du film plastique et qu'il lui restait quelques frites coincées entre les doigts. Pour le reste, la ressemblance était si frappante que Don téléphona immédiatement au service des pièces à conviction de Parker Center, où on lui assura que l'autre bras, celui de Larga, reposait toujours, bien sagement, dans sa glacière.

Don expliqua à l'inspecteur de West Hollywood, un certain Lowenstein plutôt sympathique au demeurant, que ce bras était une pièce importante d'une affaire d'association de malfaiteurs, un énorme dossier sur lequel il travaillait depuis des années, et qu'il en avait besoin de toute urgence. Mais Lowenstein lui rétorqua platement que l'affaire relevait désormais de West Hollywood, et qu'il ne manquerait pas de lui communiquer les informations dès qu'elles seraient disponibles.

Don se garda bien d'argumenter. Il en toucherait un mot à son boss, un peu plus tard. Pour l'instant, les choses se corsaient.

Quelle barbe, cet ordinateur. Ces pages Web à la con, qui mettaient des heures à s'afficher – quand il n'y avait pas un bug, ou que l'URL n'avait pas changé, ou allez savoir quoi d'autre encore. D'ailleurs, qu'est-ce qu'il cherchait, au juste ? Il aurait été bien en peine de le dire. Il voulait surtout tuer le temps.

Et voilà ce que j'ai fait de ma vie jusqu'ici, se dit-il. *Tuer le temps, en attendant que ma page s'affiche...*

La porte s'ouvrit dans son dos.

— J'espère que t'as pris un café nature. J'ai horreur de la vanille le matin.

— Hé, salut, Bob.

Il leva le nez. C'était Martin.

— Salut mec, qu'est-ce que tu fais là ?

— J'ai besoin d'un coup de main. Tu aurais une minute ?

Bob hocha la tête. Dieu merci, une distraction.

— Bien sûr.

Bob jeta quelques mots sur un Post-it tandis que Martin promenait un regard méfiant autour de lui. Puis, se penchant, il lui glissa à l'oreille :

— Je t'expliquerai dans la voiture.

Amado avait de la chance. Il avait téléphoné au numéro de l'annonce et ils avaient une place pour lui. Les cours commençaient l'après-midi même. Il avait donc filé s'acheter un cahier d'écolier à grands carreaux et plusieurs stylos à bille.

Il était à présent dans un petit amphithéâtre d'Occidental College, à Eagle Rock, en compagnie d'une vingtaine d'autres aspirants scénaristes. Il jeta un œil autour de lui. La plupart de ses camarades étaient nettement plus jeunes. Certains pianotaient sur des portables dont l'écran scintillait devant eux. Amado avait repéré une petite Coréenne avec des nattes roses et une robe bain de soleil qui dévoilait quelques tatouages intéressants. Il y avait aussi plusieurs jeunes mecs, cheveux en bataille et grosses lunettes sur le nez, qui la ramenaient en prenant des airs supérieurs. Comme s'ils avaient déjà à leur actif plusieurs scénarios à succès et qu'ils ne venaient là que pour déconner. Il y avait enfin deux ou trois femmes d'âge mûr. Des intellos, habillées tout en noir, avec des lunettes design et des coupes asymétriques.

Amado était le seul Mexicain manchot.

Un téléphone portable se mit à sonner.

Le prof, un vieux beau auteur de quelques comédies pour ados qui avaient fait florès dans les années 1980, débarqua dans l'amphi. Il était *simpático* et très sûr de lui. Il commença par leur garantir qu'avec sa méthode et un peu de boulot, ils allaient tous se faire des couilles en or à Hollywood, en un rien de temps.

Ah, les encouragements… La nourriture spirituelle de l'écrivain.

Amado ouvrit grand ses oreilles et se mit à prendre des notes, pendant que le prof se lançait dans la description d'une "structure en trois temps". De temps à autre, le cliquetis des touches des portables lui faisait lever le nez. Ça lui tapait sur les nerfs, mais il allait lui en falloir un. S'il voulait mettre toutes les chances de son côté, il devait s'équiper comme un pro, avec un portable digne de ce nom. Il se promit d'appeler son pote Alberto après le cours pour lui demander s'il n'y en avait pas un qui serait tombé d'un camion, du côté de l'aéroport.

Après ça, le prof leur raconta comment un certain Shakespeare avait utilisé cette fameuse structure en trois temps – Amado voulut l'interrompre pour lui demander à quel moment on insérait les pubs dans les trois temps d'une *telenovela,* mais il se dit que ce genre de détail devait se régler de lui-même, une fois l'histoire écrite.

Le prof parlait. Les étudiants rigolaient. Amado notait tout.

Acte I – faire grimper le héros dans l'arbre.

Acte II – secouer le cocotier.

Acte III – le faire dégringoler.

Facile.

Esteban picorait sa salade. Il aurait préféré un *burrito* œuf et chorizo, mais Lupe trouvait qu'il mangeait trop gras. Il se retrouvait donc face à une salade. Et comme d'habitude, c'était *delicioso,* avec ces tranches de pamplemousse et d'avocats, ces flocons de chili et cette *lechuga* fraîche.

Mais il était préoccupé. Martin n'était pas venu déjeuner. Ce qui signifiait qu'il tramait quelque chose. *Jodido hinchapelotas gringo gorrón.* Les cafards, personne n'aimait ça.

Esteban s'apprêtait donc à prendre quelques mesures d'urgence. Jongler avec ses comptes en banque. Déplacer quelques entrepôts. Faire transiter des fonds par les îles Caïmans avant de les rapatrier vers un autre compte, ouvert en Californie. Il détestait ce genre de micmac. Mieux valait voler au-dessous des radars. Qui sait quand l'un de ces *pendejos* du fisc allait remarquer tous ces transferts et commencer à fouiner ?

Mais si Martin avait vraiment décidé de retourner sa veste, et tout semblait l'indiquer, il n'avait pas le choix. Il fallait assurer ses arrières.

La journée promettait d'être longue.

Bob regardait défiler le paysage derrière sa vitre tandis que la voiture filait sur Angeles Crest Highway, Martin au volant. Les broussailles de chaparral laissaient progressivement place à des forêts de conifères à mesure que la route rétrécissait, serpentant en direction du sommet du mont Machin-chose. Pivotant sur son siège, Bob regarda la Valley. Qu'est-ce qu'ils venaient foutre là ?

— Où on va, là ?

Martin lui lança un coup d'œil.

— Dans le désert.

— Cool, fit Bob en hochant la tête.

Bob supposa qu'il devait y avoir quelque chose à enterrer, dans le coffre. Ou qu'ils avaient rendez-vous avec un avion privé arrivant du Mexique avec une cargaison clandestine. Martin commençait à le gonfler, avec ses airs mystérieux. C'était peut-être l'herbe – les fumeurs ne sont généralement pas très causants – sauf quand ils sont intarissables. Bob ne savait plus. En tous cas, Martin ne desserrait pas les dents. Il ne l'avait sans doute pas à la bonne, se dit Bob. Il essaya d'alimenter un peu la conversation en lui racontant son séjour à Parker Center. Une affaire rondement menée. Les flics n'y avaient vu que du feu. Le plan de Martin était vraiment génial.

Martin lui dit de se taire.

Bob se dit qu'il ne lui avait pas pardonné le pain qu'il lui avait mis. Mais il ne tenait pas à remettre ça sur le tapis et se replongea dans la contemplation du paysage.

Une pulsation résonnait dans la tête de Martin. Il n'aurait su dire si c'était une réminiscence d'un titre des Beastie Boys, ou un rythme aléatoire généré par son cerveau. D'ailleurs, il s'en foutait, il faisait avec. Il le battait du plat de la main sur son volant. Tout plutôt que d'écouter Bob lui raconter ses exploits. *C'est ça, t'es le plus futé, Roberto. Cool de chez cool ! Mais ça m'empêchera pas de larguer ta sale carcasse dans le désert.*

Martin ne s'était jamais senti le moindre talent de tueur. Il avait toujours milité contre le meurtre en tant que solution universelle. Mais cette fois-ci, eh bien…

cette solution s'imposait. Finalement, ça pouvait être une stratégie professionnelle efficace, dans certains cas. Naguère, sa conscience lui aurait interdit de supprimer qui que ce fût, mais là, il n'avait plus le moindre scrupule.

Car pour la première fois de sa vie, il avait un objectif – un but tangible. Ça n'était plus la perspective de décrocher un MBA, ou un bon job dans une boîte importante – autant de miroirs aux alouettes. Non, cette fois c'était du solide. Les millions de dollars qu'Esteban avait mis à gauche quelque part. Des millions. En espèces.

Ça, c'était un but digne de ce nom.

Il se représenta mollement étendu sur une chaise longue, sous un dais de bougainvilliers en fleur, un *expresso* à portée de main, bercé par le flux et le reflux de quelque océan aussi limpide qu'exotique, sur une plage de sable fin. Avec de temps à autre une jolie petite genre Gauguin qui viendrait s'asseoir près de lui, les seins à l'air, pour lui rouler un bon vieux joint.

Ouais. Des millions, en espèces.

Bob et ses questions idiotes le ramenèrent à la réalité.

— C'est quand qu'on arrive ?

Martin faillit lui répondre de la boucler pour mieux profiter au maximum de la dernière balade de sa vie, mais il se retint à temps. Il s'en serait bien grillé un petit.

— Tu veux pas m'en rouler un ?

— Un quoi ?

Martin fit la grimace. Il était vraiment trop con.

— Un joint.

— Désolé, vieux. J'ai jamais su rouler.

Un vrai débile, incapable de se servir de ses dix doigts…

— J'ai essayé, des tonnes de fois, mais ils brûlent toujours de traviole.

Quelle importance ? T'es quasiment mort, alors…

— Laisse tomber. On va faire sans.

— Les gens – le public, le spectateur de base – adorent les histoires de meurtre. Ça passionne. Ils sont positivement fascinés par les assassins. Ce qui vous explique que la plupart des films ou des séries télévisées parlent de meurtres…

Amado était tout ouïe. S'ils avaient su ce qu'il en était réellement, ça les aurait moins fascinés, se dit-il. Bien sûr, la phase préparatoire pouvait être assez palpitante, mais après coup, *carajo*. Quel merdier !

Le prof leur accorda dix minutes de pause, et la classe s'égailla dans le couloir en se scindant en petits groupes qui projetaient déjà de devenir coéquipiers ou échangeaient les coordonnées de leurs agents.

Amado sortit à son tour et glissa quelques pièces dans la fente d'un distributeur de boissons fraîches. D'une seule main. Il commençait à s'y faire. Ça ne serait peut-être pas aussi dur qu'il l'avait craint. Il avait d'abord cru qu'il ne pourrait même plus se torcher seul, et il arrivait désormais à faire toutes sortes de trucs. Déplacer des objets lourds et encombrants, tels que le corps de Norberto, c'était exclu, mais pour le reste, il se débrouillait.

Il vit approcher la jolie punk coréenne avec ses nattes roses.

— Hello. C'est quoi, votre nom ? lui lança-t-elle.

— *Hola !* Moi, c'est Amado, répliqua-t-il en lui tendant la main. Et vous ?

— Cindy.

Il appuya sur un bouton, et un soda au citron vert dégringola à grand fracas dans le compartiment prévu à cet effet.

— Je peux vous offrir quelque chose, Cindy ?

Elle lui sourit et leurs regards se croisèrent. Comme ses yeux plongeaient dans les siens, Amado vit soudain s'allumer en elle ce truc animal. C'était bizarre, mais depuis plusieurs jours, il n'avait pas eu une seule pensée pour le sexe. En fait, maintenant, ça l'intimidait. Il n'était même pas sûr de savoir encore s'y prendre, avec un seul bras.

— Non, merci…

Il remarqua le léger flageolement de ses genoux. Il lui sourit. Elle poursuivit en bafouillant :

— Je peux vous demander quelque chose, Amado ?

— Allez-y.

— Vous voyez, vous m'avez l'air d'être un homme d'expérience…

— Ce dont parlait le prof, tout à l'heure – le vécu ?

— Oui. C'est essentiel quand on écrit. Et chez vous, on sent énormément de vécu. Comme si vous aviez eu des tas d'expériences, dans la vie…

Amado sourit. *Et tu n'en soupçonnes pas la moitié, poupée.*

— *Sí.* Deux ou trois, oui.

Cindy le regarda au fond des yeux.

— Eh bien moi, je suis totalement inexpérimentée !

Amado descendit une gorgée de soda et haussa les épaules.

— Normal. Vous êtes jeune.

Leurs camarades commençaient à se replier vers l'amphi.

— Qu'est-ce qui lui est arrivé, à votre bras ?

— Je vous raconterai ça après le cours.

Don crocheta la porte de Larga. Il était escorté d'un flic en uniforme et de plusieurs inspecteurs spécialisés. Il franchit le seuil, l'arme au poing.

— Monsieur Larga ?

Il laissa s'écouler quelques secondes.

— C'est la police. Monsieur Larga ?

Don fit un signe de tête à ses collègues. Le flic entra à son tour, ainsi que quelques-uns des inspecteurs. Ils se déplaçaient vivement, par paires, se couvrant mutuellement. Ils se déployèrent dans l'appartement.

— Chambre – rien à signaler.

— Salle de bains – rien à signaler.

— Cuisine – rien à signaler.

La maison était vaste, mais il ne leur fallut guère plus de trente-deux secondes pour l'explorer de fonds en comble et la déclarer exempte de tout cadavre, otage ou intrus.

L'un des inspecteurs, un chauve affublé de ces gros verres qui vous font les yeux comme des balles de ping-pong – un fana d'entomologie médico-légale qui collectionnait les insectes sur les corps –, revint vers Don.

— À vue de nez, il n'y a pas eu de crime, ici. On peut lever le camp.

— Pas de problème.

— Appelle-nous, quand t'auras trouvé le reste du corps…

Don hocha la tête. *C'est ça, oui. Pour que tu puisses prélever des asticots dans ses yeux. Tu crois que j'ai envie de voir ça ?*

Le flic en uniforme laissa une note sur la porte d'entrée, tandis que Don feuilletait le courrier de Larga.

Rien d'extraordinaire. Des factures, des lettres. En général, les gens laissent leur trousseau de clés quelque part près de la porte en arrivant chez eux. Mais Don n'avait rien vu – ce qui le portait à penser que Larga devait être quelque part en ville, enfermé dans son coffre de voiture. Il dénicherait le numéro d'immatriculation et lancerait un avis de recherche. On finirait bien par retrouver le véhicule de Larga, tôt ou tard. Soit parce qu'une patrouille lui mettrait la main dessus, soit grâce à un voisin, alerté par l'odeur. Ils finissaient toujours par refaire surface.

Don poursuivit ses investigations. Il cherchait quelque chose qui puisse relier Larga à Carlos Vila, ou à Esteban Sola – ou à n'importe qui d'autre. Il y avait forcément une connexion.

Il mit le cap sur la commode du défunt.

Lorsqu'ils arrivèrent enfin en vue du Joshua Tree State Park, un secteur particulièrement désolé, Martin en avait plus que marre de conduire. Il se serait damné pour une boisson fraîche et un bon joint. Ils avaient quitté depuis longtemps la chaussée bitumée et brinquebalaient sur une piste défoncée qui n'en finissait plus. La voiture disparaissait sous une fine couche de poudre blanche, façon geisha. Bob avait fini par s'endormir, après s'être copieusement lamenté. Il était fatigué, le pauvre. Il avait soif. Il avait faim. À bout de patience, Martin s'était arrêté au premier Burger King, dans l'une de ces curieuses petites banlieues paumées qu'ils avaient traversées.

Il coupa le contact et se roula un joint, en commençant par trier minutieusement toutes les graines et en tassant avec amour les fragments de feuilles et de fleurs dans son papier à rouler.

Bob ouvrit les yeux.

— On est où, là ?

Martin alluma son joint.

— Dans le désert.

Martin tira sur le joint et le passa à Bob, qui déclina.

— Non, merci.

Martin haussa les épaules.

— Tu sais pas ce que tu perds…

Bob sortit pour se dégourdir les jambes, tandis que Martin tirait une longue taffe sans le quitter des yeux. Il avait l'impression de regarder un film dont Bob aurait été l'un des héros. Comme le THC commençait à se diffuser dans son cerveau, il se sentait de plus en plus cool. Détaché. Flottant. Simple spectateur d'un film où un dangereux tueur, un type particulièrement intrépide et compétant – ça, c'était lui – s'apprêtait à conclure sa énième mission. Lui, il était la star. Et Bob, c'était la mission, ou plutôt l'objet de la mission. L'homme à abattre.

Mais bizarrement, il était dans le film sans y être, tout en y étant. Il s'observait lui-même, tandis qu'il se regardait s'imaginer dans un film sous les traits d'un tueur cool et sympa. Putain – elle était bonne, cette herbe.

Il descendit à son tour et se vit mettre pied à terre, puis il s'entendit parler :

— Eh, Bob ?

Il sortit le Glock de la poche de sa veste et le pointa sur Bob, lequel parut sincèrement surpris – et Martin de se regarder regardant la tête médusée de Bob.

— T'as l'air surpris, Bob.

— Qu'est-ce que tu fous ?

Martin trouva que c'était vraiment con, comme question – comme toute question de Bob.

— Tu tiens à ce que je souligne l'évidence ?

Bob hocha la tête.

— Un peu, ouais !

— Je pointe un flingue sur toi.

— Ça, je vois. Mais pourquoi ?

Martin contourna la voiture et ouvrit le coffre.

— Parce que je vais te descendre.

Martin guettait la réaction de Bob. Super, pour un gros plan. Bob et sa réaction.

— Putain, mec… J'ai fait tout ce que vous n'avez demandé !

Martin aurait aimé éclater de rire, mais il se regarda garder son sérieux. Il y avait un temps pour tout et là, l'heure était à la gravité. Mieux valait la jouer sobre.

— Tu t'en es parfaitement tiré.

— C'est un ordre d'Esteban ? demanda Bob avec tristesse.

— Non. Esteban a ses propres chats à fouetter.

Bob jeta un rapide coup d'œil aux alentours, comme s'il s'apprêtait à filer.

— N'y pense même pas…

— Pourquoi tu fais ça ?

— Simple question d'objectif, Bob. Je me suis fixé un but, et c'est l'une des étapes à franchir pour l'atteindre.

Martin prit une pelle dans le coffre et la tendit à Bob.

— Et maintenant, creuse.

Bob attrapa la pelle et l'abattit sur la tête de Martin, de toutes ses forces. Martin se vit encaisser un coup de pelle sur la tête. Une poignée d'étoiles – ou plutôt de points blancs – envahirent son champ visuel. Il vit l'arme lui tomber des mains tandis qu'il s'affalait, et il eut tout le temps de se voir mordre la poussière. Un flot de sang s'échappait d'une large entaille qui s'était ouverte dans son crâne.

Il entendit le moteur de la voiture qui démarrait, puis s'éloignait.

Le tourbillon de poussière qu'avait soulevé sa chute plana un moment dans l'air, puis se redéposa lentement sur lui.

Mauvais signe ça, songea-t-il.

Don ouvrit le tiroir de la table de chevet de Larga. C'était là que les gens rangeaient leurs objets les plus personnels. Peut-être parce qu'on passe la moitié de sa vie au lit – ou alors parce qu'on y fait des choses qu'on ne ferait pas dans la cuisine. Il inspecta le contenu du tiroir. Des capotes, un tube de lubrifiant, un bouquin sur la gestion des conflits dans le couple. Des somnifères, de la menue monnaie, des cartes de visite. On y trouvait souvent un flingue ou une bombe de gaz lacrymogène. Une fois, il était même tombé sur un Taser.

L'une des cartes lui accrocha le regard. Il l'examina.

C'était celle de Maura.

Le silence des lieux n'était troublé que par le goutte-à-goutte régulier de l'une des douches du vestiaire et les gémissements de Cindy, la petite aspirante scénariste aux nattes roses. Amado s'était agenouillé par terre, mais il ne sentait pas les carreaux du sol. Il était investi d'une mission. Cindy le surplombait, les jambes écartées, bouche bée de surprise. Il souleva sa jupe avec les dents, tout en abaissant sa culotte de son unique main. Puis il entreprit de lui mordiller l'intérieur des cuisses, en jouant à la petite bête qui monte, qui monte, entre ses jambes. Il aimait le goût de sa peau.

Elle s'abandonna totalement à la caresse et à l'expérience. Amado défit sa ceinture, libérant son sexe dressé. Il la prit dans son unique bras, la pénétra et lui fit l'amour contre les casiers du vestiaire, surpris de sa propre vigueur. Il était en pleine forme.

Épinglée contre les casiers, Cindy lâchait des rafales de gémissements entrecoupés de râles. Ça, c'était du vécu.

Maintenant, elle avait de quoi écrire.

19

Bob souffla un bon coup en retrouvant la route bitumée. Il prit une grande bouffée d'oxygène et accéléra, pied au plancher. Il s'était retenu de respirer à la seconde où il avait assommé Martin. Enfin… façon de parler.

Il était pratiquement sûr de ne pas l'avoir tué. Il l'avait seulement sonné et largué en plein désert, à quarante kilomètres d'âme qui vive. Mais Martin n'était pas mort. Il allait revenir. Et Bob allait désormais devoir compter avec lui.

Il tenait donc à mettre entre eux la plus grande distance possible. Il avait un besoin urgent de réfléchir. Il s'efforça de retrouver un semblant de calme, mais ses pensées se télescopaient. Qui était derrière tout ça ? Esteban ? N'était-il pas plus prudent de faire immédiatement demi-tour et d'aller achever Martin ? Mais comment ? Martin avait la pelle et le flingue. Bob pourrait peut-être lui rouler dessus, mais si la manœuvre venait à endommager la voiture… il aurait l'air malin, coincé dans le désert.

Il avait besoin d'échafauder un plan d'action, pour neutraliser Martin ; et pour ce faire, il devait prendre conseil auprès d'un pro. Il décida de se fier à son intuition.

S'arrêtant à la première station-service, il trouva une cabine téléphonique et composa le numéro d'Esteban. Puis il alla s'acheter une bouteille de Cherry Coke en attendant la réponse d'Esteban. Lorsque le téléphone sonna, il lui cracha le morceau, sans préambule :

— Martin a essayé de me tuer.

À l'autre bout du fil, Esteban resta de marbre.

— Roberto, c'est toi ? Tu n'as rien ?

— Il voulait me descendre et me laisser dans le désert.

— Où il est, là ?

— Quelque part dans le désert.

— Vivant ?

— Je crois, oui.

— Tu lui as tiré dessus ?

— Je l'ai assommé d'un coup de pelle.

Silence.

— Bien joué, Roberto.

Bob ne trouva rien à ajouter.

— Et maintenant ? s'enquit-il enfin. Qu'est-ce que je fais ?

— Dis-moi où tu es, là, et explique-moi où tu as laissé Martin, fit la voix d'Esteban, réconfortante. Je vais envoyer quelqu'un à sa recherche.

— Et moi ?

— Le mieux, c'est que tu rentres chez toi et que tu attendes mon coup de fil.

Mais ça ne faisait pas l'affaire de Bob.

— Il va recommencer.

— Roberto. Tu es sous ma protection. *Entiendes ?*

Bob n'en était pas si sûr, mais qu'aurait-il pu dire de plus ?

— OK.

— Dis-moi juste où il est.

Amado s'était installé dans sa cuisine, devant son portable tout neuf. C'était la première fois qu'il touchait à un ordinateur et il n'en revenait pas de la simplicité des opérations. Il ne lui avait pas fallu cinq minutes pour charger son logiciel du parfait petit scénariste.

Le téléphone sonna.

Amado le fusilla du regard. Il n'avait aucune envie d'être dérangé – mais ça ne pouvait pas être n'importe quel emmerdeur, vu qu'il n'avait donné son numéro qu'à Cindy, ces derniers temps. Au cas où l'envie lui serait venue d'un autre petit stage de vécu… Il décrocha.

C'était Esteban. Il lui raconta ce qui était arrivé à Roberto.

Il n'y avait pas si longtemps, Amado aurait répondu : *Sí, está bien,* et se serait immédiatement mis en route. Mais à présent… Il pouvait certes aller se balader dans le désert, histoire de retrouver Martin et de lui mettre deux balles – ça, pas de problème. Il l'aurait fait, et non sans un certain plaisir. Mais comment aurait-il pu creuser un trou ou déplacer le corps ? Mieux valait ne pas trop compter sur les vautours, pour s'en charger. Ces sales bêtes laissaient les dents. Les flics auraient identifié le cadavre à partir de l'empreinte dentaire.

D'ailleurs, il n'avait pas que ça à faire. Il s'apprêtait à écrire un épisode de sa future *telenovela.* Il avait déjà tout en tête. Il s'était dégoté un ordinateur, équipé de ce logiciel génial. Il gardait de la bière au frais – et il avait eu une *buena cogida* avec Cindy, un peu plus tôt dans l'après-midi.

La dernière chose dont il avait envie, c'était d'aller tuer quelqu'un dans ce putain de désert.

Il suggéra donc à Esteban de mettre les frères Ramirez sur le coup. Jusque-là, ils leur avaient fait faire des petits boulots. Des basses besognes, des menues corvées. C'était l'occasion de leur confier une vraie mission. Évidemment, c'était des toxicos un poil violents – mais ils ne demanderaient pas mieux que de faire plaisir à Esteban.

Et Amado avait du pain sur la planche.

Don se rendait au cabinet de Maura. Sa carte, dans le tiroir de Larga... Il ne savait vraiment pas quoi penser. Comptait-il parmi ses clients ? Étaient-ils en relation ? Maura avait-elle un rapport avec sa disparition ?

D'un autre côté, il était plutôt content d'avoir enfin quelque chose à se mettre sous la dent. Car jusque-là, son enquête ne menait nulle part. Pas de mobile. Pas de piste. Un pauvre type qui s'était trouvé au mauvais endroit, au mauvais moment. Le genre d'affaire insoluble.

À peine arriva-t-il en vue du parking du cabinet, qu'il repéra la voiture de Larga. Il décrocha sa radio et donna l'alerte.

Puis il se gara et s'approcha à pied de la voiture. Il avait horreur de ce genre de situation – car il aurait parié mille dollars que le corps de Larga était dans le coffre. Il se pencha et renifla avec précaution.

Mais ses narines ne détectèrent aucun relent de charogne. Il flaira à nouveau, de plus près. Rien. Une odeur de voiture on ne pouvait plus normale. À son grand soulagement, car l'odeur de la mort vous imprègne les muqueuses pendant des jours. Pour s'en débarrasser, on a le choix entre mâcher des oignons crus ou des citrons, et se gargariser au gin. Et malgré ça, votre cerveau garde l'empreinte de cette odeur, des semaines, voire davantage. Abominable.

Esteban raccrocha. En dépit de sa déception, il allait devoir se faire une raison. Il ne pouvait plus compter sur Amado ni s'en remettre à lui pour régler certains détails, désagréables mais incontournables, du business : ces maux qui exigeaient de grands remèdes – mutilations, massacres, saccages – et une inébranlable capacité à infliger de la souffrance, de la terreur, et encore plus de souffrance. Amado n'était plus qu'un infirme. Un handicapé. Il avait désormais sa place de stationnement réservée.

Non sans réticence, Esteban finit par composer le numéro des frères Ramirez.

Non pas qu'il doutât de leurs compétences – au contraire. Si vous aviez besoin de mettre un bar à feu et à sang, de voler une bagnole ou de récupérer des fonds auprès d'un dealer lessivé, vous ne pouviez pas rêver d'un tandem plus performant. Non, ce qui faisait tiquer Esteban, c'était justement leur excès de zèle. Les frères Ramirez aimaient trop leur job.

Au fil des années, ils avaient maintes fois donné la mort, lui et Amado. Ils avaient distribué tortures et châtiments. Mais ça n'était jamais une partie de plaisir. *Bárbaro.* Ils ne s'en glorifiaient jamais, même dans les cas les plus justifiés. Les frères Ramirez, eux, s'en délectaient ouvertement.

Et Esteban avait une sainte horreur de ça. Ça lui filait la chair de poule.

Bah, se dit-il, si quelqu'un méritait de passer l'après-midi en compagnie des frères Ramirez, c'était bien Martin.

Il mijotait à petits bouillons sous un soleil de plomb, rissolant dans son propre jus. Il roula sur le côté et porta la main à son crâne. La croûte qui s'était formée sur la blessure avait stoppé l'hémorragie mais, à en juger par le nombre de mouches qui bourdonnaient autour de sa tête, ça ne devait pas être joli joli.

Il se redressa lentement, centimètre par centimètre. Il s'assit. La tête lui tournait et il avait la migraine du siècle. Mais il n'était pas mort. Enfin, pas pour l'instant.

Il s'efforça de faire le point de la situation. Il fallait tenir compte de plusieurs variables. Si Bob avait appelé Esteban pour le moucharder, Amado devait déjà être en route. Mais si Bob soupçonnait Esteban d'avoir commandité l'opération, il allait se mettre à l'abri et personne n'entendrait plus parler de lui. À l'évidence, c'était vers cette deuxième solution qu'allaient ses préférences, mais dans les deux cas, il devait commencer par rejoindre le monde civilisé dans les meilleurs délais, et si possible sous la forme d'un service d'urgence.

Il se hissa sur ses pieds. Le Glock gisait par terre à quelques mètres de lui. Martin faillit retomber dans les pommes lorsqu'il se baissa pour le ramasser. La pelle était restée un peu plus loin. Un fragment de cuir chevelu hérissé de quelques cheveux adhérait encore à son tranchant.

Il préféra ne pas y penser. Il était grand temps d'y aller.

Maura eut l'air surprise mais heureuse de voir Don.

— Hé ! Qu'est-ce qui me vaut le plaisir ?

Elle le prit dans ses bras et lui posa sur les lèvres un baiser passionné – un de ces baisers qui ne demandent qu'à dégénérer et qui vous crient : "Ici et maintenant !" – mais Don s'arracha à son étreinte.

— Écoute… ça n'est pas de gaieté de cœur, mais j'aurais quelques questions à te poser.

Maura s'alarma.

— Tu n'as pas attrapé une saloperie, au moins ?

— Non. C'est strictement professionnel.

Maura déglutit avec peine. Il avait posé sur elle un regard très différent. Comme s'il avait été à l'affût de ses réactions. Et bien sûr, n'ayant jamais enfreint la moindre loi, à la possible exception d'un peu de drogue douce à usage purement récréatif, Maura se mit à transpirer.

— Qu'est-ce qui se passe ?

— C'est ce que j'aimerais savoir. J'espère que tu pourras m'aider…

— Je ne demande pas mieux !

Il la regarda bien en face et lui sortit un livre de cuisine.

— Est-ce que tu connais cet homme ? lui demanda-t-il en lui montrant la photo de Larga en quatrième de couverture.

— Bien sûr. C'est Max Larga. Mais pour savoir ça, il suffit de lire son nom sur la couverture...

Maura se mordit les lèvres. Pourquoi se sentait-elle aussi nerveuse ?

— Tu connais donc cet homme ?

— C'est un de mes clients.

Don hocha la tête.

— Réfléchis bien. C'est important. Quand l'as-tu vu pour la dernière fois ?

Maura étudia la question un instant.

— Ça, je vais te le dire très précisément.

Elle se dirigea vers son bureau, dont elle sortit un agenda. Tout en le feuilletant, elle se promit de passer une annonce dans un des journaux spécialisés. Les affaires étaient en perte de vitesse, ces derniers temps...

— Il avait pris rendez-vous pour avant-hier, mais il n'est pas venu.

Don nota la date et l'heure.

— Il n'est pas venu ? Tu en es sûre ?

— Oui. D'ailleurs, j'étais furieuse. Il n'a même pas appelé.

— Sa voiture est en bas, sur le parking.

Maura cligna les yeux.

— Bizarre.

Don hocha la tête.

— Je ne te le fais pas dire.

Bob alluma la radio. Il actionna la touche balayage, et les stations défilèrent l'une après l'autre pour lui corner aux oreilles des pubs tonitruantes, avant de laisser place à un silence grésillant. Ils ne passaient donc plus de musique à la radio ! Il n'y avait plus que du baratin publicitaire. Tout le monde, infos comprises, essayait de vous vendre quelque chose. Il était persuadé que les gens n'écoutaient les infos que pour se sentir confortés dans leur sentiment de supériorité. Car au fond, qui voulait vraiment se tenir informé ? Et la politique, qui s'y intéressait ? Une fois sur deux, ses concitoyens n'allaient même pas voter. Non, s'ils regardaient les infos, c'était avant tout pour pouvoir se dire : "Je suis quand même mieux loti que ces pauvres cons qui se démènent pour survivre à l'inondation en Iowa, ou que ce forcené qui fonce sur l'autoroute dans l'espoir d'échapper aux flics qu'il a aux trousses. Ma vie est plus belle que la leur, non pas parce que j'ai eu la chance de naître dans un pays riche, mais à cause de cette supériorité intrinsèque qui me distingue des masses affamées qui se soulèvent au Botswana, qui braquent des banques à Van Nuys ou qui vendent leurs corps sur les trottoirs de Bangkok…"

La théorie de Bob, c'était que les infos rassuraient le téléspectateur moyen en lui étalant à longueur de journée les horreurs du reste du monde. Face à la bêtise humaine qui faisait rage au-delà de vos murs, comment ne pas se sentir verni ?

C'était du moins sa façon de voir. Lui, il n'écoutait généralement les infos que d'une oreille.

L'autoradio finit par se stabiliser sur une station FM. C'était du bla-bla en espagnol mais, au ton pénétré et modulé du speaker, Bob comprit qu'il était question de religion. Un prédicateur hispanique exhortant ses ouailles à se rallier à la parole de Dieu. Il se laissa bercer par le rythme et les modulations du sermon. Ça avait quelque chose d'apaisant.

Et il s'émerveilla pour la énième fois, d'être encore de ce monde. En trois jours et à deux reprises, il s'était fait enlever et avait frôlé de très près une mort certaine – mais les deux fois, il s'en était tiré. La chance devait être avec lui. Il avait fait un pied de nez à la mort. Il avait décroché un sursis.

Ça n'était sûrement pas par hasard. Il en aurait mis sa main au feu. Pour une raison qui lui échappait, ça avait quelque chose à voir avec Felicia. Car ils s'aimaient. Était-ce l'amour qui le protégeait, ou quelque autre puissance supérieure – mais que pouvait-il y avoir au-dessus de l'amour ?

Le prédicateur continuait à répandre la bonne parole lorsqu'il quitta les collines pour arriver dans la Valley. Bob avait le sentiment très net d'avoir trouvé une voie. C'était presque tangible. Il n'aurait su dire où elle le mènerait, il ne pouvait prévoir les lacets et les embûches qui l'attendaient, mais il s'en remettait totalement à son intuition et à sa bonne étoile. Jusque-là, tout s'était miraculeusement bien passé.

Il devait y avoir une explication à sa chance.

En arrivant dans le quartier de Felicia, il était partagé entre des sentiments très différents. Il y avait d'un côté cet immense soulagement qui le faisait vibrer de la tête aux pieds et lui accélérait le pouls tandis que ses poumons aspiraient l'air avec délice. Car il était vivant. Bien vivant. Le soleil brillait toujours. Les arbres se balançaient dans le vent. Il avait sous les yeux le monde dans toute sa gloire. Quant à l'autre sentiment qui le tiraillait – un pétillement encore plus irrésistible que cette sensation de bien-être général et de gratitude –, c'était une formidable excitation de nature sexuelle.

Il ne tenait plus en place à l'idée de retrouver Felicia.

Martin avait dû parcourir près de cinq kilomètres à pied quand il aperçut un pick-up qui arrivait droit sur lui. Il en resta cloué sur place. Ses surrénales se mirent à turbiner frénétiquement, inondant son corps d'adrénaline. Il tenait à peine sur ses jambes. Serrant les dents, il lutta de toutes ses forces contre une violente envie de vomir.

Ça ne pouvait être qu'Amado. Garder son sang-froid, rester bien concentré. Il empoigna le Glock dans sa poche. Il attendrait que le tueur se soit suffisamment approché pour sortir son flingue et faire feu.

Mais ça n'était pas Amado. C'était un garde du parc.

Le pick-up s'arrêta dans un nuage de poussière et il en vit débarquer un jeune homme mince, dont le visage semblait être passé à la lampe à souder, tant il était ravagé par l'acné et les coups de soleil. Il affichait une expression inquiète.

— Hé, vous êtes sûr que ça va, monsieur ?

Martin en resta bouche bée. La question lui parut si stupide qu'il fut pris d'une soudaine envie de sortir son Glock et de buter le ranger sur-le-champ. T'as vu ma tête… Et tu me demandes si je vais bien ?

— J'ai trébuché et je me suis assommé en tombant.

Tout compte fait, valait tout de même mieux ne pas le flinguer.

— Montrez voir…, dit le garde, en s'approchant pour examiner la blessure.

— Je crois que je devrais aller à l'hôpital.

Le ranger hocha la tête.

— Ouaip ! Ça m'en a tout l'air.

Il aida Martin à se hisser sur le siège passager du pick-up. Martin se sentit à nouveau tout faible, comme s'il allait reperdre connaissance. Le garde mit le climatiseur au maximum et fit rapidement demi-tour. L'air frais, en séchant la sueur sur le visage de Martin, lui donna des frissons dans tout le corps. D'agréables frissons, annonciateurs de la fraîcheur de l'hôpital, de la morsure froide des antiseptiques et des points de suture. Le vent frais du salut.

Mais quand le pick-up quitta la piste pour s'engager sur la route goudronnée qui les ramènerait en ville, ce fut un frisson d'un tout autre genre qui le parcourut. Le genre de frisson que vous aviez quand vous croisiez les frères Ramirez lancés à toute blinde dans leur 4x4.

Putain. Ça, c'était mauvais.

Sa tête se mit à tourner – littéralement, comme si elle s'était détachée de son corps pour partir virevolter dans les airs. Elle se serait échappée par la vitre si celle-ci avait été baissée. Il eut juste le temps de sentir un fourmillement dans ses bras, et tout s'obscurcit.

Il avait perdu connaissance. Comme il piquait du nez en direction du tableau de bord, sa blessure se rouvrit sous le choc. Le garde eut un mouvement d'humeur en voyant un filet de sang se répandre dans son pick-up.

Il attrapa une boîte de Kleenex et en tira trois ou quatre, qu'il fourra dans la blessure. Les mouchoirs en papier se déployèrent, frémissant dans le courant d'air climatisé, tout en virant progressivement au rouge. Comme une magnifique rose qui se serait épanouie sur son crâne.

Maura avait déjà vu ces salles d'interrogatoire dans les films ou les feuilletons télé. Lugubres, fonctionnelles, limite cradingues. Mais ce que la télé ne pouvait restituer, c'était l'odeur. Le parfum douceâtre et suffocant du désespoir et de la peur. Elle n'en revenait pas. On ne croirait jamais que ça puisse être aussi flagrant. Mais si, c'était ça. Sans erreur possible. L'odeur brute, animale, de la peur.

Les remugles ambiants ne se bornèrent pas à lui soulever le cœur. Ils s'insinuèrent en elle et la contaminèrent. Sa peau se couvrit presque instantanément d'une sueur froide, tandis que ses nerfs se nouaient – et cette fois, c'était elle qui répandait ces effluves.

Mais pourquoi ?

Qu'avait-elle à se reprocher ? Pourquoi Don avait-il cette attitude bizarre, tout à coup ? Était-ce sa véritable nature qui affleurait ?

Il la rejoignit dans la pièce, avec une tasse de thé qu'il lui apportait.

— Je suis vraiment désolé…

Elle prit la tasse sans mot dire.

— Le plus simple, c'est que nous passions en revue la séquence des événements.

Elle prit une gorgée de thé, du bout des lèvres.

— Est-ce que ça va ?

Maura s'interrogea sur la façon dont elle aurait pu répondre à cette question, mais préféra s'en tenir à un silence prudent.

Don lui lança un regard empreint d'une tendresse sincère.

— J'ai eu tort de te faire venir ici. Ça n'était pas une bonne idée. Excuse-moi…

Elle ne desserra pas les dents.

— Comprends-moi ! Je suis vraiment le dos au mur. C'est un dossier primordial pour moi, et les choses prennent un tour de plus en plus bizarre. Pour l'instant, le seul indice que j'aie, ma seule piste, c'est cette relation entre toi et Max Larga.

Maura cligna les yeux. Cette sincérité, de la part de Don, lui avait fait du bien. Elle lui avait permis de désamorcer, en partie du moins, sa propre peur. À présent, elle n'était plus qu'agacée.

Don griffonna quelque chose dans son calepin, tandis qu'elle aspirait une gorgée de thé.

Après une seconde de battement, Don revint à la charge :

— Je t'en prie…

Maura ne souffla mot. Elle s'efforçait juste de garder un rythme respiratoire régulier. Elle veillait à ce que son regard reste détendu, sans rien laisser paraître de la tempête émotionnelle qui s'élevait en elle, brûlante, explosive, s'amplifiant de seconde en seconde, comme le dôme de lave du Krakatoa.

Elle regarda Don se tortiller sur son siège. Il transpirait à présent. Elle se décida à parler.

— Est-ce que je dois appeler mon avocat ? s'enquit-elle.

Frappé de plein fouet par une charge de culpabilité aussi lourde et aussi massive qu'une Buick, il se ratatina sous le choc, comme une carrosserie d'importation.

— Mais non, trésor ! Bien sûr que non. Tu n'es pas en état d'arrestation. Tu n'es même pas soupçonnée. J'ai simplement pensé que… Je suis terriblement désolé. Je me suis affreusement emmêlé les pédales.

Son visage ne trahissait rien, mais elle buvait du petit-lait. Elle avait réussi à retourner le rapport de force contre lui. À présent, elle allait pouvoir en faire ce qu'elle voudrait. Il lui obéirait au doigt et à l'œil.

— Tu vas devoir te racheter, sur ce coup-là…

Bob était heureux. Il se laissa rouler à côté de Felicia. Leurs deux corps ruisselaient de sueur. Il resta un moment sur le dos, le souffle court. Elle se tourna vers lui et le regarda.

— Oh, Roberto…

Il se contenta de promener sa main sur le corps de Felicia, sans mot dire, jusqu'à ce qu'il ait trouvé la sienne. Il la prit et la serra.

Avec un soupir d'aise, elle vint se pelotonner contre lui et se laissa glisser dans le sommeil, avec ce petit ronronnement satisfait qui lui vibrait dans la gorge. Il sentait ses seins contre ses côtes, et le poids de sa jambe reposant sur la sienne. Sa tiédeur. Le tranquille va-et-vient de son souffle. Le flux de son sang sous le satin foncé de sa peau. Il aurait aimé rester ainsi, au lit avec elle, plusieurs semaines d'affilée

Puis son esprit freina des quatre fers. En une saisissante prise de conscience, il réalisa qu'il voulait vivre près d'elle toutes les années qu'il lui restait à vivre. Il était amoureux.

Et il voulait rester en vie, pour pouvoir savourer ce bonheur le plus longtemps possible. Jusqu'à ce qu'il se produise quelque chose qui les pousse à s'entredéchirer et à poursuivre chacun leur route. Mais il ne désespérait pas. Il était fermement convaincu que l'on pouvait avoir une relation de couple durable, où chacun trouverait son compte, et qui ne se terminerait pas en guérilla sentimentale – c'était peut-être le comble de l'ingénuité, mais tant pis. Il s'en fichait.

Pour la première fois de sa vie, la chance lui souriait. Pour toutes les fois où un autre mec lui avait soufflé telle fille, tel job ou tel exemplaire de la première édition d'une bande dessinée qu'il convoitait, pour sa collection… c'était bien son tour, d'avoir un peu de chance !

Mais la chance elle-même pouvait vous trahir ; c'était une rengaine vieille comme le monde. La chance peut vous plaquer au moment où vous en avez le plus besoin. Et dans son cas, à long terme, la chance ne lui suffirait pas. Il était grand temps qu'il se secoue un peu et qu'il prenne son avenir en main, surtout s'il envisageait de faire carrière dans cette nouvelle branche.

Il passa en revue les différentes méthodes d'autodéfense. Il pouvait, par exemple, s'initier au maniement des armes à feu. L'idée s'imposait d'elle-même. Mais les flingues avaient de sérieux inconvénients. Ils partaient parfois trop vite. Il arrivait même que l'on tue quelqu'un par accident. On pouvait se faire coffrer uniquement parce qu'on en avait un sur soi. D'ailleurs, ils lui communiquaient des ondes négatives. Les pistolets, ça n'avait jamais été son truc.

Tout comme les couteaux. Trop salissants. Il aurait peut-être pu s'inscrire à un cours de kung-fu, ou un truc du genre, tout aussi efficace. Il se promit d'en parler à

Esteban. Prendre conseil auprès d'un spécialiste. Rester en vie !

Il se laissa à son tour glisser dans le sommeil.

Il lui fallut plusieurs minutes pour accommoder. C'était comme dans un rêve. Une lumière diffuse, filtrant à travers les rideaux. Ces myriades de petites alvéoles, dans les dalles blanches du plafond. On aurait même pu les compter… À l'autre bout de la pièce, il distinguait une silhouette sombre devant une télé. Avec la bande-son d'un match de base-ball.

Martin était complètement groggy. Désorienté. Il avait à la fois l'agréable sensation d'être stone – un antalgique quelconque, probablement – et celle, nettement moins agréable, de ne plus pouvoir bouger ni bras ni jambes. Au prix d'un certain effort, il leva la tête.

Il aperçut ses mains et le petit tube transparent qui était relié à son bras. Un liquide – sérum physiologique, médicament, nourriture – lui était directement injecté dans les veines. Comme il s'efforçait à nouveau de remuer les bras, il repéra les grosses courroies de nylon qui les immobilisaient.

Putain…

Comme le monde commençait à émerger de plus en plus nettement autour de lui, d'autres sensations physiques des plus désagréables affluèrent elles aussi à sa conscience. Sa gorge, par exemple, était desséchée et comme craquelée. Comme si ses muqueuses s'étaient racornies, tel le lit d'un lac en période sèche. À l'endroit où ce connard de Roberto l'avait frappé, sa tête l'élançait terriblement, avec des salves de douleur opiniâtres qui lui cisaillaient les os.

Et – Seigneur, pincez-moi, je rêve ! – il avait un truc enfoncé dans le sexe, un genre de sonde qui remontait dans son conduit urinaire, jusqu'à sa vessie. Ils lui avaient mis un cathéter !

— *De l'eau...*

C'était vraiment lui qui avait dit ça ? Si oui, ça lui avait échappé. Car il avait décidé de ne pas piper mot, jusqu'à ce qu'il ait totalement retrouvé ses esprits.

— De l'eau.

Ça, c'était lui. C'était bien de son gosier parcheminé qu'avait jailli ce croassement.

— Vous avez soif ?

— De l'eau.

La silhouette approcha et Martin vit immédiatement qu'il avait affaire à une sorte de flic. L'homme lui tendait un gobelet de plastique muni d'une paille flexible. Martin souleva la tête, prit la paille entre ses lèvres et se mit en demeure de téter le liquide glacé. Hmmm... Rien. Ni drogue, ni sexe, ni aucun mets au monde. Rien ne lui avait jamais paru aussi délicieux.

— Doucement. Tu vas t'étrangler.

Le flic éloigna le gobelet. Martin laissa retomber sa tête.

— Bonne chose que tu te sois enfin réveillé. On commençait à se demander si tu finirais par émerger...

Martin ne trouva rien à répliquer.

— Parce que nous avons quelques petites questions à te poser.

— Quoi ?

— Je suis le shérif et pour l'instant, tu es notre invité mystère.

Le shérif se leva en tapotant son imposante brioche d'amateur de bière.

— Qu'est-ce que tu fichais là-bas, hein ? T'arpentais le désert en espérant y fourguer ton héroïne ?

Martin pataugea un instant dans ses souvenirs, puis ça lui revint. Les paquets de poudre qu'il avait subtilisés chez Norberto et qu'il projetait de laisser dans les poches de Roberto…

— Détention de cannabis. Détention d'héroïne, avec intention de vendre. Défaut de permis de port d'arme…

Le shérif lui lança un regard désarmant de sincérité.

— Tu veux bien m'expliquer ce que tu fichais là-bas ?

Ce que Martin voulait surtout, c'était du temps pour trier tout ça. Et il aurait donné cher pour pouvoir s'installer les pieds en l'air et s'allumer un pétard en examinant les différents scénarios possibles.

— Tu risques de cinq à quinze ans à Soledad.

Ça lui ferait quoi – cinquante piges, à sa sortie. Qu'en diraient ses parents… ?

— Je veux négocier les charges.

C'était sorti si vite et si aisément.

Le shérif lui sourit.

— Tu accepterais de me dire qui t'a vendu ces saloperies ?

Martin cligna les yeux.

— Je veux parler à un représentant du FBI.

— Oh, monsieur est un caïd !

Le shérif se laissa choir sur le lit sans prendre la moindre précaution, en faisant douloureusement tanguer la sonde qui lui traversait le pénis. Martin fit la grimace.

— Pour autant que je sache, tu l'as achetée en Californie, cette came. Tu essayais de la refourguer en Californie et c'est en Californie qu'on t'a pincé. Ça n'est donc pas ce qui peut s'appeler un problème fédéral. C'est strictement local.

Pourquoi il s'obstinait à compliquer les choses ?

— Je veux négocier.

— Ça va, j'ai compris, merci.

— Je travaille pour la mafia mexicaine.

Le shérif se leva.

— Elle est bien bonne, celle-là !

Il avançait vers la porte, mais Martin ne tenait pas à ce qu'il quitte la pièce. Il ne voulait surtout pas rester seul. Le souvenir des frères Ramirez dans leur char d'assaut lui traversa l'esprit et il eut soudain peur. Très peur.

— Vous allez devoir assurer ma protection. Ils vont me retrouver et me descendre. Protégez-moi.

Le shérif se retourna sur le seuil.

— Je vais commencer par prendre un café. Tu me raconteras tout ça à mon retour…

Esteban détestait s'aventurer seul dans ce genre d'endroit – un bar louche des quartiers est. L'endroit idéal pour qui cherchait les embrouilles. Il avait demandé à Amado de l'accompagner, mais Amado était pris par son scénario. Esteban n'avait pas eu l'énergie d'insister. Il savait que s'il lui avait dit où et avec qui il avait rendez-vous, Amado aurait tout de même fini par venir. Mais de temps en temps, *el Jefe* se devait de montrer qu'il en avait. Il avait donc glissé dans sa veste un neuf millimètres semi-automatique chargé jusqu'à la gueule et s'était mis en chemin.

En principe, il n'avait rien à craindre. Les frères Ramirez étaient ses vassaux, et donc censés faire preuve d'une loyauté sans faille. Mais le monde était en pleine décadence, et les angles d'Esteban s'étaient arrondis ces derniers temps. Il n'avait plus sa virulence d'antan. De plus en plus souvent, il se surprenait à regarder par-dessus son épaule...

Les frères Ramirez, Tomás et Chino, s'étaient installés dans un box du fond, devant deux Pacificas, avec à portée de main un petit bol plein de tranches de citron et plusieurs lignes de méthédrine. Ils baissèrent la tête en voyant Esteban entrer dans le bar.

— *Qué pasa, amigos ?*

Esteban les rejoignit à leur table. Il fit signe au barman (un type fraîchement sorti de taule après douze ans sous les verrous pour une inculpation de meurtre bidon) de leur remettre la tournée.

— *Lo siento, Jefe.*

Tomás se lança alors dans de tortueuses explications, décrivant en détail leur course dans le désert à la recherche de Martin. Esteban aurait préféré qu'il aille droit au but, mais les amphétamines logées dans les neurones de Tomás accéléraient son fonctionnement cérébral, avec pour effet d'entortiller son histoire dans une prolifération d'anecdotes accessoires.

Il en vint enfin à la conclusion : ils avaient reconnu Martin dans le pick-up d'un ranger.

Esteban les dévisagea longuement sans desserrer les dents, tandis que Chino se tortillait sur la banquette de skaï.

— Désolé, chef...

— Où est-ce qu'ils l'ont emmené, à votre avis ? finit par laisser tomber Esteban.

Tomás et Chino échangèrent un regard.

— Ça, pas la moindre idée.

Ils s'apprêtaient à enchaîner sur un autre sujet mais, d'un coup d'œil, Esteban leur imposa silence. Il sortit son portable, composa un numéro et prononça quelques phrases sibyllines, avant de raccrocher. Cela fait, il se retourna vers les frères Ramirez et les fixa droit dans les yeux. Chino hésita un instant puis, avec un billet d'un dollar roulé serré, sniffa une ligne de speed.

Leurs bières arrivaient.

Esteban pressa une tranche de citron dans la sienne avant de la porter à ses lèvres. Tomás s'offrit à son tour un petit rail et proposa à Esteban le billet roulé.

— *No. Gracias.*

Les trois hommes se regardèrent un long moment en chiens de faïence. Esteban était calme, *curado como un pepino*, tandis que les deux frères serraient les dents, s'efforçant de réprimer leur logorrhée. Leurs bières descendaient à vue d'œil. Beaucoup trop vite.

Le portable d'Esteban sonna.

— *Bueno.*

Il laissa s'écouler trois secondes, puis raccrocha.

— Il est à l'hôpital. À Palm Springs.

Tomás et Chino se consultèrent du regard. Ce fut Chino qui se décida :

— Vous voulez qu'on y aille, chef ?

Esteban hocha la tête.

— *Sí.*

Tomás cligna les yeux.

— Tout de suite ?

— *Sí. Ahora.*

Chino entreprit de rassembler en toute hâte la poudre qui restait sur la table pour l'emporter, mais il avait dû s'y mêler un peu de jus de citron qui avait transformé le mélange en une sorte de glu. Tomás haussa les épaules et, après avoir adressé à Esteban leur plus beau sourire de sniffeurs de speed, les frères Ramirez s'en allèrent.

Esteban poussa un soupir et termina tranquillement sa bière. Bonne chose que Martin ait atterri dans un hosto aussi éloigné. Ça lui laissait le temps de s'organiser.

Amado s'amusait comme un petit fou. En un sens, écrire son propre script, c'était comme de regarder la télé. Sauf que là, il pouvait faire faire à ses personnages ce qu'il voulait – c'est-à-dire ce qu'il pensait qu'ils devaient faire. Comme d'envoyer Fernando dérouiller le *padre*, qui s'était fait Gloria. Les héros de *telenovela* version Amado ne prenaient pas la peine de dissimuler leurs passions. Au contraire, ils les affichaient haut et clair. Ça hurlait, ça cognait. Ça grouillait d'action, d'amour et de bagarre.

Si seulement ce *chingado teléfono* s'arrêtait de sonner, de temps en temps…

Non pas qu'il ne fût pas curieux de savoir ce qui se tramait, mais il savait qu'Esteban était capable de se tirer d'affaire tout seul. Il lui suffisait pour cela de se rafraîchir les idées et de retrouver son mordant. Amado eut un petit sourire. Justement, ça pouvait être l'occasion pour *el Jefe* de comprendre tout ce qu'il avait fait pour lui – et rétrospectivement, son travail finirait par être apprécié. Pendant qu'Esteban se la coulait douce au bord de sa piscine en discutant finances avec son *gringo*, Amado s'était chargé du sale boulot. Et peu à peu, Esteban s'était émoussé, tandis qu'Amado n'avait rien perdu de son tranchant. Une bonne leçon.

Amado avait du mal à taper, son unique main n'allant pas aussi vite que les idées qui fusaient dans son cerveau, ou que les répliques de ses personnages. Mais son esprit ne s'égarait pas et, vers la fin de la journée, le décompte des pages terminées avait grimpé.

Il fut interrompu par des coups frappés à sa porte.

Si c'était Esteban, il allait le secouer en lui disant de baisser le nez pour voir s'il lui restait encore des *cojones.* Mais ça n'était pas Esteban. C'était la jolie Cindy, avec ses petites nattes roses hérissées au sommet de son crâne, comme deux antennes.

20

Bob s'engagea dans l'allée qui menait chez Esteban en ouvrant de grands yeux. Des palmiers, des massifs de fleurs, une pelouse impeccable. Le bâtiment lui-même était de style colonial espagnol, avec la façade peinte d'un bel ocre rouge et les portes et les fenêtres d'un blanc immaculé. C'était une maison imposante. Un jardinier taillait la haie, tandis que son collègue balayait le gazon coupé. Ils n'utilisaient aucun des outils à moteur qui bourdonnaient ou pétaradaient dans tout LA comme un essaim de guêpes enragées. La classe. Il fallait être vraiment plein aux as pour pouvoir demander à son jardinier de revenir au balai et au râteau.

Tout était paisible. Le soleil scintillait dans les palmiers. Une fontaine en mosaïque chantonnait près du perron. Les oiseaux gazouillaient dans les arbres. Le murmure régulier du balai sur l'asphalte de l'allée vous transportait dans un autre pays et dans un autre siècle.

Lupe vint lui ouvrir la grande porte de bois ouvragé. L'intérieur était meublé à la mexicaine, dans un style moderne, simple et dépouillé. Les murs étaient peints dans des tons chauds.

Bob était sous le charme.

Lupe se tourna vers lui.

— Il descendra dans cinq minutes. Vous voulez boire quelque chose, en attendant ?

— Une bière, ce sera parfait.

— *Claro.* Installez-vous, je reviens tout de suite, fit-elle en quittant la pièce.

Bob alla se poster devant la grande baie vitrée d'où il apercevait le jacuzzi et, au-delà, la piscine. Le jardin de derrière était encore plus vaste et plus luxuriant que celui qu'il avait traversé en arrivant. Il y avait plusieurs jacarandas, un massif de roses et un bosquet de sauge mexicaine et de romarin, tapissant une petite butte.

Esteban arriva enfin. Il s'éclaircit la gorge. Bob se retourna.

— Roberto.

— Salut.

Esteban le rejoignit et le serra longuement dans ses bras.

— Je suis heureux que tu sois toujours en vie.

— Et moi donc.

Esteban portait un élégant costume beige foncé sur une chemise blanche avec une cravate bordeaux à fleurs. Bob le compara mentalement à un industriel d'Amérique latine. Ce style vestimentaire lui allait comme un gant. Bob se sentait un peu décalé, avec son jean et sa chemise de bowling.

Esteban le dévisagea d'un air grave.

— La prochaine fois que quelqu'un essaie de te descendre, tu ne t'en vas pas sans l'avoir achevé. *Entiendes ?*

Bob hocha la tête.

Lupe revint, chargée d'un plateau. Esteban se pencha tendrement vers elle et lui déposa un baiser sur la joue.

— *Gracias, corazón.*

Lupe s'éclipsa après avoir gratifié Bob d'un sourire.

— Je crois que je vais l'épouser…

Bob sourit.

— J'étais en train de me dire la même chose pour Felicia.

Esteban lui tendit une bière, l'air guilleret.

— *Qué bueno ! A su bodas !*

Ils trinquèrent.

Bob attaqua sa *cerveza* glacée.

— Qu'est-ce qu'on va faire pour Martin ?

— Laisse. Je m'en occupe.

Esteban prit place sur le canapé en indiquant à Bob un fauteuil, en face de lui.

— Mais pourquoi tenait-il tant à me tuer ?

— Parce que tu m'es loyal, peut-être.

Bob médita un instant là-dessus. Ça l'aurait un peu étonné de la part de Martin – mais il n'en était pas à sa première surprise, et qu'est-ce qu'il y connaissait, en stratégie d'entreprise ? Au boulot, sa seule stratégie avait été de voler au-dessous des radars pour pouvoir piquer des trombones et tirer au flanc en toute impunité.

— Il voudrait prendre ma place.

— Sans blague ? fit Bob, abasourdi.

— Il est allé livrer le bras d'Amado à la police. Il a tué Norberto et essayé de te supprimer.

Bob eut l'air sincèrement catastrophé.

— Norberto est mort ?

Esteban hocha la tête.

— Écoute, Roberto. Il y a pas mal de gens qui ne détesteraient pas me voir mort, moi aussi. Des gens qui lorgnent mon affaire. Je crois que Martin a passé des accords avec certains d'entre eux. Je vais avoir besoin de toi.

— Mais qu'est-ce que je peux faire ?

Bob fut pris d'une soudaine panique. Esteban allait-il lui demander d'exécuter tous ses ennemis ? Bien sûr, il aurait pu – il aurait dû – tuer Martin, mais c'était de la légitime défense. Dégommer tous ceux qui en voulaient à Esteban, ça serait une autre histoire. D'ailleurs, il doutait que ce soit dans ses cordes. Ça exigeait trop de sang-froid. Un esprit trop calculateur. Et ça n'était pas du tout ce que Bob ambitionnait de faire dans la vie. Jamais il n'aurait l'étoffe d'un nouvel Amado.

— Je ne suis pas un tueur.

Esteban éclata de rire.

— Je sais bien. Je n'ai pas besoin d'un tueur, *sabes,* mais de quelqu'un sur qui je puisse compter. (Esteban le regarda bien en face.) Tu crois que je peux compter sur toi, Roberto ?

Bob hocha la tête.

— Absolument !

Esteban se claqua le genou et se leva aussitôt.

— *Vale.* On a du pain sur la planche et le temps nous est compté.

Au fond de son lit d'hôpital, Martin se sentait mieux. Infiniment mieux, maintenant qu'il avait trouvé le bouton en plastique qui permettait de doser le débit du Démérol dans son goutte-à-goutte. Il aimait cette vague apaisante qui se propageait en lui et submergeait son système nerveux. *Woossssh!* ça lui arrivait dessus, comme une déferlante tiède, avant de refluer lentement, jusqu'à ce que, de nouveau... *woossssh!* Les vagues se succédaient, l'emportant de plus en plus loin et de plus en plus profond dans un doux délire.

L'idée l'effleura qu'il pouvait y avoir un risque d'overdose.

Le gros shérif était venu s'asseoir sur son lit pour engloutir un double cheeseburger accompagné d'un paquet de frites géant qu'il avait dû s'acheter dans un fast-food du coin. Martin l'avait regardé faire, d'un œil à la fois horrifié et curieux, tandis qu'il transvasait ses frites dans le sac en papier où il avait préalablement balancé deux paquets de sel, avant de le refermer, en le secouant vigoureusement, comme une grosse maraca huileuse dont le son lui avait paru particulièrement écœurant. Il avait appuyé sur le bouton doseur du goutte-à-goutte.

Le shérif plongeait la main dans le sac, et en sortait les frites par poignées. Il lui disait quelque chose. Martin n'avait qu'une vague idée de ce dont il pouvait s'agir, mais la voix du shérif lui écorchait les oreilles – pas le son en lui-même, mais cette espèce de martèlement condescendant que prennent les figures d'autorité pour s'adresser à vous. Plus le shérif lui débitait son laïus, et plus Martin actionnait le bouton doseur.

Il aurait aimé avoir toujours ce petit appareil sous la main, dans la vie ordinaire. Quelqu'un te faisait chier, et vlan! tu appuies sur le bouton. On roulait pare-chocs contre pare-chocs dans le centre-ville et cette putain de radio ne diffusait que des pubs – hop ! une pression sur le bouton. Une perfusion de Démérol, c'était une amélioration radicale de votre qualité de vie.

Amado s'était assis au milieu des couvertures en bataille, tandis que Cindy lisait son scénario. Et ça lui filait un peu le trac. Il se sentait à la fois épuisé, parce que ça n'était pas un mince boulot, et exultant de fierté. C'était quelque chose, d'avoir mené un tel projet à son terme. Pour lui, c'était une grande première. Avoir une idée, s'installer au calme et la mettre à exécution, de A jusqu'à Z. Bien sûr, il lui était déjà arrivé de recevoir des ordres, qu'il avait exécutés. Des missions où il devait commencer par retrouver quelqu'un et finir en faisant disparaître le corps dans un terrain vague. Mais ça n'avait strictement rien à voir. Sur le plan de la créativité, ça n'exigeait pratiquement aucun investissement intellectuel ni émotionnel. Amado ne s'impliquait jamais dans les affaires courantes du crime organisé. Il avait simplement appris à faire avec, parce que c'était un job facile et bien payé.

Mais pour lui, c'était une expérience vide de sens.

Porter des personnages dans son imagination, leur donner souffle et vie, balancer du concentré d'émotion dans les entrailles de son ordinateur, échafauder une histoire qui vous prenait à la gorge, exigeant d'être racontée – ça, c'était une vraie satisfaction. Il était content de lui. Écrire était loin d'être simple, mais il adorait ça.

Et il y avait Cindy. Là aussi, il se sentait curieusement nerveux et confus. Elle tranchait radicalement sur toutes les femmes qu'il avait connues jusque-là. Elle était petite et gracile – rien à voir avec les belles plantes capiteuses auxquelles il était accoutumé. Ses seins minuscules tenaient aisément dans son unique paume. En guise de poils pubiens, elle n'avait qu'un imperceptible duvet. Ses hanches étaient quasiment inexistantes, comme celles d'un garçonnet, quant à ses fesses... Mais il en était fou.

L'idée lui vint que ce qu'il trouvait irrésistible chez Cindy, ce n'était pas tant son corps que son esprit. Sa personnalité. Elle était vive et drôle. Elle ne ressemblait à aucune de ses précédentes conquêtes. Elle se passionnait pour des tas de choses. Les gens, les endroits, les idées, les mots. Elle était d'une insatiable curiosité et n'avait peur de rien.

Il la regarda effeuiller son scénario, charmé. Elle semblait vraiment se délecter de tout. Il contempla un instant son corps menu, dont la vigueur l'avait surpris. Elle était si belle, nonchalamment étendue sur les couvertures, avec ses nattes roses, ébouriffées après l'amour.

— Tu sais, Amado, je ne comprends pas un mot d'espagnol.

Il eut un sourire.

— Tu veux que je te le lise en traduisant ?

— Oh, oui !

Elle se faufila sous les couvertures en se tortillant comme une gamine qu'on met au lit, juste avant qu'on ne la borde.

Maura s'était installée dans un fauteuil des plus inconfortables en face du bureau de Don et s'amusait à feuilleter un catalogue d'équipement spécial police – holsters, menottes, Tasers, bombes lacrymogènes, gilets en kevlar. Tout un tas d'articles fascinants. Elle s'intéressait même aux différents types de chaussures. Elle se promit de demander à Don s'il était indispensable d'être policier pour pouvoir passer commande. Le fin du fin, ç'aurait été de s'habiller en femme flic et d'attacher Don aux montants du lit. Avec ces jolis bracelets de plastique, par exemple – solides, légers, économiques. Parfaits pour troubler l'ordre public ! Et si l'usage des armes au lit finissait par faire tiquer Don, peut-être cette matraque serait-elle un bon compromis…

Don raccrocha et se tourna vers elle.

— J'ai une question à te poser.

— Oui ?

— Tu le connaissais vraiment bien, ton ex ?

Maura y réfléchit une seconde. Difficile de répondre à cette question. Elle connaissait Bob aussi bien qu'on pouvait connaître quelqu'un. Ils avaient été très proches. Ils avaient tout partagé. Leurs espoirs et leurs rêves. Mais, question intimité, ils n'étaient jamais allés aussi loin qu'avec Don.

— Pourquoi ?

— Eh bien, je me retrouve avec deux bras sectionnés, dont un seul a pu être identifié. Les empreintes de l'autre ne trouvent aucune correspondance dans nos bases de données actuelles – mais je suis prêt à parier que si je retrouvais le corps d'un gangster amputé d'un bras, le mystère serait de facto élucidé. Le premier appartenait à Max Larga, et c'est ton ex, Bob, qui est venu nous le livrer. Larga était l'un de tes clients. Or, à l'heure où Larga aurait dû venir te voir, il se trouve que c'est Bob qui a débarqué dans ton cabinet. Pourtant la voiture de Larga, elle, se trouvait bien en bas, garée sur le parking.

Maura lui jeta un regard morne.

— Là, je ne te suis pas.

— Imaginons que Larga n'ait été impliqué dans aucune activité criminelle et qu'il n'avait rien à voir avec la mafia mexicaine.

— Mais en ce cas, qu'est-ce que Bob vient faire là-dedans ?

— C'est ce que j'aimerais savoir.

Maura haussa les épaules.

— En toute honnêteté, je n'en sais rien. Mais je ne vois pas du tout Bob s'acoquiner avec des mafieux au point de… enfin, je veux dire, tu vois… ça me paraît difficile à croire.

Don afficha soudain le masque du flic qui a une mauvaise nouvelle à annoncer.

— Désolé de te contrarier, mais je suis de plus en plus convaincu que Bob est pour quelque chose dans la disparition de Larga.

Maura éclata de rire.

— Wow ! Cool… !

— Cool ?

Elle tâcha de retrouver un semblant de sérieux.

— Eh bien, disons que… Si tu connaissais Bob un tant soit peu… Ça paraît incroyable. Et s'il avait vraiment fait une chose pareille – eh bien, ça serait super cool, tu ne trouves pas ?

Don fut à deux doigts de lui répondre, mais il se ravisa et se contenta de lâcher un soupir.

— Essayons de lui remettre la main dessus.

Maura bondit sur ses pieds.

— Cool !

Bob et Esteban finissaient de signer les derniers papiers. Le directeur de la banque, un type élancé et un peu raide, vêtu d'un luxueux costard trois-pièces, leur décocha son plus beau sourire.

— Je vous remercie infiniment…

Esteban hocha la tête.

— L'argent sera viré sur ce compte aujourd'hui même, en fin de journée.

— Parfait.

— Et vu la somme, puis-je vous suggérer quelques placements qui, tout en constituant une excellente protection, vous permettront de répartir les risques et de faire fructifier vos actifs à un taux nettement supérieur à ce que proposent les plans d'épargne ordinaire…

Bob consulta Esteban du regard.

— Qu'est-ce que vous en pensez ?

Esteban lui sourit.

— À toi d'en décider, Roberto. Prends la carte de monsieur le directeur. Tu le rappelleras demain.

Il n'avait pas eu le temps de cligner les yeux, que la carte du banquier avait atterri entre ses doigts.

— Merci.

— Vous pouvez m'appeler à l'heure qui vous conviendra, Roberto. J'ai noté mon téléphone personnel, au verso.

Esteban se leva, aussitôt imité par Bob.

— Je vous rappellerai demain, dans la journée.

Les trois hommes échangèrent des poignées de main et Esteban prit le chemin de la sortie, Bob sur les talons.

— C'est la première fois que je tombe sur un banquier si sympa, lui glissa-t-il à l'oreille.

— C'est la première fois que tu ouvres un compte avec vingt millions de dollars…

La première détonation réveilla Martin en sursaut. Elle fut suivie d'une pétarade de coups de feu, d'un fracas de verre brisé et d'un concert de hurlements. Martin aurait voulu lever la tête pour voir ce qui se passait mais il était trop défoncé. Quelque part au fond de lui, il avait vaguement conscience qu'il aurait dû avoir peur. Mais son visage gardait un sourire béat, imbibé de Démérol, comme s'il s'était délecté du spectacle.

Une silhouette massive, mais floue – celle du shérif, sans doute – passa en trombe au ras de son lit, l'arme au poing, et tira encore plusieurs coups de feu. Bon sang. Le boucan. À chaque détonation, Martin sentait des spasmes secouer ses bras et ses jambes. À présent, les coups de feu pleuvaient littéralement et il avait l'impression d'exécuter une danse d'un nouveau style au fond de son lit, le genre de chorégraphie que devaient inventer les mômes en regardant MTV, le soir dans leur chambre. Le pas du ligoté tressautant…

Puis il sentit un truc mouillé lui dégouliner sur le visage. Il crut un instant que c'était son propre sang et qu'il s'était pris une balle. Mais c'était un liquide transparent, et ça lui pissait dessus à jet continu. Comme il tournait la tête vers la potence de sa perfusion, il découvrit que le tube du goutte-à-goutte avait intercepté une balle.

Et merde.

Ils avaient donné rendez-vous à Amado dans un restaurant japonais du centre. Esteban regardait Bob extirper de son bol de grosses nouilles dégoulinantes, du bout de ses baguettes, avant de les aspirer bruyamment. Amado, accompagné d'une sorte de punkette asiatique nouvelle vague, s'était installé en face d'eux. Cindy Kim, avait dit s'appeler la demoiselle, et Esteban avait trouvé ça *un poco raro*. Elle n'avait donc pas de nom de famille ? Madonna elle-même en avait un, non ?

Esteban était amateur de soupe japonaise, mais il avait fini par se résoudre à se fourrer une serviette sous le menton pour prévenir les éclaboussures qui menaçaient son costume. Il aurait préféré quelque chose de moins salissant.

Amado fit glisser une grosse enveloppe en direction d'Esteban.

— J'ai une faveur à te demander.

Esteban afficha un grand sourire. Ils y revenaient tous. Ils finissaient toujours par avoir besoin de quelque chose. Ça, c'était le bon côté du pouvoir – ils y revenaient tous.

— Moi aussi, je t'avais demandé une faveur.

Amado s'abîma dans la contemplation de sa soupe.

— Toutes mes excuses, Esteban. Mais là, j'essaie de me recycler.

Avec mille précautions, Esteban entreprit de repêcher les lamelles de porc qui flottaient sur sa soupe. Ils n'auraient pas pu se contenter d'un sandwich ?

— Il faudra que je puisse compter sur toi, en retour.

— Ne me demande pas de reprendre le boulot. Pour ça, j'aurais besoin de mes deux bras, fit Amado, en levant son unique main en guise de démonstration.

— Je ne t'ai pas dit de quoi il s'agissait.

Esteban sentait bien qu'il en coûtait à Amado de devoir lui demander ce service, et il était tiraillé entre le désir de lui montrer qui était le boss, et le souci, sincère, qu'il avait de l'avenir de son vieil ami.

— Tu sais bien que je ne te laisserai jamais tomber, Amado.

— On est une grande famille ! reprit Bob en chœur.

Esteban regarda Bob. Il avait dû entendre ça dans un film, ou quelque part, mais à lui seul, le mot *famille* éveillait en chacun d'eux des échos très profonds. Amado se tourna vers Cindy.

— Tu sais, on en a vu des vertes et des pas mûres, avec Esteban.

Cindy sourit. Esteban l'aimait bien. Elle avait du chien, cette gamine. Elle n'avait rien de commun avec les autres conquêtes d'Amado, et on pouvait y voir la preuve d'une véritable volonté de changement de la part de ce dernier.

— Je sais que tu as des tas de copains à Telemundo…, poursuit Amado.

C'était vrai. Esteban connaissait tout le monde.

— *Cierto.*

— J'ai écrit un script de *telenovela.*

Celle-là, Esteban ne l'avait pas vue venir.

— Quoi ?

— Un scénario.

— Et qui plus est, excellent ! lança Cindy.

Bob dévisageait Amado.

— Trop cool !

Esteban n'avait toujours pas digéré l'info.

— Toi, tu as écrit un scénario ?

— Oui. Et je voulais te demander si tu connaîtrais un type qui serait d'accord pour y jeter un œil, à Telemundo.

— *Tu eres un escritor ?*

Amado haussa les épaules.

— *Un guionista. Sí.*

— *Guionista ?* s'étonna Cindy. Qu'est-ce que c'est ?

— Scénariste.

Esteban et Amado se regardèrent dans le blanc de l'œil.

— Bien sûr, que je vais t'aider. *Seguro.*

— *Gracias, Esteban. Muchas gracias.*

— *De nada, amigo.*

Esteban jeta un coup d'œil du côté de Bob, et le regard d'Amado suivit le sien.

— Il me reste quelques détails à régler avant de partir pour le Mexique. C'est Roberto qui va s'occuper de tout en mon absence.

Amado eut un regard surpris.

— Roberto ?

Esteban hocha la tête.

— Le service que je veux te demander, c'est d'assurer sa protection, après mon départ.

Bob hocha la tête à son tour.

— Je pourrais avoir besoin d'un coup de main, d'un conseil, ce genre de trucs, tu vois…

Amado sourit.

— Tu pourras toujours compter sur moi, Roberto. On est une grande famille.

D'épaisses volutes s'enroulaient autour du ventilateur. Des relents de cordite agressaient les narines de Martin. Une odeur plus violente que celle du vinaigre ou des sels. C'était ce qui l'avait tiré de sa torpeur. À présent, c'était le souk dans sa chambre. Un vrai moulin. Des médecins, des infirmières, des flics en pagaille. L'une des infirmières s'occupait de remplacer son goutte-à-goutte – excellente initiative, se dit Martin.

Elle tenta de lui expliquer quelque chose, rapport au dispositif de dosage de sa perfusion, qui avait été endommagé dans la bagarre, mais il se fichait bien de l'aspect technique, pourvu que sa ration de narcotique continue à s'égoutter. Le shérif approcha du lit, le bras en écharpe.

— Est-ce que tu connaîtrais cet homme ?

Martin ne voyait pas de qui il voulait parler.

— Qui ça ?

— Le type mort, là, par terre.

Martin se dévissa le cou pour regarder. C'était un abominable carnage. La pièce disparaissait sous les débris et les gravats. Le sol était jonché de verre brisé et de bois éclaté avec, au milieu de la pièce, étalé dans une mare de sang, Tomás Ramirez, aussi mort qu'un vieux clou.

Martin hocha la tête.

— Ouais, fit-il et il laissa sa tête retomber sur l'oreiller.

Le shérif lui sauta dessus et se mit à hurler.

— Tu vas me dire qui c'est, hein ? Vas-y, putain, dis-moi immédiatement son nom, petit con !

L'échange de coups de feu l'avait manifestement mis à cran. À lui non plus, ça ne lui aurait pas fait de mal, une petite perfusion de Démérol. Mais qui aurait craché dessus, par les temps qui couraient ?

La main de Martin partit à la recherche du bouton doseur et ses doigts l'actionnèrent. Comme s'il avait besoin de ce genre de contrariété…

— Gueulez pas.

Le visage du shérif passa par toute une série de couleurs.

— Ah, fit-il. J'ai crié ? Désolé.

Soudain, Martin se sentit beaucoup mieux. Les douces vagues du Démérol étaient revenues, plus puissantes et plus apaisantes que jamais. Mais sa situation avait sensiblement évolué. Il bénéficiait désormais d'un petit capital de crédibilité. Il avait un peu d'eau à son moulin.

— Vous avez refusé de me croire. Vous me preniez pour un minable, un petit dealer paumé dans le désert.

Quelques-uns des flics présents lorgnèrent le shérif d'un œil sévère.

— Eh bien, disons que je suis désolé, OK ?

Mais du point de vue de Martin, il était loin du compte.

— Vous avez refusé de me prendre au sérieux. Pourquoi j'accepterais de vous parler ?

— Maintenant je vous prends au sérieux.

— Trop tard.

Le shérif s'avança, la main levée, prêt à claquer Martin, mais sa blessure dut se rappeler à son bon souvenir car il s'écroula sur une chaise en gémissant.

— Bon. À qui vous voulez parler ?

Martin réfléchit à la question. *T'as qu'à m'appeler le président. Ou, mieux, appelle-moi le rocker, là, celui qui milite en faveur des prisonniers politiques – parce que c'est ce que je suis, un prisonnier politique.*

— Je veux négocier. Mais en échange, il me faut l'immunité totale.

— En ce cas, commence par me dire avec qui tu veux discuter.

Martin était ravi. Le shérif n'avait pas l'envergure qu'il fallait pour négocier avec lui. À présent, tout le monde comprenait qu'il était un criminel de haut vol. Un prisonnier politique. On allait organiser des concerts au Dodger Stadium pour collecter les fonds destinés à sa défense et alerter l'opinion publique sur son calvaire.

— Le mort s'appelle Tomás Ramirez. Appelez le LAPD. Ils sauront qui m'envoyer.

Martin actionna la petite pompe. Il se représenta le Dodger Stadium plein d'une immense foule portant des T-shirts à son effigie. "Libérez Martin ! Libérez Martin !" scandaient-ils, tandis qu'un groupe célèbre déboulait sur scène, au milieu des éclairs laser et des tourbillons de fumigènes. Le chanteur, impeccablement coiffé, les yeux dissimulés derrière des lunettes noires, brandit le poing en lançant le premier morceau : "Libérez Martin !"

Peut-être même qu'ils l'inviteraient à chanter sur leur prochain CD.

Chino Ramirez noua son bandana bleu autour de son poing et serra le nœud en s'aidant de ses dents et de sa main valide. Il avait perdu du sang mais rien de mortel. Il descendit de voiture et se rua sur la première cabine téléphonique. Il savait qu'il n'avait qu'une vingtaine de minutes pour se débarrasser du véhicule ou alors mettre le plus de kilomètres possible entre la ville et lui. Après ça, *las placas* auraient eu le temps de consulter la bande vidéo du parking de l'hôpital. Ils auraient son visage, et la plaque d'immatriculation.

Il composa un numéro, attendit la tonalité et composa le numéro de la cabine, avant de raccrocher, en consultant sa montre – le tout sans cesser de surveiller la rue, à l'affût du moindre signe d'activité policière.

Il fouilla dans ses poches et en tira un papier plié en carré. Il avait besoin d'un petit remontant pour lutter contre la douleur qui se réveillait après le stress du choc initial. Il regrettait amèrement de ne pas l'avoir buté, ce connard de flic. Qui aurait pu prévoir que Martin serait sous la garde d'un psychotique décérébré ? Ils étaient arrivés à l'hôpital et avaient piqué de quoi se déguiser en hommes de ménage, ou en techniciens de surface, au choix du lecteur. Ils avaient enfilé plusieurs couloirs avec leurs seaux et leurs serpillières. Personne ne s'étonne de voir un Mexicain armé d'un seau et d'un balai, ils avaient la tête de l'emploi.

Ils avaient fini par retrouver la chambre. Ils avaient sorti leurs flingues et fait irruption dans la pièce. Mais la seconde d'après, ils s'étaient retrouvés face à un type armé jusqu'aux dents qui vidait les chargeurs de ses douze flingues sur eux. Chino n'avait même pas tenté de dégainer. Il avait foncé sur la porte et remonté le couloir ventre à terre. À un moment, il s'était retourné, le temps de voir Tomás se prendre huit ou dix balles, et piquer du nez.

C'est à ce moment-là qu'il s'était chopé cette balle perdue, dans le poignet. Il avait beau être dans un hôpital plein de médecins qui auraient pu lui être utiles, il avait mis les bouts. Rester dans le secteur ne lui aurait rien rapporté de bon.

Le téléphone sonna. Chino raconta tout ça à Esteban.

Bob avait observé Esteban pendant toute la communication téléphonique qu'il avait eue avec le producteur de Telemundo. Apparemment, Esteban s'était autrefois arrangé pour que l'un des rivaux de ce type perde sa carte verte et disparaisse de la circulation. À présent, Esteban se rappelait à son bon souvenir…

Voilà donc comment ça se passait. Les gens se faisaient des fleurs, dans l'espoir de voir leur générosité récompensée un jour ou l'autre. Tout le monde s'entraidait, dans la chaîne alimentaire.

Bob commençait à comprendre qu'il aurait besoin de se faire assister d'un certain nombre de gens. L'aspect financier – placer et déplacer l'argent, jongler avec les différents comptes, négocier avec les banquiers, c'était une chose. Mais l'aspect blanchissage – sortir le fric d'un coffre de voiture, le passer dans le filtre d'une société bidon, une entreprise de télémarketing, le registre du personnel fantôme d'une entreprise de construction fictive, une chaîne de tacos et une salle de boxe, c'en était une autre. N'aurait-il pas été plus simple de déclarer tout ça comme de l'argent gagné au Mexique ? Il suffisait ensuite de payer les impôts, et basta ! Esteban s'était déjà construit une couverture de producteur de papayes. Pourquoi ne pas faire comme si l'argent venait des papayes ? Pourquoi ne pas acheter carrément une plantation ?

Esteban passa un autre coup de fil – cette fois à un ami à lui, qu'il chargea de concocter une fausse identité pour Bob – passeport américain, permis de conduire, carte de sécurité sociale, et tout le tintouin. Esteban se tourna vers Bob, pour lui demander le nom qu'il voulait porter. Roberto, ça allait de soi – mais pour le nom de famille, il n'avait pas la moindre idée. Esteban lui suggéra Duran – comme Roberto Duran, le boxeur. Ça, tout le monde s'en souviendrait.

L'idée plut à Bob. Ce serait même une bonne occasion de faire un saut à la salle de boxe, histoire de prendre quelques leçons.

Et d'améliorer son punch.

Le troisième coup de fil d'Esteban lui parut de moins bon augure. Il répondait à un message qu'il venait de recevoir. La voix d'Esteban baissa de plusieurs tons et se fit tout à coup hachée, acide et explosive. Il ne parlait plus que par brèves rafales.

Il finit par raccrocher et se tourna vers Bob. Ils avaient du boulot.

Don suivit du coin de l'œil le serveur qui passait quelques poignées d'herbes vertes à la centrifugeuse. Du bec de la machine suintait un liquide qui lui évoquait davantage un détergent industriel qu'une panacée bourrée de vitamines. Comment Maura pouvait-elle ingurgiter ce genre de truc ? Don s'était commandé quelque chose d'un peu plus… goûteux. Un de ces grands smoothies aux fruits – tout à fait le genre de truc à se choper un bon mal de crâne par ingestion massive de liquide glacé –, dont le goût finissait par se confondre avec celui du polystyrène du gobelet géant, lorsque vous commenciez enfin à en apercevoir le fond. Maura avala cul sec son jus de blé en herbe. Don en eut un frisson.

Et c'était loin d'être la seule chose qui lui filait la chair de poule, chez elle. Comme de faire l'amour en brandissant une arme chargée… Franchement, quel intérêt ? Elle lui avait expliqué que ça l'investissait d'une sorte de pouvoir. Que c'était son *axis mundi*, un genre de talisman ou de fétiche. Mais de son point de vue à lui, ça n'était jamais qu'une saloperie de flingue chargé qui pouvait partir d'une seconde à l'autre sans crier gare, ce qui n'avait rien de marrant ni de sexy. C'était à vous filer envie de gerber – tout comme son jus de blé germé !

Son portable sonna. À sa grande surprise, c'était Flores. Il lui raconta une histoire de dealer retrouvé errant en plein désert et hospitalisé d'urgence à Palm Springs. La première idée de Don fut que Flores était simplement trop paresseux pour s'extraire de derrière son bureau et aller voir lui-même ce dont il retournait, et qu'il essayait de lui refiler le bébé. Mais lorsque le sergent lui eut précisé que l'un des frères Ramirez avait été abattu en essayant de tuer ce type, Don se sentit subitement des fourmis dans les jambes. Il n'avait aucune idée de ce qui se tramait dans la bande de Sola, mais c'était quelque chose d'énorme, à coup sûr. Si Esteban en était réduit à envoyer les frères Ramirez à l'hôpital de Palm Springs pour descendre un type, c'était que ce type avait deux ou trois trucs intéressants à raconter.

Don décida de filer à Palm Springs toutes affaires cessantes, avant qu'Esteban ait eu le temps d'envoyer un autre tueur achever le boulot des frères Ramirez. Il ne ferait même pas le détour pour déposer Maura à son cabinet. Elle allait devoir poser ses jolies fesses de buveuse de blé germé sur le siège passager de sa Chevrolet de service, et faire le trajet avec lui – ce qui, vérification faite, s'avéra tout à fait à son goût.

De retour à l'appartement, Bob trouva Felicia juchée sur une échelle. Elle avait entrepris de peindre une frise de fleurs au pochoir en haut d'un mur. Se retournant, elle lui jeta un regard éloquent. Le genre de regard par lequel tout un chacun aimerait être accueilli en rentrant chez lui. Un sourire lui illumina le visage et ses yeux se mirent à scintiller. Pour Bob, son sourire était la plus belle chose au monde.

— *Hola, corazón !*

— Hello, sweetie !

Bob lui noua ses bras autour de la taille puis la souleva doucement de l'échelle, la posa à terre et, plongeant ses yeux dans les siens, lui déposa un baiser sur les lèvres.

— J'ai un *pozole* sur le feu.

Bob en resta bouche bée. L'espace d'une seconde, il se demanda pourquoi il devrait s'envoyer deux soupes chaudes la même journée alors que le thermomètre flirtait avec les trente-cinq degrés, mais cette objection s'éclipsa très vite.

— Je vais à Palm Springs.

— Tu en auras pour longtemps ?

— Pour la nuit. Je reviens demain matin.

Le sourire de Felicia se changea en une petite moue.

— Ça ne me plaît pas beaucoup, Roberto. *No me gusta.*

Bob attendait ça avec une certaine appréhension. Il est si difficile de concilier carrière et vie de couple, de nos jours…

— Mais chérie, c'est pour mon job.

— Tu ferais bien d'en changer. Je ne veux pas faire l'amour avec un tueur.

Bob éclata de rire.

— Je ne suis pas un tueur.

Mais Felicia ne capitulait pas.

— Parce que ça n'est pas ce que tu fais pour Esteban, peut-être ?

— Non.

— Non ?

— Je n'ai jamais tué personne, à part un type que j'ai assommé d'un coup de pelle – mais je ne l'ai même pas tué. Et c'était de la légitime défense.

— C'est vrai, ça ? Vraiment vrai ?

— Oui. Vraiment. Entre nous, tu trouves que j'ai l'air d'un tueur ?

— Bien sûr que non ! s'esclaffa-t-elle. Mais justement, c'est à ça qu'on reconnaît les pros.

— Je ne suis pas un tueur.

Le sourire de Felicia s'épanouit, mais juste comme il recommençait à illuminer la pièce, il s'éteignit soudain.

— Tu peux m'expliquer ce que tu fais pour Esteban, en ce cas ?

— Eh bien, je n'en sais encore trop rien. Je n'en suis qu'à mes débuts. Il m'a chargé de m'occuper de ses finances en son absence. De surveiller les affaires en cours. Disons que j'ai l'équivalent d'un poste de sous-directeur.

— Sous-directeur ?

— Ça peut se voir comme ça.

Felicia se mordilla la lèvre.

— Parce que tu y connais quelque chose en direction financière, en management, tout ça ?

Bob eut un grand sourire.

— Non, mais je ne demande qu'à apprendre !

Amado était au lit. Il avait passé un vieux peignoir en coton et ouvert son portable sur ses genoux, une canette de bière bien fraîche à portée de main, près de son dictionnaire espagnol. Celle de Cindy était à proximité. Elle s'était assise de l'autre côté du lit dans son vieux T-shirt Fugazi. Elle aussi pianotait sur son portable.

Amado leva le nez un instant et, jetant un œil du côté de Cindy, il songea que pour la première fois de sa vie, il était heureux. Il n'était pas en train de trimer dans un champ, de piquer une voiture ou de détourner un camion. Il ne sortait pas de la came d'une camionnette pour la transborder dans un entrepôt clandestin, au fin fond de nulle part. Il n'était pas sur les traces d'un type qu'il devait flinguer ; il n'aurait pas à passer la serpillière pour essuyer les traces de sang, ni à ramasser les éclats d'os et les éclaboussures de tripes. Et surtout, personne n'allait venir le buter, pour ce qu'il était en train de faire : écrire, assis dans son lit. La sérénité. Le bonheur.

Cindy ne levait jamais le nez de son écran. Elle restait parfaitement concentrée. Amado eut un sourire pénétré et revint à sa propre histoire.

Le silence de la chambre n'était troublé que par le cliquetis de leurs claviers, ponctué çà et là d'un petit rot étouffé.

Ils avaient, l'un et l'autre, des tas de trucs à raconter.

21

DON AVAIT DÛ SE CREUSER LA TÊTE. Il aurait eu du mal à expliquer au shérif qu'il avait emmené sa petite amie parce qu'il n'avait pas voulu prendre le temps de la déposer chez elle. Il lui avait donc présenté Maura comme une adjointe du District Attorney, version que le shérif avait gobée sans sourciller, sans doute parce qu'il avait déjà le nez dans le décolleté de la prétendue adjointe. Et le shérif leur avait raconté les événements de la journée.

Puis il les avait emmenés à la morgue pour identifier le corps de Tomás Ramirez. Don aurait préféré épargner à Maura un spectacle aussi macabre, mais elle restait ferme à ses côtés, suspendue aux lèvres du shérif. Il avait tiré le drap et leur expliquait comment il avait logé neuf balles dans le thorax de Ramirez. Chaque impact de balle était soigneusement encerclé au marqueur rouge. Non pas qu'il y ait eu le moindre risque pour que ces horribles trous noirs passent inaperçus... Mais le shérif était manifestement content de lui, son unique regret étant de n'avoir pu descendre le deuxième frère Ramirez dans la foulée.

Hélas, leur expliqua-t-il, il lui avait filé entre les doigts comme un lapin.

Don se retint de lui demander ce qu'il en était des vingt-quatre cartouches vides que l'on avait retrouvées dans la chambre d'hôpital. Si neuf d'entre elles avaient achevé leur course dans le corps de Ramirez, qu'étaient devenues les quinze autres ? Le flingue de Ramirez n'avait tiré qu'un coup, qui avait blessé le shérif au bras – et la cartouche avait été retrouvée dans le couloir.

Don garda le silence, tandis que Maura bombardait le shérif de questions – le genre d'armes qu'il utilisait, celles qui avaient sa préférence ou qui lui assuraient les meilleures performances. Elle était vraiment portée sur les flingues, pour une végétarienne.

Don interrompit le séminaire improvisé sur les armes et demanda au shérif s'il pouvait voir le suspect. Il voulait prendre sa déposition de toute urgence.

Esteban était au volant. De temps à autre, il jetait un œil vers Bob qui se tortillait sur son siège ou regardait par la fenêtre. Ça lui rappelait le jeune homme qu'il avait été. Sa période héroïque, l'excitation, la haute tension nerveuse. Les incroyables personnages qu'il avait croisés. Il avait passé de sales quarts d'heure, comme tout le monde, et n'avait échappé que d'extrême justesse au désastre. Mais l'un dans l'autre, il ne se plaignait pas. Il avait travaillé dur et joué serré. Mais à présent, après vingt et quelques années de cette vie, Esteban commençait à accuser une certaine lassitude. Sa façade de dur, qui était autrefois pour lui comme une seconde nature, commençait à lui peser. L'argent, les voitures, les femmes – tout ce luxe l'avait amolli. Amado l'avait mis en garde. Lui, en dépit de l'argent qu'il avait pu mettre à gauche au fil des années, il n'avait jamais déménagé. Il avait gardé la même adresse, un modeste appartement du *barrio.* Il conduisait une vieille Ford Taurus, se restaurait chez les vendeurs de tacos de son quartier et buvait dans les bars du coin. Il avait toujours refusé de rompre avec ses racines. Amado restait un *trabajador,* un *tipo* – un mec normal.

Et ça ne faisait qu'ajouter à son *onda,* en le rendant d'autant plus *misterioso.* Un samouraï, environné d'une aura de danger. Esteban aussi avait la réputation d'être un homme dangereux, mais pas de la même façon. Esteban était un shogun, un seigneur de la guerre, doublé d'un businessman. Ce n'était qu'une façade de puissance – rien à voir avec son être profond.

Et quand il y réfléchissait, ça le faisait plutôt rigoler. C'était tellement superficiel, cette image de gangster…

Bob baissa la vitre et s'offrit une grande bouffée d'air frais.

— Ça va, Roberto ?

— Oui. Tout va bien.

— Nerveux ?

— Un peu, ouais.

— Ça va aller.

Bob garda le silence pendant une bonne minute.

— Esteban ? Je peux vous poser une question ?

— *Claro.*

— En temps normal je ne vous le demanderais même pas, mais vous comptez me payer combien, au juste ?

— Tu veux savoir combien tu vaux, à mes yeux ?

Bob hocha la tête.

— *Sí. Exacto.*

Esteban sourit.

— *Muy bien, Roberto. Tu hablas español.*

— J'essaie d'apprendre.

— *Que bueno!* (Son sourire s'épanouit.) À ton avis, tu peux prétendre à combien ?

Esteban observa Bob, plongé dans ses réflexions.

— En toute honnêteté, je n'ai aucune idée des tarifs pratiqués dans… eh bien, dans la branche où vous m'employez.

— Tu vas te faire un joli paquet de fric, Roberto. Mais là, je dois te mettre en garde. Si tu te mets à le claquer à tort et à travers, tu vas t'attirer l'attention du fisc, puis celle de la police et des fédéraux. En fait, tu ne pourras dépenser qu'une infime partie de ton argent.

— Et le reste ? Qu'est-ce que j'en ferai ?

— Tu le mettras de côté. Dans un coffre ou dans une affaire, quelque part.

Bob hocha la tête.

— Voilà pourquoi vous avez acheté toutes ces boîtes…

— *Exacto.*

Ils roulèrent un long moment en silence.

— Alors, combien je vais gagner ?

Quittant tout à coup la route, Esteban s'engagea dans un chemin vicinal qui semblait aller tout droit au beau milieu de nulle part.

Martin fit rouler sa tête de côté pour voir ce qui se passait. Seigneur, qu'elle était lourde – jamais il n'arriverait à la ramener à sa position de départ. Le gros shérif avait fait entrer un type dans sa chambre. Un type accompagné d'une femme. Un inspecteur, à vue de nez. Il avait cet air imbu de lui-même, ce zèle idiot qu'ils affichaient tous, ces connards. Ça, et cette façade de dur à cuire, un tantinet minée par l'excès de fast-food. En fait, ce flic lui faisait penser à un acteur de feuilleton télé – la veste sport, la cravate rayée, la voix ferme et précise. Le ton du mec qui ne s'en laisse pas conter. Il était en train d'expliquer que la nana qui l'escortait était une adjointe du DA. Putain. Elle avait de sacrés nichons, pour une juriste.

Martin marmonna quelque chose.

La nana aux super nénés hocha la tête. L'inspecteur posa sur le lit un petit magnéto, qu'il mit en marche.

Martin fit un colossal effort de concentration. *J'ai des trucs à leur dire…*

— L'immunité, lâcha-t-il. Je veux une garantie d'immunité.

Ça, c'était sorti à peu près clair.

Derechef, la fille hocha la tête. Ses seins tanguaient doucement au moindre de ses mouvements – et ils avaient l'air tout ce qu'il y a d'authentique. Bon sang… on aurait pu s'y enfouir totalement.

Le flic éteignit son magnéto. À moins qu'il ne l'ait allumé… difficile à dire. Puis, se tournant vers Martin, il se mit à lui poser des questions.

— Déclinez-moi vos nom et prénoms, dans l'ordre de l'état civil…

Comme si ça avait eu la moindre importance… La séance s'annonçait longue et fastidieuse. Martin ne pourrait pas juste leur raconter comment il était au courant de tous ces trucs. Il allait falloir suivre toute une procédure, tout un protocole bureaucratique. Ça promettait d'être chiant, chiant, chiant. Chiant au possible.

Il décida de pimenter un peu l'exercice. Chaque fois qu'il répondrait à une question, il s'accorderait une pression supplémentaire sur le bouton doseur de sa perfusion en guise de récompense, comme un rat de laboratoire.

Il commença par donner au flic son identité complète, dans l'ordre de l'état civil.

C'était bon.

Bob suait à grosses gouttes. Il desserra la cravate qu'il avait empruntée à Esteban. Il ne se souvenait même plus de la dernière fois où il s'était mis en costard, mais, la vache – ce qu'on pouvait transpirer, là-dedans. Il avait probablement eu tort d'aborder si brutalement la question du fric. Un employé âpre au gain, ça a toujours quelque chose d'agaçant. Ils étaient en plein désert, Esteban et lui, sur une espèce de piste pleine de caillasses – et ça, par contre, il se souvenait très bien de la dernière fois où ça lui était arrivé. Il envisagea un moment d'ouvrir la porte et de sauter sans crier gare, comme dans les films. Un beau roulé-boulé dans la poussière, après quoi il n'aurait plus qu'à se remettre sur pied et à prendre ses jambes à son cou à travers la rocaille. La nuit serait son alliée la plus sûre. Il n'aurait qu'à laisser ses bras sombres se refermer sur lui…

Mais comme il jetait un coup d'œil par la vitre, il ne vit défiler dans le faisceau des phares que des promesses de douleur. Cailloux, cactus, éclats de verre, barbelés rouillés…

— On va où comme ça ? fit-il en se tournant vers Esteban.

— T'inquiète pas, répondit Esteban, tout sourire.

— OK, mais je vois bien qu'on n'est pas sur la route de Palm Springs, là.

Esteban s'esclaffa.

— Non. Mais tu as besoin de t'entraîner un peu.

Il partit d'un grand éclat de rire.

— C'était juste pour savoir, fit Bob.

Esteban rigolait toujours.

— Ça ne coûte rien de demander, si ?

— Tu gagneras ta vie *muy bien,* Roberto. Ça, fais-moi confiance. Si tu veux un chiffre, disons dans les deux cent mille – par an.

Bob crut avoir mal entendu.

— Sans blague ?

— Minimum, *amigo.* En fait, tu t'en feras bien plus.

Bob en resta sans voix. Le meilleur salaire qu'il ait jamais touché, c'était les trois mille cinq cents dollars mensuels qu'il se faisait au labo, et avec ça, il s'estimait plus que verni.

Esteban arrêta la voiture et mit pied à terre.

— *Vale,* Roberto.

Bob descendit à son tour et balaya les alentours du regard. On voyait un sacré paquet d'étoiles, dans le désert. Derrière eux s'élevaient les masses noires des montagnes, où l'on ne distinguait que les antennes radio plantées sur les sommets, avec leurs clignotants rouges. Bien plus loin, vers l'est, l'horizon était nimbé d'une lueur diffuse. Palm Springs, probablement.

Esteban ouvrit le coffre et en tira une boîte à outils. Elle contenait des tournevis, une clé à rochet, quelques pinces coupantes. Soulevant le plateau supérieur, il dévoila le compartiment du dessous qui semblait bourré de chiffons. Il prit délicatement l'un d'eux et le tendit à Bob.

— Fais gaffe…

Le paquet était curieusement lourd. Bob comprit aussitôt ce qu'il avait entre les mains. Un flingue. Un gros. Du sérieux.

— Pour quoi faire ?

Esteban avait entrepris de charger les cartouches dans un clip. Il se tourna vers Bob.

— C'est en cas d'urgence.

Bob examina le mécanisme de l'arme à la lueur des phares.

— Ne regarde pas trop. Mieux vaut apprendre directement avec les mains.

Esteban lui tendit un clip et lui montra comment le charger et le décharger. C'était d'une simplicité enfantine. Rien de surprenant à ce que les mômes piquent les pistolets de leurs parents pour les mettre dans leurs sacs d'école. Un bébé chimpanzé aurait pu manœuvrer un tel flingue.

— Vas-y. Essaie de tirer.

— Sur quoi ?

— Sur ce que tu veux. Sur cet arbre, par exemple.

Pour Bob, un arbre de Judée, c'était sacré. Il n'avait aucune envie de leur tirer dessus.

— Non… sur quoi d'autre ?

— Qu'est-ce que tu lui reproches, à cet arbre ?

— Ben, c'est un arbre de Judée.

— Et alors ?

— Et alors, je préfère pas lui tirer dessus, d'accord ?

Esteban poussa un soupir et sortit du coffre une bouteille de liquide lave-glace qu'il alla poser sur un rocher, à dix mètres de là.

— Ça ira, comme ça ?

— Oui. Merci.

Bob visa la bouteille et pressa la détente. Le flingue fit un bond entre ses mains, comme un chat électrocuté.

— Alors ? Je l'ai eue ?

— Elle est toujours là.

Bob tira à nouveau, puis une troisième fois, tandis qu'Esteban lui prodiguait ses conseils. "Respire à fond. Baisse les épaules. Tiens la position. Appuie sur la détente…" – mais ça n'avait pas l'air de l'aider des masses.

— Ça doit être le flingue…

Esteban le lui prit des mains puis, se retournant, fit voler la bouteille en éclats. L'odeur du détergent, imperceptiblement ammoniaqué, flotta un instant dans l'air nocturne.

— OK. Ça n'était pas le flingue.

Esteban le lui rendit.

— T'inquiète pas, Roberto. Tu feras de ton mieux. N'hésite pas à tirer à tort et à travers, et la chance te sourira. Au pire, fais un max de raffut. Ça fait toujours son petit effet.

Bob fixait ses chaussures l'air gêné. C'était humiliant.

— Je l'ai tout de même, ce boulot ?

Esteban lui sourit dans le noir.

— *Claro,* Roberto. Tu es l'homme de la situation.

— Je pourrais sûrement m'améliorer avec de l'entraînement. En prenant quelques leçons, peut-être.

Esteban referma le coffre et reprit le volant.

— Ça serait une idée.

Maura n'en revenait pas de sa chance. D'abord elle avait réussi à voir un vrai cadavre, tout raide et criblé de balles, dans un de ces frigos d'inox géants. Et à présent elle assistait à l'interrogatoire d'une éminence grise de la mafia mexicaine – c'était du moins ce que ce type prétendait être. Parce qu'il était pour le moins vaseux. Il mélangeait allègrement ses histoires de blanchiment d'argent et de stratégies financières, avec d'infimes détails personnels, tels que la quantité de jus de citron qu'il fallait mettre dans les margaritas d'un certain Esteban. Esteban, c'était le Parrain du gang – ça, elle le tenait de Don. Puis, dans un magistral coq-à-l'âne d'ivrogne, le prétendu témoin se mit à se plaindre amèrement de s'être retrouvé coincé sous une paire de faux seins, alors qu'Esteban s'était réservé les vrais… et là, Maura eut quelque peine à le suivre. Les membres de la mafia mexicaine se faisaient poser des implants, maintenant ? Bizarre. Il devait s'agir d'une expression argotique réservée au milieu…

Quoi qu'il en fût, Don était merveilleusement sexy dans son rôle d'inspecteur de police. Son regard irradiait une sorte d'incandescence. Il n'avait pas trop de toute sa concentration pour s'y retrouver dans ce monologue décousu. Tantôt il s'arrangeait pour sortir délicatement les vers du nez du suspect, tantôt il lui posait des questions qui déclenchaient chez lui de soudaines crises de larmes – par exemple, lorsqu'il lui avait demandé ce que faisaient ses parents. Bon sang, les chutes du Niagara !

Curieux, pour un prétendu membre de la mafia. On se serait plutôt attendu à voir ce genre de client jouer les durs et se refermer comme une huître ; mais celui-là pas du tout. Le suspect chialait tout ce qu'il savait, comme un gamin de six ans. Le *suspect.* Quel délice, ce terme... Elle croisa les doigts pour que Don accepte de l'interroger dans leur chambre d'hôtel, ce soir-là. Le jeu en vaudrait sans doute la chandelle...

Don insista un peu pour soutirer au *suspect* quelques informations concernant les autres membres du gang, mais n'obtint qu'une tirade qui s'obscurcissait de minute en minute. Le type semblait sombrer, lentement mais sûrement. À présent, il délirait sur un dénommé Roberto. Un vrai danger public, d'après lui. Un fléau de Dieu. Comme quoi sous ses airs modestes et sympa, ce Roberto s'était juré de régner par la terreur et de faire main basse sur la ville. Les caniveaux allaient bientôt charrier du sang – et ce serait l'œuvre de ce Roberto.

Don dressa l'oreille lorsque Martin entreprit de lui expliquer que Roberto était le véritable responsable de la récente multiplication des bras sectionnés. Maura tressaillit. Un dangereux sociopathe qui s'amusait à envoyer aux flics des fragments de ses victimes. Une histoire de fou. Un truc sorti tout droit de *Batman.* Il fallait le mettre hors d'état de nuire, ce Roberto.

Bob emboîta le pas à Esteban dans les couloirs de l'hôpital. Il avait passé le flingue dans la ceinture de son pantalon, sous sa veste. Ça pesait son poids. C'était dur et inconfortable. *Bonne chose,* se dit-il. *Je ne risque pas de l'oublier.*

Il commençait à se sentir du coton dans les jambes. Il n'avait pas vraiment peur. Juste le souffle un peu court.

Il avait craint de se retrouver pétrifié de terreur, mais non. C'était une curieuse sensation dans ses muscles. Il se sentait prêt à l'action. Sous tension. Comme une trappe d'acier s'apprêtant à se refermer dans un claquement. Ça n'était d'ailleurs pas désagréable. Il se sentait sur les charbons ardents, mais l'esprit alerte, requinqué, gonflé à bloc.

Il s'émerveilla de cette métamorphose. Quelques jours plus tôt, il n'était qu'un vulgaire tire-au-flanc accroché à son ordinateur comme une moule à son rocher. Et aujourd'hui, il avait un nouveau nom, un magnifique tatouage et un gros flingue dans sa ceinture.

Il était devenu Roberto Duran. Il apprenait l'espagnol. Il allait aider son chef à se débarrasser d'une balance – en y réfléchissant, ce dernier truc lui filait un peu le tournis. Mais Esteban lui avait juré qu'il se chargerait personnellement de tout ce qui concernerait le meurtre lui-même. Bob se contenterait d'ouvrir l'œil et de le couvrir, au cas où quelque chose viendrait à foirer.

Évidemment, du point de vue de Bob, le plan d'Esteban se limitait au strict minimum. Tout juste si on pouvait appeler ça un plan… Arriver dans le service en se présentant comme deux avocats. Expliquer à la sentinelle de garde – car après le raid des frères Ramirez, il y aurait sûrement une sentinelle – qu'ils avaient besoin de voir leur client sans témoin. Et là, Esteban enfouirait la tête de Martin sous un oreiller jusqu'à ce que mort s'ensuive. Pour plus de crédibilité, il avait même poussé la conscience professionnelle jusqu'à se munir d'un authentique attaché-case, criant de vérité. Cette attention portée au détail… Du grand art.

Martin n'avait plus mal nulle part. Il avait répondu à une longue liste de questions et s'était administré une quantité proportionnelle de Démérol. Son principal problème était donc de garder un œil ouvert. Mais dès qu'il en entrouvrait un, il s'en repentait. La lumière était trop crue. Était-ce une manœuvre pour le faire parler ? Essayaient-ils de l'éblouir ? Lorsqu'il parvenait à ouvrir les yeux, le gauche partait d'un côté et le droit d'un autre, ce qui lui filait un atroce mal de mer. À moins que ce ne fût un effet secondaire du Démérol…

Si vraiment il essayait, il parvenait à se concentrer. De temps à autre, il s'efforçait de comprendre la question qui lui était posée – la quantité hebdomadaire de cocaïne qui passait la frontière, par exemple. Mais cette question-là ne lui plaisait pas des masses, et il avait préféré détourner la conversation sur les *coyotes*. Au début, ça lui avait donné du fil à retordre. L'adjointe chez qui ça se bousculait au balcon n'arrêtait pas de parler de Griffith Park*. Martin dut y mettre le holà. Haussant le ton, il lui enjoignit de la boucler et d'enlever son chemisier. Elle n'eut pas l'air d'apprécier mais ça, Martin s'en contrefichait. Ce qu'il voulait, c'était mater ses seins. Elle se contenta de lui balancer un regard incendiaire avant d'aller s'asseoir à l'autre bout de la pièce.

Martin fit la grimace. Il déglutit laborieusement et expliqua qu'on appelait "coyotes" les passeurs chargés de faire passer la came à la frontière – parce qu'un coyote, par définition, c'était rapide et rusé. Et que la question, si

* Parc au centre de Los Angeles, célèbre pour sa faune de drogués et de dealers.

question il y avait, devait donc être reformulée. Ce que le flic aurait dû lui demander, c'était plutôt un truc genre : “Combien de coke peut convoyer un coyote convoyeur de coke ?”

Répétez ça cinq fois le plus vite possible, inspecteur.

Le flic s'exécuta et, pendant qu'il s'escrimait sur l'exercice, les choses prirent un tour curieux. Martin venait de s'octroyer un généreux bonus de goutte-à-goutte – la Grande Baveuse, comme il le surnommait à part soi – lorsqu'il vit Esteban et ce connard de Bob, alias Roberto, débarquer dans sa chambre. Le flic et l'adjointe du DA firent tous deux la même tête, celle de quelqu'un qui vient de s'oublier dans son froc, mais personne ne pipa mot, et Martin ne vit pas sortir l'ombre d'un flingue. Ce qu'il ne pigeait pas, c'était comment ils avaient réussi à arriver jusque-là. Il ne montait pas la garde devant la porte, l'autre gros con ?

Martin vit le coup d'œil que lui lança Esteban, tandis que l'inspecteur râlait à propos de quelque chose. La tension grimpait à vue d'œil dans la pièce. La fille dit quelque chose à ce petit enfoiré de Roberto. Tout le monde essayait d'en placer une. C'était à qui roulerait le plus des mécaniques.

Y avait vraiment de quoi déplaner.

Allongeant la main, Martin parvint à coincer le bouton de sa perfusion entre la sangle qui lui maintenait le bras et le garde-corps métallique de son lit. Il l'enfonça bien, en maintenant la pression, pour qu'il reste ouvert au maximum, et il sentit immédiatement se répandre en lui cette tiédeur soyeuse. Les vagues se mirent à déferler de plus belle dans sa conscience. Comme s'il y avait eu un cyclone quelque part du côté d'Hawaï et que les vagues des plages californiennes s'étaient mises au diapason. Le goutte-à-goutte de Démérol s'accéléra en un ruisselet, puis en une cascade qui s'enfla en un véritable déluge. Encore. Encore. Encore ! Et il redécolla, plus haut et plus fort que jamais.

Il se souvint de respirer.

Il y eut tout à coup un grand bruit. Comme si quelqu'un avait tiré sur quelqu'un. Puis un autre. Ah, oui… Quelqu'un avait dû tirer sur quelqu'un. Effectivement. Martin pensa à ouvrir les yeux, mais c'était trop d'effort et ça ne lui parut pas s'imposer.

C'est alors qu'il expérimenta un truc qu'il n'avait qu'effleuré jusque-là. Il était maintes fois passé sur le fil du rasoir, mais n'avait encore jamais franchi la limite.

Il planait trop haut.

Don était aux anges. Il chargea une troisième microcassette. Le type était en plein délire. La moitié de ce qu'il racontait n'avait ni queue ni tête, c'était une indigeste bouillie de mots – mais l'autre moitié, c'était du premier choix. D'inestimables informations concernant l'acheminement, la structure financière et la logistique des opérations du gang. S'il parvenait à vérifier ne fût-ce qu'un dixième de ces informations, Esteban était bon pour un certain nombre d'années à l'ombre et Don se retrouverait, au minimum, à la tête d'une brigade spéciale. Dans les brigades spéciales, on se faisait un max en heures sup' – sans compter les primes et les augmentations.

Il jeta un coup d'œil vers Maura qui tirait un peu la gueule depuis que le mec avait exigé qu'elle ôte son chemisier. Don n'aurait pu lui jeter la pierre. C'était vraiment grossier comme requête, mais il n'avait pas une minute à perdre avec les états d'âme de Maura. L'objectif était de faire parler le témoin et s'il fallait pour cela lui tenir la jambe, lui raconter des blagues et répéter des phrases idiotes, voire lui montrer ses seins, eh bien… La fin justifiait les moyens.

Il entendit la porte s'ouvrir et pensa que c'était le shérif. Mais comme il se retournait, il fut frappé de stupeur. C'était Esteban Sola en personne. Le truand marmonna quelques explications, se présentant comme un avocat, puis il lui tendit une carte de visite et demanda à parler à son client en tête à tête. Don devait reconnaître que le numéro était des plus convaincants. Si Sola avait eu affaire au shérif et non à lui, ce dernier l'aurait probablement laissé seul en compagnie du témoin et évidemment, à son retour, le témoin serait passé de vie à trépas. Mais Sola n'avait pas affaire au shérif. Ni à un vague sous-fifre qu'on aurait envoyé là pour pondre un rapport. Il était tombé sur l'inspecteur chargé du dossier, membre de la section des renseignements criminels du LAPD. Ça faisait deux ans que Don avait sous les yeux des photos d'Esteban. Il avait épluché des heures et des heures de bandes magnétiques, interviewé des douzaines d'informateurs. Personne ne savait mieux que lui qu'Esteban n'était pas avocat !

Mais une seconde plus tard il reconnut Bob, l'ex de Maura. Et il se souvint des doutes qui l'avaient assailli, quand il avait interrogé Bob à Parker Center. À présent tout s'éclaircissait. Effectivement, il y avait un lien. Larga, Maura, Bob, Esteban… ce type sur son lit d'hôpital. Les éléments du puzzle ne demandaient qu'à s'emboîter. Il n'avait pas encore tout élucidé, pas au point de comprendre exactement ce qui s'était passé, ni de distinguer le faisceau de connexions qui reliait tout ce petit monde – ça, ça serait pour plus tard. Mais ils étaient bel et bien connectés, tous les cinq. C'était déjà un point d'établi. Une petite victoire.

Don exultait.

Jusqu'au moment où il entendit les coups de feu.

Esteban, la courtoisie et l'amabilité même, demanda le numéro de la chambre de Martin à l'infirmière qui, d'un geste, lui indiqua l'ascenseur. Esteban la remercia. Il n'avait pas échangé un seul mot avec Bob. Il était totalement dans son personnage et Bob se gardait bien de troubler sa concentration. Il se bornait à observer le maître à l'œuvre.

Ils sortirent de l'ascenseur et enfilèrent le couloir en direction de la chambre de Martin. C'était la dernière au fond à droite, ils ne pouvaient pas la manquer. Un gros shérif montait la garde devant, assis sur une chaise métallique pliante, le nez dans un magazine people. Il leva les yeux en les entendant approcher.

— Messieurs, vous cherchez quelque chose ?

Esteban lui tendit sa carte de visite.

— J'ai été engagé par la famille.

Le shérif le détailla de la tête aux pieds.

— Voici mon assistant...

Bob tendit la main et serra celle du shérif.

— Bonjour.

Le shérif parut rassuré par la présence de Bob.

— Ils sont en train de l'interroger.

— Qui ça, ils ?

— Le LAPD.

Esteban afficha une moue triste et résignée.

— Lui a-t-on au moins lu ses droits ?

Le shérif eut un fin sourire.

— Pensez bien. J'ai tenu à le faire moi-même !

— Je crois qu'il ne serait pas inutile que j'interrompe cet interrogatoire pour avoir une petite conversation privée avec mon client, comme le prévoit la Constitution.

Le shérif hocha la tête. Il avait toujours été allergique aux avocats.

— Sûr. Faudrait surtout pas désobliger nos Pères Fondateurs, pas vrai ?

Le shérif leur ouvrit la porte. Bob entra sur les talons d'Esteban. Martin gisait sur le lit, le visage moite et pâlot. Sa tête disparaissait sous un gros bandage, du côté où il s'était pris la pelle. Bob réprima un mouvement de surprise en reconnaissant l'inspecteur de Parker Center. Putain de coïncidence.

Mais ce qui le mit carrément sur les genoux, ce fut de découvrir Maura, assise dans un coin.

— Bob ?

— Maura ?

Pendant une minute qui parut s'éterniser une bonne semaine, personne ne pipa mot, à part Martin qui bredouillait quelque chose.

— Enculé de Roberto…

Mais il était difficile d'en avoir le cœur net.

Bob sentit sa cravate se resserrer sur sa gorge, comme pour l'étrangler, mais Esteban rattrapa la balle au bond.

— Je suis chargé de représenter cet homme, fit-il, l'index pointé sur Martin. Et la loi m'autorise à lui parler en privé.

Maura avait bondi sur ses pieds.

— Bob ? Qu'est-ce que tu fiches ici ?

— Monsieur est mon assistant. Il prendra des notes, au cours de l'entretien.

Bob s'empressa de confirmer :

— C'est ça. Je suis venu prendre des notes. Et toi, qu'est-ce que tu fais là ?

Elle lui décocha un sourire radieux.

— Moi, je suis l'assistante du DA.

Bob cligna des yeux.

— T'es même pas juriste !

— Et toi, alors ?...

Esteban s'interposa.

— La Constitution garantit à mon client le droit d'avoir un entretien privé avec son avocat.

Don fit la grimace.

— Je sais parfaitement qui vous êtes, et si vous pensez que je vais vous laisser seul avec un témoin fédéral, détrompez-vous !

— Désolé, riposta Esteban, mais je ne vois pas de quoi vous voulez parler. Je suis ici pour défendre les intérêts de mon client.

L'inspecteur était venu se planter devant Esteban, la bouche tordue en un petit sourire de triomphe que Bob s'attendait à voir Esteban lui ôter d'une seconde à l'autre.

— Vous me prenez pour un demeuré, répliqua l'inspecteur. Vous croyez que je vais gober ça ? Vous êtes cuit, mon vieux. C'est vous qui avez besoin d'un avocat !

Le flic leur avait balancé ça d'un ton terriblement convaincant. Bob fut pris d'une furieuse envie de battre en retraite – tout avouer et s'en remettre à l'indulgence des jurés. Il jeta un coup d'œil vers Esteban qui, lui, n'avait aucune intention de s'en laisser conter.

— Permettez-moi de souligner que si vous maintenez ces accusations fantaisistes, rien de ce que vous dira cet homme ne pourra être retenu contre lui. Vous êtes en train de bafouer ses droits civiques les plus élémentaires.

— Bob ? intervint Maura. Explique-moi un peu... ?

Bob haussa les épaules.

— J'ai dû prendre un second job. J'ai eu des tas de frais, pour mon nouvel appart.

Esteban lui lança un regard interrogatif.

— C'est mon ex-copine, expliqua-t-il.

Esteban hocha la tête.

— Effectivement, j'ai beaucoup entendu parler de vous.

— Pas tant que ça, protesta Bob. Je ne parle presque jamais de toi !

Le flic leur offrit son plus beau sourire.

— Je tiens à ce que vous sachiez une chose, tous les deux...

Esteban le fixa dans le blanc de l'œil.

— Laquelle ?

Don s'approcha d'Esteban.

— Vous êtes en état d'arrestation ! lui dit-il, sans chercher à dissimuler sa joie.

Esteban n'avait pas ouvert la bouche qu'il fut interrompu par deux coups de feu provenant du couloir. L'inspecteur dégaina et pointa son arme sur la porte.

Esteban s'écarta de sa trajectoire et lança un bref coup d'œil à Bob – l'air de dire : Patience, relax…

Bob s'éloigna de la ligne de tir de l'inspecteur et de la porte. Elle s'ouvrit à la volée, livrant passage à Chino Ramirez qui tenait le flic en joue.

Tous les présents se figèrent sur place.

Chino eut un coup d'œil surpris en direction d'Esteban et de Bob, qu'il ne s'attendait visiblement pas à trouver là, puis son regard s'immobilisa sur le flic.

— Lâche ton flingue.

— Toi, lâche ton flingue, rétorqua Chino.

Le flic était un modèle de sang-froid.

— Je suis officier de police assermenté, et je te donne l'ordre de lâcher ton arme.

— Non !

Bob comprit qu'ils allaient assister en direct à un authentique duel à la mexicaine. Chino ne baisserait pas son arme, pas plus que le flic, et personne n'y pouvait rien.

Tremblant de tous ses membres, Bob glissa un œil du côté de Maura, à l'autre bout de la pièce, et remarqua une curieuse lueur qui brillait dans son regard.

Celui de Chino restait rivé sur le flic. Un battement de paupières et il presserait la détente. Le flic lui opposait un masque imperturbable. Un peu trop calme, comme si c'était le genre d'exercice qu'il faisait tous les matins au saut du lit.

Et alors…

La détonation fit trembler la petite pièce. Bob grimaça. Chino avait été propulsé vers le couloir par le coup de feu. Bob vit le flic se tourner vers Maura, l'air sidéré. Elle avait entre les mains un revolver encore fumant et sur les lèvres, un sourire extatique.

— Je l'ai eu ?

— Vous, restez où vous êtes, lança le flic à Esteban, qui leva les mains, aussitôt imité en cela par Bob.

— Alors, je l'ai eu ?

Le flic alla jeter un œil dans le couloir.

— Oui. Tu l'as eu.

Maura poussa un petit cri de joie.

— Ouais ! jubila-t-elle, et elle courut à la porte pour voir ça.

Bob entendit un murmure du côté d'Esteban.

— *Tranquilo*, Roberto. *Tranquilo*…

La main d'Esteban passa sous sa veste et lui subtilisa le flingue, avant de le glisser dans la poche du flic, dont la veste pendait au dossier d'une chaise.

Bob s'avisa tout à coup que Martin n'avait pas dit grand-chose depuis quelque temps. De pâle, son visage avait viré au livide et ses lèvres avaient pris une jolie teinte bleu myrtille. Il n'avait plus l'air de respirer des masses. En fait, il était mort.

— Esteban…

Le regard d'Esteban avait suivi celui de Bob.

— Tu vois, Roberto, fit-il avec un petit sourire. Dieu fait bien les choses…

Chino descendit de voiture et passa par le quai de chargement, à l'arrière de l'hôpital. Il pouvait y avoir un flic posté devant la porte d'entrée, et il y en aurait certainement un autre devant la porte de la chambre.

Chino était ulcéré d'avoir déçu Esteban. *El Jefe* s'était mis en quatre pour lui et son frère. Il les avait aidés à s'installer à Los Angeles. Il leur avait fourni de fausses cartes vertes et leur avait toujours assuré leur part de boulot. C'était grâce à lui qu'ils avaient pu dire adieu à la vie minable de meurtre et de rapine qu'ils menaient au Mexique. Bien sûr, de ce côté-ci de la frontière, ils exerçaient exactement le même métier, mais nettement mieux payé.

Il était déjà à mi-chemin de Juarez et il écoutait d'une oreille un type qui pérorait à la radio, quand il avait sursauté. La voix à la fois réconfortante et sévère, qui filtrait de son tableau de bord, avait raison. Volonté et motivation. Pourquoi fuir devant l'obstacle ? Ça n'était pas comme ça qu'on avançait dans la vie. S'il voulait arriver à quelque chose sur le terrain professionnel et personnel, il devait commencer par faire face. Affronter ses problèmes, pour mieux les surmonter.

Sans compter qu'il avait tué son frère, l'autre enculé.

Chino décida donc d'y retourner, quitte à se frayer un chemin jusqu'à la chambre à coups de flingue. Avec un peu de chance, il buterait le gros con malgré tout son arsenal, il descendrait la balance, et rebrousserait chemin par la même méthode – à coups de flingue, quoique en sens inverse, bien résolu à faire voler en éclats tous les obstacles qui l'empêchaient de réaliser son véritable potentiel.

Et tout se déroula sans accroc. Il monta par l'escalier, ouvrit la porte du couloir, repéra le gros qui lisait un magazine. Chino dégaina, fonça dans le couloir et logea deux balles dans le cœur du gros sans lui laisser le temps de lever le nez.

Mais la vraie surprise, ce fut quand il ouvrit la porte de la chambre. Il s'attendait bien à y trouver un flic ou deux, mais en fait, c'était une vraie putain de fiesta là-dedans. Il reconnut Esteban, accompagné d'un *gringo* qu'il ne connaissait pas, à côté d'un flic et d'une *chica con pechos grandes*.

Chino comprit aussitôt le parti qu'il pouvait tirer de la situation. Il allait la transformer en une magnifique opportunité. Car à présent ce n'était plus une seule cible qu'il avait devant lui. Il allait devoir tuer aussi le flic, la fille, voire l'autre *gringo*. Ce qui faisait quatre, avec la balance. Et par-dessus le marché, il allait tirer Esteban d'un mauvais pas. *Hombre*, un peu qu'il avait raison, le type de la radio – fuir ses problèmes, ça n'avait jamais été une solution.

Chino visa le flic à la tête. Avec une balle dans le crâne, il n'aurait plus ni le contrôle musculaire ni la coordination nécessaire pour répliquer. Il serait mort avant même d'avoir pu réagir.

Il avait le front du flic en joue quand il entendit la déflagration.

Et là, ce ne fut pas du tout comme dans les films où le type qui se fait descendre jette un dernier regard autour de lui, avant de réaliser qu'il est touché. Ça, c'est du pipeau. Parce qu'un bout de ferraille chauffé à blanc qui se vrille un chemin dans votre corps à toute vitesse, ça ne passe pas totalement inaperçu.

Chino se sentit partir en arrière. Ses jambes refusaient de le porter. Il s'affala dans le couloir et atterrit dans une flaque de sang, dont il n'aurait su dire si c'était celui du gros ou le sien.

Aucune importance. Il était mort.

22

Amado se demanda combien de temps ils comptaient le faire patienter. Avant son accident, c'était à son bras amputé qu'il portait sa montre, et il n'avait pu se résoudre à changer. Mais il ne voyait aucun inconvénient à attendre un peu. Le hall de réception était cosy – très cosy, même. Il y avait des tas de magazines, des lampes design et des super téléphones gracieusement mis à la disposition des visiteurs. Ils avaient prévu un grand canapé, des fauteuils équipés de bizarres petites pattes chromées, et des sièges, comme dans un salon de thé. Un ficus géant, planté dans un grand pot, se balançait au gré du courant d'air frais et propre que déversait le climatiseur.

Au-dessus du canapé était accrochée la galerie de portraits des stars de la *telenovela.* Ils lui semblaient formidables, bien plus grands que des humains ordinaires. Amado aurait donné son deuxième bras pour rencontrer quelques-uns de ces demi-dieux.

Il vit arriver une jeune femme perchée sur des jambes interminables, qui lui apporta une petite bouteille d'eau minérale française. Amado s'efforça de lui sourire, quoiqu'il eût un mal de chien à détacher ses yeux de ses jambes. La vache. Elles n'en finissaient vraiment pas…

— *Gracias.*

— *De nada.*

Il dut coincer la bouteille entre ses genoux pour dévisser le bouchon. Il portait le goulot à ses lèvres quand un Blanc en costard sombre s'arrêta devant lui.

— Amado, je présume…

Il exécuta un bref numéro de jonglerie, s'évertuant simultanément à poser sa bouteille et à se hisser sur ses pieds, tout en serrant la main que lui tendait le type en costard. Il se sentit soudain en proie à une invraisemblable nervosité.

— *Sí… yes…* monsieur, euh…

— Appelez-moi Stan. Merci de vous être déplacé.

— Oh, de rien, de rien.

— Est-ce que l'on vous a offert à boire ?

Amado lui montra la bouteille d'eau.

— Oui. Merci beaucoup.

— Si vous voulez bien me suivre…

Pivotant gracieusement sur ses talons, Stan se dirigea vers une porte d'un pas à la fois alerte et majestueux. Puis il s'arrêta et s'effaça pour laisser entrer Amado. Ils pénétrèrent dans une vaste salle dont le centre était occupé par les box des assistants. De grands bureaux s'alignaient sur les côtés, de part et d'autre de la salle. L'atmosphère générale était feutrée, distinguée, on ne pouvait plus professionnelle. Amado songea qu'il n'avait eu aucune idée de ce qui l'attendait, mais il était à mille lieues d'imaginer qu'il se retrouverait dans une ambiance aussi guindée.

Stan avait pris la parole.

— Je tiens tout d'abord à souligner qu'en général nous ne lisons jamais les manuscrits qui ne nous parviennent pas par l'intermédiaire d'un agent. Mais pour vous, cher monsieur, nous avons fait exception. Vous êtes appuyé en haut lieu.

— J'ai... euh, le bras long.

— Eh bien, nous ne pouvons que nous en féliciter, car votre scénario nous a littéralement époustouflés !

Amado cligna les yeux, tandis que Stan poursuivait :

— C'est à croire que vous avez des dons de médium.

Stan le précéda dans une salle de conférences.

— Prenez place, je vous en prie.

Conditionné par des années de pratique, Amado fila d'instinct vers le fauteuil qui faisait face à la porte. Il considéra Stan d'un œil curieux.

— Vraiment ? Vous avez aimé mon scénario ?

Stan étouffa un petit rire.

— Si ça n'était pas le cas, vous ne seriez pas ici.

Amado poussa un grand soupir de soulagement.

— Votre manuscrit a vraiment fait mouche. C'est un texte inspiré.

— Je suis fan de votre série.

— Cela se sent à chaque page. Mais pour tout vous dire, nous sommes actuellement confrontés à de graves problèmes. Notre taux d'écoute a sensiblement chuté ces derniers temps. Nous avons eu toute une série de discussions avec nos auteurs, d'innombrables séances de réflexion. Mais avant de lancer une étude de marché approfondie, nous avons décidé de donner à notre série une nouvelle direction, quelque peu différente de l'ancienne.

Stan se laissa choir dans un fauteuil en desserrant sa cravate.

— Nous n'étions pas parvenus à définir cette nouvelle direction, jusqu'à ce que nous ayons votre scénario sous les yeux.

Amado n'avait pas fini de digérer les informations précédentes.

— Je ne vous suis pas, là. Les gens n'aiment plus la série ?

— Notre histoire tourne un peu à vide. Nous avons besoin de nouveaux ingrédients.

— De nouveaux ingrédients ?

— Oui. Plus de rue, de *barrio*. Du vécu. La réalité avec un grand R. Toutes ces choses dont vous savez si bien parler. Un ton plus grinçant. Une tranche de vie. C'est exactement ce dont nous avions besoin. Et c'est pourquoi je vais vous offrir un poste.

— Un poste ?

— Oui. Vous voulez écrire pour la série, n'est-ce pas ?

— *Cierto.*

— Eh bien, nous serions heureux de vous accueillir dans l'équipe.

Amado avait peine à en croire ses oreilles.

— Quand ça ?

Stan le regarda.

— Voulez-vous commencer dès aujourd'hui ? Nous pourrions signer le contrat après déjeuner.

— Mais je n'ai même pas d'agent.

Stan le regarda.

— C'est indispensable, pour un auteur de votre envergure.

Amado haussa les épaules.

— Je n'en suis qu'à mes débuts.

— Ne vous inquiétez pas. J'ai une excellente amie qui travaille au département de littérature, à ICM. Elle va s'occuper de vous. En fait, je vais l'appeler tout de suite…

Stan pressa un bouton sur le téléphone en forme d'étoile qui trônait au milieu de la table de conférence.

— Loïs ? Pourriez-vous me passer Allie Williams ? Dites-lui que c'est urgent.

Stan leva les yeux vers Amado sans se départir de son sourire.

— Un brillant avenir s'ouvre à vous dans ce métier, cher ami. Vous avez l'étoffe d'une vraie star.

Amado prit une gorgée d'eau, tandis que la secrétaire d'ICM demandait à Stan de patienter un peu.

— Puis-je vous poser une question un peu, euh… personnelle ?

— Bien sûr. Allez-y.

— Qu'est-ce qui est arrivé à votre bras ?

Don était à son clavier, dans son bureau. Il y a sac de nœuds et sac de nœuds, mais celui-là, il les coiffait tous au poteau. Un mégacoup foireux en chaîne. Monstrueux. Royal. Impérial. À la Saddam Hussein. Et qui était responsable de cette magistrale panade ?

Lui.

Il parcourut sa liste. Deux meurtres – à commencer par celui de Carlos Vila qui avait mis le feu aux poudres, et celui du shérif de Palm Springs. Plus deux homicides commis par les forces de l'ordre – en situation de légitime défense –, qui avaient coûté la vie aux frères Ramirez. Plus un décès accidentel, par overdose médicamenteuse. Plus un bras coupé, attribué à un auteur de recettes de cuisine, porté disparu et présumé mort.

Ce qui faisait six décès, dont trois meurtres.

Sans oublier un second bras, dont le propriétaire restait à ce jour non identifié.

Quatre meurtres.

Pas de témoin. Aucun indice tangible. Les seules pièces à conviction dont il disposait ne le mèneraient probablement nulle part. Et si l'on pouvait s'appuyer sur les élucubrations d'un toxicomane semi-comateux, tout cela était le fait d'un chef de gang nouvellement promu, aussi féroce que mystérieux. Un certain Roberto.

Il serait mort plutôt que de l'admettre en présence de son capitaine, et il n'en dirait jamais rien à Flores ni à aucun de ses autres collègues, mais il se faisait un sang d'encre. Pour la première fois de sa carrière, il était vraiment inquiet. Car qui que puisse être ce Roberto, c'était forcément une pointure. Un génie du crime. Il avait complètement enfoncé le LAPD – dans les grandes largeurs. Et de lui, ils ne savaient toujours que son prénom.

Don s'était efforcé d'en apprendre davantage. Il avait laissé Bob et Esteban mijoter en garde à vue. Il les avait longuement cuisinés, en tâchant de les faire craquer pour qu'ils se mettent à table. Il avait prêché le faux pour savoir le vrai et avait raconté à Esteban que Bob l'avait balancé – n'était-il pas tenté de lui rendre la pareille ? Il avait raconté à Bob qu'Esteban lui avait mis toute une série de meurtres sur le dos, mais Bob lui avait ri au nez.

Il n'avait aucune preuve contre eux. Il n'aurait même pas pu les inculper de port d'arme illégal. Deux flingues exempts de toute empreinte digitale avaient atterri comme par miracle dans les poches de sa propre veste. On aurait dit un tour de passe-passe signé Siegfried et Roy*. Rien ne lui permettait d'affirmer que c'étaient Bob ou Esteban qui les y avaient mis, ni qu'ils avaient conspiré pour faire quoi que ce fût. Merde. Il n'avait aucune preuve. De rien.

De quoi aurait-il pu les accuser ? De s'être fait passer pour un avocat et son assistant ? Quel genre de délit c'était, ça ? Du bluff, tout au plus. Rien qu'un juge puisse se mettre sous la dent.

Esteban et Bob l'avait jouée fine. Ils n'avaient pas pipé mot, s'étaient payé un bon avocat et il avait dû les relâcher. Le système juridique américain dans toute sa splendeur, turbinant à plein rendement au service de deux escrocs bien informés.

Quel boxon.

Don baissa la tête. Il avait déjà eu vent de certaines rumeurs selon lesquelles il allait être rétrogradé aux Homicides.

Pouah ! Qu'est-ce qu'il y a de pire ? Je préférerais encore être à la circulation. N'importe quoi, plutôt que de renifler des macchabées toute la sainte journée – surtout en été.

Mais Don n'était pas du genre défaitiste. Il avait perdu une bataille, mais pas la guerre. Esteban Sola avait beau avoir disparu sans laisser de trace, il finirait par refaire surface, et ce jour-là, il ne les raterait pas, lui et le mystérieux Roberto. Tôt ou tard, ils commettraient un faux pas et cette fois, il les choperait par la peau des couilles et ne les lâcherait plus.

* Célèbre duo d'illusionnistes qui se produisait à Las Vegas dans les années 1990.

Pour ce qui était des siennes, de couilles, ça n'était pas vraiment la joie, ces derniers temps. Depuis qu'il avait mis fin à ce… à ce qu'il hésitait à appeler une relation, car ça tenait plutôt du flirt malsain et de la fornication maladive, il avait retrouvé ses vieilles habitudes. En sortant du boulot, il partait flâner dans le centre. Il regardait le quartier se vider de sa population comme le siphon d'une vieille baignoire, jusqu'à ce qu'il n'y reste plus que quelques épaves et débris épars, flottant à la dérive.

Il allait sur Broadway et s'achetait un taco, ou un sachet de fruits avec du citron et du chili, à l'étal d'un marchand ambulant. N'ayant toujours pas les moyens de dîner dans son bar à vin préféré, il s'arrangeait pour grignoter quelque chose avant de s'y rendre. Puis il allait se jucher sur l'un des tabourets du bar et tâchait de trouver la vérité dans le vin. Sa propre vérité, du moins.

Maura n'avait rien contre le jogging gris. Ni contre les hurlements de son instructeur. Elle supportait vaillamment l'interminable ascension des collines d'Elysean Park au pas de gymnastique. Elle avait même le sourire aux lèvres. C'était plus fort qu'elle. Elle avait été admise parmi les nouvelles recrues de l'école de la police. Un an d'entraînement et de formation et elle serait lâchée sur le terrain. Elle arpenterait les rues avec ses collègues.

C'était une véritable révélation. Jusque-là, elle n'avait jamais mesuré à quel point elle végétait. Apprendre à des paumés à se masturber ! En toute honnêteté, ceux qui ne savaient pas le faire de façon innée n'avaient pratiquement aucune chance d'y arriver un jour. La branlette, ça ne s'apprenait pas.

Elle trottinait donc en formation avec ses collègues, des nouvelles recrues des deux sexes, tous âges et toutes origines ethniques confondus. Asiatiques, Latinos, Blancs et Noirs. La benjamine du groupe était une jeune Chinoise de dix-huit ans, et le doyen, un scénariste de quarante-deux ans qui avait déjà pas mal roulé sa bosse. Tous avaient pris l'irrévocable décision de changer.

Maura avait beaucoup réfléchi. Jusque-là, elle n'attendait pas grand-chose de la vie. Un bon job – intéressant, avec un peu de chance. Un petit ami. Des vacances sympa. Et peut-être un mari, voire un enfant.

Elle avait vraiment été prise de court par ce grand chambardement. Elle ne s'attendait pas à se trouver ainsi forcée de s'ouvrir au monde, retournée comme un gant. Jamais elle n'aurait imaginé que de nouvelles passions puissent bouleverser sa vie ni que ses obsessions feraient littéralement exploser son univers. Elle ne soupçonnait même pas que ce genre de chose puisse se produire.

Mais maintenant qu'elle y avait goûté, tout retour en arrière était exclu.

Esteban sentit le hamac tanguer doucement sous son poids. L'océan lui envoyait une brise légère, chargée de sel. Il s'était mis à l'ombre d'un parasol recouvert de feuilles de palmier – une *palapita,* comme on disait ici. Le soleil faisait chatoyer le sable alentour.

Il se laissait bercer par la pulsation des vagues limpides qui venaient s'écraser sur le rivage et par les cris des *gaviotas* au-dessus de sa tête, lorsqu'il entendit le tintement, reconnaissable entre tous, des glaçons dans les verres ourlés de sel.

Esteban fit tanguer son hamac de plus belle en se tournant pour faire face au tintement prometteur. Clignant les yeux dans le plein soleil, il aperçut Lupe, toujours aussi *guapissima* dans son deux-pièces orange vif. Elle approchait, chargée d'un plateau avec deux verres. Esteban entrevit le scintillement d'un arc-en-ciel – le gros diamant qu'elle portait à l'annulaire gauche. Il lui sourit. Heureux. La vie conjugale lui réussissait à merveille.

Il lui prit les verres et tâcha de les tenir à la verticale, tandis qu'elle le rejoignait dans le hamac. Et comme elle venait se lover contre lui, il sentit des grains de sable rouler sur sa peau.

Ils dégustèrent leurs margaritas dans un silence recueilli.

Il n'y avait rien à dire.

Felicia roula de côté pour regarder Bob bien en face, et il changea légèrement de position, lui aussi, pour mieux soutenir son regard.

— Quoi ?

— Rien. Je te regarde, c'est tout.

— Et alors ? fit Bob, souriant. Qu'est-ce que tu vois ?

— Quelqu'un de bien. Quelqu'un qui essaie de faire plus de bien que de mal, même s'il ne sait pas toujours où se trouve le bien.

Bob s'esclaffa en lui ébouriffant les cheveux.

— C'est vrai. J'essaie.

— J'espère que tu persévéreras dans tes efforts, Roberto. L'intention est presque plus importante que les résultats. (Elle l'embrassa.) Mais je vois aussi autre chose, mon chéri.

— Ah, oui ?

— Oui. Je vois le père de mon enfant.

— Quoi ?

Elle eut un sourire radieux.

— Je suis enceinte.

Bob se laissa retomber sur l'oreiller, saisi d'un bonheur d'une espèce particulière. C'était une émotion inédite pour lui. Électrique, profonde. Une plénitude jusque-là inconnue.

— Là, je ne sais pas quoi dire.

— Tu es content ?

Une larme déborda et roula sur sa joue.

— Un peu, ouais. Je suis…

Les mots refusaient de franchir ses lèvres. Se retournant, il vint se blottir contre elle et la serra très fort, tandis qu'elle lui caressait les cheveux.

— Je me disais que, si c'est une fille, on pourrait l'appeler Frida.

Bob releva la tête.

— Et si c'est un garçon ? Freddy ?

— Non. Déconne pas, Freddy, c'est pas un nom pour un petit garçon.

— Pas Roberto, en tout cas !

— Pourquoi pas ? C'est joli, Roberto.

— *Yo soy Roberto.*

Felicia éclata de rire.

— Et alors ? Il ne peut y avoir qu'un Roberto au monde ?

— Tout juste.
— Tu vois un autre nom qui te plairait ?
Bob sourit.
— Diego.

Amado n'en revenait pas. Il en était toujours resté à l'idée que le crime était la branche la plus lucrative, professionnellement parlant – à la possible exception de la finance, mais ça aussi c'était un genre de mafia…

Mais quand Stan raccrocha, après avoir âprement discuté de ses droits d'auteur avec son agent, il secoua la tête, sidéré. Écrire pour la télé, ça payait bien. Mieux qu'il ne se l'imaginait. Il fit un saut chez un marchand de spiritueux et s'offrit une bouteille de champagne de France. Le meilleur.

Il trépignait d'impatience à l'idée d'aller annoncer ça à Cindy.

23

ROBERTO FREINA et s'arrêta progressivement, comme le reste du trafic. Il adorait sa nouvelle voiture, une Coccinelle Volkswagen vert métallisé, avec de faux airs de Kermit la Grenouille dans *Sesame Street*. Sympa, marrante, ingénue. Craquante. Parfaite pour transporter le nouveau bras droit d'*el Jefe*. Elle lui allait comme un gant !

Il l'avait également choisie pour l'exiguïté de son coffre. Plus question de trimbaler quiconque, mort ou vif, dans un espace aussi réduit. C'était d'Amado qu'était venue l'idée. Pourquoi ne pas se relooker complètement ? La Coccinelle était le complément parfait de son nouveau style vestimentaire. Felicia avait décrété qu'elle le verrait bien en khakis et en *guayaberas*, à la Diego Rivera, avec des petites lunettes rondes comme l'acteur français qui incarnait Léon, le gentil tueur à gages, dans le film du même nom. En Roberto, tout était calculé pour surprendre.

Les membres de *la Eme* se demandaient d'où il sortait et ce qu'il avait pu faire pour gagner la confiance d'Esteban. Était-ce lui qui avait dessoudé l'autre *gringo*, pour prendre sa place ? Qui était-il vraiment, ce fringant jeune homme dans sa caisse vert grenouille ?

Dans les rues, on murmurait que Roberto était d'une intelligence diabolique. Qu'il ignorait la peur, comme la pitié – et Amado avait appuyé cette version en racontant partout que Roberto l'avait démasqué un jour qu'il avait un peu gratté sur la part d'Esteban, et l'avait condamné à mort. Il avait dû implorer sa grâce et jurer de se retirer des affaires pour que Roberto lui laisse la vie sauve.

Il s'était contenté de son bras…

La légende s'était répandue comme une traînée de poudre dans le milieu de LA et elle avait valu à Roberto le respect inconditionnel de ses pairs.

Tout en lui assurant une certaine marge de manœuvre… Car il avait horreur de la violence. Il exécrait tous ces meurtres, ces tortures, ces viols et ces enlèvements. Il s'empressa donc, à l'exception de quelques cas limites, d'y mettre un terme. Son objectif était de diriger la bande comme il l'aurait fait pour une entreprise normale. Comme cette boîte de crème glacée fondée par des hippies, où tout le monde avait les cheveux longs et coulait des jours heureux.

Il avait fallu un certain temps pour convaincre Esteban des mérites de cette nouvelle stratégie. Mais au fond, *el Jefe* lui-même en avait par-dessus la tête de trafiquer des narcotiques et de revendre des voitures volées. Il était ravi de ce changement de cap en direction du monde des affaires normales. Il avait donc donné carte blanche à Roberto pour transformer son organisation de criminels endurcis en une holding tout ce qu'il y avait de légale, harmonieusement diversifiée.

Roberto eut la surprise de constater à quel point ses employés étaient enchantés de cette nouvelle orientation. Finalement, ils étaient tous soulagés de se recycler du bon côté de la barrière. Ils en avaient marre de vivre dans la terreur constante d'être arrêtés, rapatriés de force ou, pire, massacrés lors d'un règlement de comptes entre gangs. Ils avaient d'abord soupçonné Roberto d'être un agent du FBI particulièrement insidieux, mais en quelques mois, tous les membres du gang ou presque s'étaient ralliés à sa façon de voir.

Et pourquoi se seraient-ils rebellés ? Roberto était un bon chef. À la fois ouvert, chaleureux, astucieux et convaincant. Quand il passait à l'atelier de démontage, il emmenait toute l'équipe déjeuner à ses frais. Il distribuait des cadeaux aux *coyotes* pour leurs gosses. Sous son règne, c'était devenu un motif de fierté que d'appartenir à la bande d'Esteban.

Pour les plus sales besognes, qui restaient un mal nécessaire, il avait embauché deux ou trois motards des Mongols Outlaws, dont il s'était fait des alliés dévoués en finançant leur cure de désintox – ils étaient accros au speed, une drogue des plus délétères.

Il avait mis en place un système de redistribution des profits qui garantissait à chacun des primes rondelettes. Il avait même fondé un plan de retraite optionnel pour ceux que ça intéressait : ainsi, votre argent sale était automatiquement blanchi, et ceux qui sortaient de prison ou se retiraient des affaires bénéficiaient d'un coquet minimum garanti.

Roberto n'inspirait pas seulement du respect, mais de l'affection. Il se rappelait encore l'époque où il n'était que

Bob, mais ça lui arrivait de moins en moins au fil du temps. Il était né Bob et, à la force du poignet, il s'était bel et bien métamorphosé en Roberto.

Il se fraya un chemin en direction des voies express, ces serpents géants, cuirassés de verre et d'acier. Il glissa un CD dans sa stéréo et une voix à la fois stricte et amicale entreprit de lui décliner la conjugaison d'un verbe espagnol.

Dans toute la ville, les jacarandas étaient en fleur. Ils constellaient le paysage de leurs éblouissantes explosions de violets et de mauves *made in Brazil.* Roberto avait conscience de vivre dans une région exceptionnelle, sur laquelle un soleil tropical et les palmiers régnaient en maîtres. Où les roses poussaient près des cactus, où l'on voyait des oiseaux de paradis multicolores s'envoler des brèches des trottoirs.

Le soleil commençait à décliner et à l'ouest, ses rayons qui filtraient à travers les jacarandas faisaient resplendir toute la ville dans une gamme d'or et de bleu lavande. Roberto se concentra sur les conjugaisons de son CD en répétant les verbes espagnols. Magique, cette langue. Un vrai mantra.

La langue de la *revolución.*

Roberto aimait sa ville, avec sa population bigarrée, ses millions d'habitants issus de centaines de nationalités et parlant quatre-vingt-dix langues. Il s'y sentait chez lui. On y venait du monde entier pour accomplir une métamorphose. Chacun y faisait table rase de son passé, pour se tourner vers un avenir meilleur. On y vivait *sin banderas* – sans drapeau. Il n'y avait plus ni Mexicains ni Cambodgiens, ni Péruviens ni Laotiens, ni Salvadoriens ni

Coréens, ni Africains ni Américains, ni Pakistanais ni Équatoriens, ni Thaïs ni Argentins. Il n'y avait plus que des *Angelenos*.

Roberto était heureux de vivre et de vivre à LA, cité du futur et espoir du monde.

REMERCIEMENTS

CE LIVRE N'AURAIT PAS VU LE JOUR sans le soutien, l'enthousiasme et la collaboration de Mary Evans, Elizabeth Beier, Kevin Jones, Tom Strickler, Brian Lipson, Christopher Donelly et Bill Weinstein.

L'auteur tient également à remercier Steve Wilson, Juan Solà, Alberto Gieco, Corinne Farley, Jared Levine, Dan Jinks, Bruce Cohen, Adam Schroeder, Mark Soudan, Michael DeLuca, Gray Rembert, Spencer Baumgarten, Phil Raskin, Adrianna Alberghetti et Dennis Eichom.

CATALOGUE TOTEM

218 Winston Groom, *Forrest Gump*
217 Larry McMurtry, *Les Rues de Laredo*
216 Terry Tempest Williams, *Refuge*
215 Wallace Stegner, *La Vie obstinée*
214 Piergiorgio Pulixi, *L'Île des âmes*
213 Giulia Caminito, *Un jour viendra*
212 Julia Glass, *Refaire le monde*
211 David Heska Wanbli Weiden, *Justice indienne*
210 Alex Taylor, *Le sang ne suffit pas*
209 Ross Macdonald, *Le Frisson*
208 Tiffany McDaniel, *Betty*
207 John D. Voelker, *Itinéraire d'un pêcheur à la mouche*
206 Thomas Berger, *Little Big Man*
205 Peter Swanson, *Huit crimes parfaits*
204 Andy Davidson, *Dans la vallée du soleil*
203 Walter Tevis, *L'Homme tombé du ciel*
202 James Crumley, *Le Canard siffleur mexicain*
201 Robert Olmstead, *Le Voyage de Robey Childs*
200 Pete Fromm, *Chinook*
199 Keith McCafferty, *La Vénus de Botticelli Creek*
198 Tom Robbins, *Jambes fluettes, etc.*
197 Nathaniel Hawthorne, *La Lettre écarlate*
196 Jennifer Haigh, *Le Grand Silence*
195 Kent Wascom, *Les Nouveaux Héritiers*
194 Benjamin Whitmer, *Les Dynamiteurs*
193 Barry Lopez, *Rêves arctiques*
192 William Boyle, *L'amitié est un cadeau à se faire*
191 Julia Glass, *Jours de juin*
190 Mark Haskell Smith, *Coup de vent*
189 Trevanian, *L'Été de Katya*
188 Chris Offutt, *Sortis des bois*
187 Todd Robinson, *Une affaire d'hommes*

186 Joe Wilkins, *Ces montagnes à jamais*
185 James Oliver Curwood, *Grizzly*
184 Peter Farris, *Les Mangeurs d'argile*
183 David Vann, *Un poisson sur la Lune*
182 Mary Relindes Ellis, *Le Guerrier Tortue*
181 Pete Fromm, *La Vie en chantier*
180 James Carlos Blake, *Handsome Harry*
179 Walter Tevis, *Le Jeu de la dame*
178 Wallace Stegner, *Lettres pour le monde sauvage*
177 Peter Swanson, *Vis-à-vis*
176 Boston Teran, *Méfiez-vous des morts*
175 Glendon Swarthout, *Homesman*
174 Ross Macdonald, *Le Corbillard zébré*
173 Walter Tevis, *L'Oiseau moqueur*
172 John Gierach, *Une journée pourrie au paradis des truites*
171 James Crumley, *La Danse de l'ours*
170 John Haines, *Les Étoiles, la neige, le feu*
169 Jake Hinkson, *Au nom du Bien*
168 James McBride, *La Couleur de l'eau*
167 Larry Brown, *Affronter l'orage*
166 Louisa May Alcott, *Les Quatre Filles du docteur March*
165 Chris Offutt, *Nuits Appalaches*
164 Edgar Allan Poe, *Le Sphinx et autres histoires*
163 Keith McCafferty, *Les Morts de Bear Creek*
162 Jamey Bradbury, *Sauvage*
161 S. Craig Zahler, *Les Spectres de la terre brisée*
160 Margaret Mitchell, *Autant en emporte le vent*, vol. 2
159 Margaret Mitchell, *Autant en emporte le vent*, vol. 1
158 Peter Farris, *Dernier Appel pour les vivants*
157 Julia Glass, *Une maison parmi les arbres*
156 Jim Lynch, *Le Chant de la frontière*
155 Edward Abbey, *Le Feu sur la montagne*
154 Pete Fromm, *Comment tout a commencé*
153 Charles Williams, *Calme plat*

152 Bob Shacochis, *Sur les eaux du volcan*
151 Benjamin Whitmer, *Évasion*
150 Glendon Swarthout, *11 h 14*
149 Kathleen Dean Moore, *Petit Traité de philosophie naturelle*
148 David Vann, *Le Bleu au-delà*
147 Stephen Crane, *L'Insigne rouge du courage*
146 James Crumley, *Le Dernier Baiser*
145 James McBride, *Mets le feu et tire-toi*
144 Larry Brown, *L'Usine à lapins*
143 Gabriel Tallent, *My Absolute Darling*
142 James Fenimore Cooper, *La Prairie*
141 Alan Tennant, *En vol*
140 Larry McMurtry, *Lune comanche*
139 William Boyle, *Le Témoin solitaire*
138 Wallace Stegner, *Le Goût sucré des pommes sauvages*
137 James Carlos Blake, *Crépuscule sanglant*
136 Edgar Allan Poe, *Le Chat noir et autres histoires*
135 Keith McCafferty, *Meurtres sur la Madison*
134 Emily Ruskovich, *Idaho*
133 Matthew McBride, *Frank Sinatra dans un mixeur*
132 Boston Teran, *Satan dans le désert*
131 Ross Macdonald, *Le Cas Wycherly*
130 Jim Lynch, *Face au vent*
129 Pete Fromm, *Mon désir le plus ardent*
128 Bruce Holbert, *L'Heure de plomb*
127 Peter Farris, *Le Diable en personne*
126 Joe Flanagan, *Un moindre mal*
125 Julia Glass, *La Nuit des lucioles*
124 Trevanian, *Incident à Twenty-Mile*
123 Thomas Savage, *Le Pouvoir du chien*
122 Lance Weller, *Les Marches de l'Amérique*
121 David Vann, *L'Obscure Clarté de l'air*
120 Emily Fridlund, *Une histoire des loups*
119 Jake Hinkson, *Sans lendemain*

118 James Crumley, *Fausse Piste*
117 John Gierach, *Sexe, mort et pêche à la mouche*
116 Charles Williams, *Hot Spot*
115 Benjamin Whitmer, *Cry Father*
114 Wallace Stegner, *Une journée d'automne*
113 William Boyle, *Tout est brisé*
112 James Fenimore Cooper, *Les Pionniers*
111 S. Craig Zahler, *Une assemblée de chacals*
110 Edward Abbey, *Désert solitaire*
109 Henry Bromell, *Little America*
108 Tom Robbins, *Une bien étrange attraction*
107 Christa Faust, *Money Shot*
106 Jean Hegland, *Dans la forêt*
105 Ross Macdonald, *L'Affaire Galton*
104 Chris Offutt, *Kentucky Straight*
103 Ellen Urbani, *Landfall*
102 Edgar Allan Poe, *La Chute de la maison Usher et autres histoires*
101 Pete Fromm, *Le Nom des étoiles*
100 David Vann, *Aquarium*
99 *Nous le peuple*
98 Jon Bassoff, *Corrosion*
97 Phil Klay, *Fin de mission*
96 Ned Crabb, *Meurtres à Willow Pond*
95 Larry Brown, *Sale Boulot*
94 Katherine Dunn, *Amour monstre*
93 Jim Lynch, *Les Grandes Marées*
92 Alex Taylor, *Le Verger de marbre*
91 Edward Abbey, *Le Retour du gang*
90 S. Craig Zahler, *Exécutions à Victory*
89 Bob Shacochis, *La femme qui avait perdu son âme*
88 David Vann, *Goat Mountain*
87 Charles Williams, *Le Bikini de diamants*
86 Wallace Stegner, *En lieu sûr*
85 Jake Hinkson, *L'Enfer de Church Street*

84 James Fenimore Cooper, *Le Dernier des Mohicans*
83 Larry McMurtry, *La Marche du mort*
82 Aaron Gwyn, *La Quête de Wynne*
81 James McBride, *L'Oiseau du Bon Dieu*
80 Trevanian, *The Main*
79 Henry David Thoreau, *La Désobéissance civile*
78 Henry David Thoreau, *Walden*
77 James M. Cain, *Assurance sur la mort*
76 Tom Robbins, *Nature morte avec Pivert*
75 Todd Robinson, *Cassandra*
74 Pete Fromm, *Lucy in the Sky*
73 Glendon Swarthout, *Bénis soient les enfants et les bêtes*
72 Benjamin Whitmer, *Pike*
71 Larry Brown, *Fay*
70 John Gierach, *Traité du zen et de l'art de la pêche à la mouche*
69 Edward Abbey, *Le Gang de la clef à molette*
68 David Vann, *Impurs*
67 Bruce Holbert, *Animaux solitaires*
66 Kurt Vonnegut, *Nuit mère*
65 Trevanian, *Shibumi*
64 Chris Offutt, *Le Bon Frère*
63 Tobias Wolff, *Un voleur parmi nous*
62 Wallace Stegner, *La Montagne en sucre*
61 Kim Zupan, *Les Arpenteurs*
60 Samuel W. Gailey, *Deep Winter*
59 Bob Shacochis, *Au bonheur des îles*
58 William March, *Compagnie K*
57 Larry Brown, *Père et Fils*
56 Ross Macdonald, *Les Oiseaux de malheur*
55 Ayana Mathis, *Les Douze Tribus d'Hattie*
54 James McBride, *Miracle à Santa Anna*
53 Dorothy Johnson, *La Colline des potences*

CET OUVRAGE A ÉTÉ COMPOSÉ PAR
ATLANT'COMMUNICATION
AU BERNARD (VENDÉE).

ACHEVÉ D'IMPRIMER EN AVRIL 2022 SUR LES PRESSES
DE NORMANDIE ROTO IMPRESSION S.A.S., 61250 LONRAI
POUR LE COMPTE DES ÉDITIONS GALLMEISTER
13, RUE DE NESLE, 75006 PARIS

IMPRIMÉ EN FRANCE

DÉPÔT LÉGAL : JUIN 2022
N° D'IMPRESSION : 2202189